劉志宏 著

詩

一九五〇、六〇年代

台灣軍旅詩歌空間書寫

本書獲國家文學館
「2008年台灣文學研究博士論文」獎助
在此致上謝忱

【推薦序】
台灣現代詩壇的「詩學」已建構到哪兒？

陳鵬翔

劉志宏的論著《詩，役：一九五〇、六〇年代台灣軍旅詩歌空間書寫》為筆者所指導，近日將要出書而向筆者催索序文一篇，我當然樂意為之。可是這一來，似乎又逼得筆者非對所謂的「詩學」、「空間詩學」先說幾句話不可，然後再來討論劉君論文的創見與貢獻。

台灣中文學界（這包括古典文學與現代文學）對文學作品中的時／空間書寫研究一直要到晚近才出現了一些論著[1]，而且有些學者和研究生動不動就運用「詩學」或「××詩學」這些術語來指稱其研究成果，他們顯然受到亞理斯多德的《詩學》或是加斯東・巴舍拉（Gaston Bachelard，1884-1962）《空間詩學》之英譯本（2003年）的影響，可又未對「詩學」（英文poetics／法文poetique）這個術語做一番瞭解，以致認為任何「研究」都可以套稱為「詩學」，這未免可把「詩學」此一外來語的涵意看得太簡單了[2]。嚴格而言，西文的「詩學」（poetics）意指一套

---

[1] 黎活仁和戴維揚應該算是例外，前者出版過一本叫做《現代中國文學的時間觀與空間觀》（台北市：業強，1993）的論著，後者寫過一篇題作〈噴向永恆思維的螺旋—析論羅門三篇詩作的「空間運作」〉的論文，收入周偉民與唐玲玲之編著《羅門蓉子文學世界學術研討會論文集》（台北市：文史哲，1994）：頁385-418。近年來，研究時空與文學之繫聯的中文論著逐漸增多，最有代表性者則莫如國立東華大學外文系在100年1月8日舉辦了「第一屆空間與文學學術研討會」，學者在會議上一共發表了中英文論文15篇。

[2] 朱光潛在其《詩論》〈抗戰版序〉開頭即說：「在歐洲，從古希臘一直到文藝復興，一般研究文學理論的著作都叫做詩學。「文學批評」一個名詞出來很晚，它

完整且又經系統化了的文學理論，如果研究不能形成一套嚴謹的「系統」或「模式」，那麼它就不可以冠以某種「詩學」的名稱。另一方面，「詩學」本來就不僅僅只是用來指稱詩歌研究而已，有此錯誤觀念的人顯然是被Poetics此一英文術語所誤導。我建議擁有此種錯誤概念者應該去把亞理斯多德的《詩學》拿來仔細閱讀一番，看看亞氏在其經典中是不是僅僅只在探討詩歌而已。總之，研究做得再深入澈底，除非這個研究是在為某種文體／文類或理念建構理論系統，否則這種研究僅能稱作「研究」而非「詩學」。我這種簡短的說明並非無的放矢，相反地，我的感觸當然是在閱讀文獻與指導論文中得來的。感覺上，我們的華文世界對「詩學」這個術語已經用得太過浮濫了。讀者若果不信，他／她只要上網絡去檢索一下即可獲得答案。

中文的「詩學」一詞，表面上*似乎*可以用來指稱「研究詩歌的學問」；可是從亞氏的《詩學》引介進來的「詩學」之原／涵意指涉的是整個文學，尤其是「系統化」了的文學理論研究。自近代中國文學以來，王國維的《人間詞話》（1910）、朱光潛的《詩論》（1942）和艾青的《詩論》（1941）等都應該可以稱為*類詩學*研究，因為他們所論述的標的物雖然不是「詩」、「詞」就是「新詩」，可他們所提出的理論似乎都可以應用到其他文類上。同樣地，時間往後一些的覃子豪所撰述的《論現代詩》（1960）或是李英豪的《批評的視覺》（1966），它們也應該可以納入詩學之範疇，因為他們所探討的都環繞著現代詩（以及文學）的本質、內容、風格、技巧、甚或藝術的社會功能等等進行，不僅範疇寬廣，而且都有一定的系統性。

的範圍較廣，但詩學仍是一個主要部門。中國向來只有詩話而無詩學。」參見《詩論》第二版（台北市：正中，2002）：頁2。

既然已提到批評之能否形成模式或是系統性，我們就不能不提及張漢良、簡政珍、古添洪和葉維廉等這幾位學者兼詩論家。張漢良是一位結構主義者，他從結構主義強調模式／模子的角度著手，發現台灣現代詩的發展似乎都可依循結構主義所強調的模式來探討，因此他在為張默和洛夫等合編的《八十年代詩選》寫的序文就叫做〈現代詩的田園模式〉（1976），他這篇論文裡所提及的年代應是1967至1976年，在這十年中，台灣現代詩的特色之一就是「田園模式的各種變奏」[3]，然後他又把這種模式大略分成兩種：「一為現實的、文化的層次；一為心理的、形而上的層次」[4]。過了十來年之後，他又在《當代》第32期發表了一篇論文叫做〈都市詩言談——台灣的例子〉，論文劈頭就宣稱「『都市詩』近年來在台灣蔚為文類大國」[5]。若果依照張之嗜好以及取向，我們應該可以採用後結構主義或是解構主義的模式來建構／探討八十年代中期以來的台灣現代詩[6]。論述至此，我們發現，吾人確實可以採取「模子／模式」的角度來給台灣現代詩建構一套「詩學」的。

至於簡政珍，他的台灣現代詩言談就是「放逐詩學」。《放逐詩學》（2003）一書似是他在美國德州大學獲得博士學位的博論的改寫本，他這本書涉及台灣現代詩（余光中和葉維廉）和現代小說（白先勇、張系國和陳若曦）中自願或非自願之放逐

[3] 張漢良，〈序文：現代詩的田園模式〉《八十年代詩選》（台北市：濂美，1976）：頁2。

[4] 同上註：頁3。

[5] 張漢良：〈都市詩言談—台灣的例子〉《當代》第32期：（1988）：頁38

[6] 事實上，孟樊在其《當代台灣新詩理論》（台北市：揚智，1995）中即闢有〈後現代主義詩學〉這麼一章，專門探討台灣八十年代中後期現代詩中出現的一些技巧如諧擬、拼貼、符具遊戲和文類越界等，這些技巧顯然就是後現代文學／藝術創作的表徵／標籤。

以及這兩個主題之各種介面並推崇葉氏「是當代中國文學最好的詩論家之一。……他的詩論可能比他的詩更重要」[7]。簡可說是第一位很有系統地分析台灣現代文學中放逐此一主題的學者，他的識見當然是學界很難得的收穫。古添洪的貢獻乃在於首先把記號學用來研究中國文學。他所謂的記號詩學「乃是用記號學（semiotics）底精神、方法、概念、辭彙來建構的詩學」[8]，而由於記號學非常重視文字的表義過程，因此我們可以把記號詩學看作「表義詩學」[9]。古氏在這本著作裏，他不僅討論了記號學之兩位先驅瑟許（Ferdinand de Saussure，1857-1913）和普爾斯（Charles S. Peirce，1839-1914）的語言、記號模式，而且相當深入地探討了雅克慎、洛德曼、巴爾特和艾誥的記號（詩）學，然後他再提出記號學可以在中國文學研究上如何實踐。我認為實踐才應該是本書最重要的部分，否則這本書就無法突顯書名的次標題所標榜的要把記號學應用「在中國文學研究上的實踐與開拓」。在這部分，作者首先利用了雅克慎的語言行為模式來給話本小說（以〈碾玉觀音為例〉）打造一個記號系統，接著他又採用俄國記號學家洛德曼（語言的）「二度規範系統」來探討王維的山水抒情詩「輞川二十首」以及採用巴爾特的五種語碼閱讀法來給敘事詩〈孔雀東南飛〉建立模式。總之，「記號詩學」是一個開放性系統，它應該可以運用在各種文類文本上。

至於葉維廉，他對中國文學／比較文學的貢獻是：他是中西比較詩學的建構者。一路以來，他都在為建立中西方文學裏的「共同的文學規律」和「共同的美學據點」[10]而奮鬥不

---

7 簡政珍：《放逐詩學：台灣放逐文學初探》（台北市：聯合文學，2003）：頁70。

8 古添洪：《記號詩學》（台北市：東大，1984）：9。

9 同上註：頁19與頁179。

10 葉維廉：《比較詩學》〈總序〉與〈比較詩學序〉（台北市：東大，1983）：頁

懈[11]。在此順便一提，以「翻譯區塊（Translation Zone）來論述比較文學之新貌而出名的艾普特（Emily Apter），在近年刊出的一篇論文裏，她竟然主張吾人應放棄相對主義而改採「單元論（singularity）」，以作為後殖民主義時代的「普世詩學（universal poetics）」[12]，她這個論點跟葉維廉所孜孜然探究中西文學間的「共同規律」這一點作為顯然有所類似。既然已經提及「中西比較詩學」，我們似乎沒有理由不提及曹順慶的《中西比較詩學》[13]（1988）。讀者諸君只要翻一翻這本書之目錄即可發覺，本書係從中西比較文學的角度來探討藝術的本質、起源、思維、風格和鑑賞等，這可是一本徹頭徹尾的「比較詩學」著作。比較而言，葉維廉的強項在於給比較文學建立了一套獨特的（道家）詩學理論，而曹順慶此書之長處顯然是在其中所提供的中文資料非常豐富。在此我們還得提一提陳良運的大著《中國詩學批評史》（1995）和曹順慶與吳興明主編的《中西比較詩學史》（2008）。陳著從第一篇（先秦兩漢）到第四篇（明清近代）一共四篇再分成二十四章，其中包括了功利主義詩學（觀）、儒家詩學、現實主義詩學甚至兩宋理學家的詩學（觀），而且在二十四章中對於佛道的結合亦已多所著墨，例如

6、頁2。

[11] 收入《比較詩學》裏的單篇論文葉維廉教授先後都改寫成英文在國內外學報或書刊發表，1993年收輯成書取名*Diffusion of Distances: Dialogues Between Chinese and Western Poetics*，並交由加州大學出版社出版。據葉老師說，他這本英文著作本來即取名《比較詩學》（Comparative Poetics），原有意思要交由普林斯頓大學出版社出版，可由於其在普大的老師厄爾・邁納（Earl Miner）亦有相同名稱的著作要由普大出版，以致他只有改書名把書交由加大出版。

[12] Emily Apter, "Je ne crois pas à la literature compare: Universal Poetics and Postcolonial Comparatism," in *Comparative Literature in an Age of Globalization* (Baltimore: Johns Hopkins UP, 2006): 54.

[13] 曹順慶與吳興明主編：《中西比較詩學史》（成都市：巴蜀書社，2008）。

第九章一開頭即談到佛教與道教的結合係始於佛經的翻譯（即借用道家使用的「境」或「境界」來表達佛家皈依本心的那種對於「小一」的微妙感受）[14]、第十一章在探討司空圖時即提到其家學即「老子的道家之學」[15]、第十六章在談到嚴羽《滄浪詩話》的特色即是「以禪喻詩」，而其中提到的「熟參」、「妙悟」和「入神」等都滲有禪宗味[16]。很可惜的是，陳著並未闢有專章來建構道家詩學。

吳之編著共分七章，對於「中西比較詩學」之萌芽、創立與開拓以及其範疇等等均有相當前瞻性的探討，對於有志從事於此一學科之研究者應是很好的一本參考書。此外，在涉及中西比較詩學這個範疇之內，饒芃子的《比較詩學》和黃藥眠與童慶炳合著的《中西比較詩學體系》都可算是相當不錯的參考書籍。

在要進入討論劉志宏的論著之前，我們還得略為討論蕭蕭、孟樊、李元貞和陳義芝這幾位學者有關台灣現代詩詩學的著作。蕭蕭一路以來經已撰寫了十來本討論台灣現代詩的入門書或是論著，成果可說相當豐富，其《現代詩學》（東大）於1987年出版，書中分成現象論、方法論和人物論三部分。在我看來，這是一本有關詩歌創作技藝、主題學和詩人論的著作，可對於文學藝術的本質、起源、內容、風格、鑑賞或是藝術的社會功能等的探索，要不是並未觸及，否則就是探索得不夠鞭闢入裏。孟樊的《當代台灣新詩理論》（1995）書名雖然並未包括「詩學」一詞，可是讀者一看到書名中的「理論」一詞即可判斷，它是一本探討當今台灣現代詩理論的著作。本書不計導言以及附錄等，一

14 陳良運：《中國詩學批評史》（南昌市：江西人民，1995）：頁214-15。
15 同上註：頁275。
16 同上註：頁384-92。

共有十二章，從印象式批評「詩學」、新批評「詩學」、現代主義「詩學」一直探討到地緣「詩學」和世紀末「詩學」，其中之分析和探討大體上都相當仔細，其令人感到錯愕之處是，這其中某些個主義本來即是充足的派系或言談，在其後頭強加上「詩學」一詞，這顯然為畫蛇添足、令人感到詫異。相對於孟著的純粹理論論述，李元貞的《女性詩學：台灣現代女詩人集體研究（1951-2000）》（2000）則是一位女性主義者運用其所服膺的理論來給台灣現代女詩人建立「女性詩學」。她所從事的不僅僅只是挪用理論來套作品，而是相互闡釋其中的「性別現象」；借用她的話就是，作品與理論因其「性別觀點的切入，所展現的詩學面向」[17]。僅就這一點而言，她這一本論著確是相當獨特而且有趣。陳義芝的《聲納：台灣現代主義詩學流變》（2006）應是最新的一本有關台灣現代主義詩學（史）的論著，它把現代詩的發展追溯到水蔭萍（本名楊熾昌）的超現實主義、紀弦的現代主義和覃子豪的象徵主義，然後一直探討到二十世紀八九十年代以來的後現代主義詩學和夏宇的達達主義詩學，在論述詩學的傳承和辯證都非常專注和雄辯，陳自己在其〈緒論〉中即提及其闡釋「並不全依古典美學範型，而是以能夠幫助解釋詩人的詩學歷程、詩學觀點為主」[18]。

劉志宏的論著《詩，役：一九五〇、六〇年代台灣軍旅詩歌空間書寫》是一本非常有創意的論著，他開始提出的題目即是「軍旅詩歌的空間詩學」，其意圖和靈感顯然得自於巴舍拉的名著《空間詩學》，我當時即告訴他，僅僅只考察探究這麼三位軍

[17] 李元貞：〈自序〉《女性詩學：台灣現代女詩人集體研究（1951-2000）》（台北市：女書文化，2000）：頁4。

[18] 陳義芝：《聲納：台灣現代主義詩學流變》（台北市：九歌，2006）：頁8。

旅詩人的作品就能給他們這一批詩人的文本建構出一套所謂的「空間詩學」來嗎？因此我即建議他把範圍縮小，先從這三位詩人的空間書寫策略／技藝著手，好好研究研究一番，如果做得澈底，貢獻即已經很可觀了；至於要為這群詩人的特殊經驗／文本建構出一套「空間詩學」，那可急躁不得。巴舍拉大體上採取了現象學來給法國詩人的空間書寫建構了一套詩學；他的空間所包括的範圍非常廣闊，大至天地、私密的浩瀚感，小至介殼和窩巢。我依照其著作的目錄順序把它們開列如下：家屋、家屋和天地、抽屜、箱匣與衣櫥、窩巢、介殼、角落、微型、私密的浩瀚感、內與外的辯證和圓的現象學，算一算，這裏包括的至少有十種空間，大小方圓，詩歌中能包涵的意象似都羅列進來了。這些空間意象不管其大小，一旦被吾人的意識所觀照／照亮，它／它們即都變成吾人意識中永恆不變的東西，時時會在吾人之意識中浮現。吾人把意識投射在或灌注在任一物體上頭（這一投射動作就叫做「意向性」[intentionality]運作），「被不斷投射的就是」意向性的對象」[19]，這一不斷的投射動作應是現象學的核心所在。巴舍拉這本著作《空間詩學》迷人之處不僅僅是因為他活用了現象學這種投射作為，而且又把想像力加上去，故他對任何文本的分析都能入乎其內而又出乎其外，生動、活潑且又深入，致使我們可以在《空間詩學》此一著作中看到巴舍拉作為「想像現象學家」的功力。

劉志宏的博論當然都學到了巴舍拉的分析功力，不僅此也，他還在論文撰寫中加進了人文地理學、詮釋學、神話學、解構論以及建築學。劉對洛夫《石室之死亡》這本詩集中的空間觀照對

[19] 鄭樹森，〈前言〉《現象學與文學批評》（台北市：東大，1984）：頁3。

象側重在金門碉堡中的石室，而這石室空間越往下走就愈壓縮狹小（石室→棺槨→墳→骨灰），感覺上，在這麼狹窄的空間裏生活，用劉君的話說，那已「幾至無可救贖之可能」；然而，藝術家與普通人終究不一樣，洛夫最後卻在「藝術空間裏找到出路、得到新生，將自己釋放出來，成為一個創造者……有了全新的「生命」，讓台灣現代文學開啟新的一頁」（劉著：頁82）。在對瘂弦的探討中，志宏側重探討的是他海洋詩中「航行」意象所誘導出來的種種時空交錯的涵義；他並且在瘂弦文本「韻律式」的節奏與歌謠風中發現了「地方芭蕾」的特性。至於商禽採取的「自我監牢」與敞視建築這一類空間書寫，它們隱約折射了對肉身與靈魂之桎梏，用劉君的話說，它們反映了上個世紀五、六十年代台灣社會「無所不在的箝制與監控」。換言之，從上面對洛夫、瘂弦和商禽這三位軍旅詩人的空間書寫探討中，我們發覺他們的空間書寫是有一定的典型和特色的；可是，僅僅要用三位軍旅詩人的書寫技藝來代表這一群人的空間書寫顯然是不足的。我是覺得，如果要代表性充足一些，也就是要把本書擴充成為一本台灣軍旅詩人的空間詩學的話，吾人無論如何都得再探討另外一些軍旅詩人如汪啟疆、陳錦標、王祿松、彭邦楨、羊令野、管管或張默等等有關空間書寫的一些技藝／模式。譬如彭邦楨在〈致大海〉中把大海的開闊、激動與豪邁擬人化為人類之胸襟；辛鬱在〈白楊訴願〉和〈板門店顫慄〉裏對冷寂與蒼茫的哨亭／白楊或是〈海岸線〉裏的海岸線的抒寫；管管〈三朵紅色的罌粟花〉中所抒寫的亡友墓石＝罌粟花＝蛺碟和汪啟疆的《我淺薄的認知。兩岸》書寫刀刃在對方脖子間牽／畫出一條紅線索等這些在特定時空間下生產的文本／意象作宣詮釋。總而言之，我這樣做只在拋磚引玉，任何人如真要對台灣軍旅詩人的文本寫出一本空間詩學，那麼他／她多少都得考慮到我上面所提出的這些書寫面向作出反應。事實上，劉志宏在台灣現代詩歌空間書寫上的開拓性撰述，其優越性作為已為後來者在這方面開拓了典範，實已難能可貴。

【作者序】

塵封書架裡的溫暖

這本書從洛夫的「石室」展開對空間乃至現代詩歌空間書寫之美學思索與探究，從思考的萌發、著手寫作到最後完成，整整花了三年多的時間，方覺不探究則已，一探究，則精氣神不斷被割裂、紛亂難理，如墮入無底深淵，又似身陷洛夫等人所圍佈成的「地窖」，箇中滋味，實在難以向外人道。

初讀洛夫、瘂弦與商禽的詩，乃在青蒼少年時代，那時似懂非懂亦不求甚解，一種難以言喻的淡淡迷戀與迷惘；如今，回顧那段書寫的的日子，終日與其為伍，不斷在他們詩行中徘徊、遊蕩，時而搔首時而蹙眉，最後卻落得書硯「狼藉」，好幾回都在書桌前趴睡去，自己彷彿也成了他們詩中一個苦澀的身影。但是，這絕對是值得的，他們帶給我創作的養份，以及從研究中所得到的收穫，亦不是外人所能體會的！

我生命也有個二個石室，一個是深盤心靈底處，連陽光也探觸不著，但卻令人卻甘之如飴；另一個我所感謝的起居「石室」，在我捶胸擊牆鬱悶時，能叩以輕輕的回聲，讓我知道還有「人」在陪伴！衷心感謝陳師鵬翔相當嚴謹又細心的指導，沒有您，這本書是永遠無法成形的。感謝楊松年老師的啟蒙與教誨，儘管後來您回新加坡沒有繼續完成論文初構的商討，卻讓我得到相當大的收穫與成長。對於李豐楙、蔡芳定、陳信元，以及陳煒舜老師們細心的評閱，並給予許多非常寶貴的意見，讓此拙論得以初露頭面，在此亦致上萬分的謝忱。謝謝中興大學校友室的林組長，是你讓我得以重回母校圖書館，就地取材更便捷地運用資源；更感謝秀威出版社願意將拙作付梓，讓它在塵封的書架裡，找到一些溫暖及依靠。最後，將這本書獻給天上的父親，我不會忘記和您臨終前的約定，我做到了，但願沒有辜負您的期望！

目次

第一章

緒論

第一節　研究動機

Mapped waters are more quiet than the land is,
Lending the land their waves' own conformation:
And Norway's hare runs south in agitation.
Profiles investigate the sea, where land is.
Are they assigned, or can the countries pick their colors?
——what suits the character or the native waters best.
Topography displays no favorites; North's as near as West
More delicate than the historians' are the map-makers' colors.[1]

——By E. Bishop "The Map"

一、空間的探討可以開拓詩學研究的新方向

筆者非常喜歡，這首名為〈地圖〉的詩，它是美國當代著名女性作家伊莉莎白・碧許（Elizabeth Bishop，1911-1979）1934

---

[1] 本詩：
地圖上的水域比陸塊沉斂儒雅，
默默把自己起浪的形態熨貼地付予陸塊：
挪威這頭野兔子向南疾奔如受驚駭，
側身探索著大海，在水陸交陸之涯。
——什麼顏色最適合家鄉的水域，最能彰顯它的特色？
是編派的，還是每個國家可以挑選自己的顏彩？
是製輿學從不偏私；北方和西方等近無差。
比歷史學家更細膩的是製輿者的設色。

請參閱伊莉莎白・碧許（Elizabeth Bishop）著，曾珍珍譯《寫給雨季的歌》（台北：木馬，2004），頁37。

年除夕夜，一個人坐在格林威治村賃居的寓所地板，凝望著一張裱框的北大西洋地圖神遊而寫成的。她在實際地圖中，加入不同種類的人文地圖想像，像浪花層層推進，涵括了人類學、方誌學、植物學、性愛的，乃至觀光和家居生活……讀完讓人著迷傾心，讚嘆怎有人可以將物色觀察得如此細微、詩情寫得這麼跌宕有致，將地圖的空間妥貼縮進所佈設的人文空間裡與想像裡。她從地圖辨別的不只是空間的地理方位，透過想像，也深入了自己身體的想像世界，讓我們看到的不僅是實質地貌的風景與生態，也是知性地反省歷史學家和製輿者不同的人文與空間觀照。

地圖為現代人旅行的導覽，曾珍珍在導讀〈地圖〉這首詩時是這樣說的：

> 歷史學家總以特定的地理區域為考察中心，析論各樣人文活動在該區域的發展沿革，除了線性時間內的事件始末是重要的考量因素之外，各種權力的角逐也影響了歷史論述的取向。[2]

我們知道歷史是秉持一種特定史觀為中心論述，容易先將地域定位作為考察中心，再抉取時代社會的特性作分期與敘述，析論在該區曾發生的事件與各種人文活動，以及這些事件與活動的發展沿革，和文學作品及作家產生怎樣的對照與呼應。我們不否認這也是一個不錯的方法詮釋，由於時空變異，許多學者與文學史家都用同樣的方法去呼應歷史、召喚文學的想像時，我們便漸漸從其中看到盲點與缺漏了。首先，這樣的史觀容易流於薄面化

[2] 曾珍珍〈失落的藝術要精通〉《寫給雨季的歌・譯序》（台北：木馬，2004），頁39。

與簡捷化，敘述觀點太單一，表像的洞見之後隱藏著選擇性的有所不見，讓原本就不存在的不偏不倚之客觀，變得更偏倚；它忽略了時間有其延展性，也忽略了時代的演變跟作家的思潮推進有極大關係，而非僅僅來自政治的層面。

二、空間的書寫可以跳脫傳統史觀的框架，開拓多元層面的探索

由於在楊師松年的啟迪下，筆者漸漸想從線性的思維與歷史史觀中，去尋找其他面向，[3]恰巧我自己也很喜歡空間性的東西，因緣際會，再觀察到台灣現代詩的發展（下一節文獻檢視時，會再作深入探討）與閱讀到外國詩人諸如奧登（W. H. Auden，1907-1973）、碧許等，深被其作品所帶出來的生命力道、空間思索與美學思維所感染，便想從空間角度概念切入，耙梳台灣現代詩裡的空間美學，而這個角度也是較少人做的。相較於歷史學家所採取的角度，我們知道，製輿者的空間認知是多角度、多觀照、甚至是全方位的。「北方和西方等近」，透過碧許的詩，我們更清楚意識到多角度的觀照並不會減損對特定細部的認識，反而更能打破我們習設的界線、分期，與自覺十分客觀其實卻無形中已加重了界域的思維。

[3] 楊師松年著有《中國文學批評問題研究論集》（台北：文史哲，1994）、《中國文學批評論集》（台北：文史哲，1989）等學術著作。

三、跳脫台灣文學史書寫的窠臼，從另一方向思索詩史的內涵

以往在威權統治時代，台灣文學除少數外，[4]多只能用「鄉土文學」來替代，要儘量避開類似「台灣」這樣的敏感字眼，更別提有台灣史、台灣文學史及台灣現代詩史的產生。1987年解嚴後，在地文學的聲音不論在創作或論述上，都像一股地底的能量般，被釋放出來，豐富了整個文學環境。葉石濤的《台灣文學史綱》雖然遵守傳統文學史學的書寫方法，卻有一定的建樹與意義。不過，現在看來是卻過於精簡，流於作家作品分類之書寫，更遑論與其後的文學史家如呂正惠、陳芳明等人的撰述，他那種意識先行、將有機文學切割變成作家作品的簡單介紹，竟宛如填空作業一般，無法跳脫前人的局限，也難以逃離固定的思維模式、僵化論述裡的二元／族群對立。這樣的書寫，不僅無法兼顧到文學史諸如思潮演變、傳播關係、不同文類與跨文類相互影響等等層面，也無法去細部／細緻耙梳文學與人生的美學狀態，更遑論其他「空間」之想像。

再者，台灣政治氣候藍綠對峙明顯，文學創作與詮釋常見「中國情結」與「台灣關懷」等不同意識型態的抗衡對立，壁壘分明。以六十年代來說，偏「中國情結」論述者，認為渡台對博大的中國傳統及五四文學是一個「失根與放逐」現象，「在地」變成宛如「異鄉」，台灣應是中國的一部分，如簡政珍《放逐詩學》、古繼堂《台灣新詩發展史》和白少帆《現代台灣文學史》

[4] 如吳濁流在1964年創辦時雜誌，當時就《台灣文藝》為名。

都是在這種視角下寫成的；而偏重「台灣關懷」論述者，則會認為這是個斷裂，由外來的大陸作家「領軍」、主掌／霸佔文壇，使本土作家失去發聲的管道與連繫迄日據以來的台灣文學傳統，如向陽的《台灣新詩風潮論》、[5]葉石濤的《台灣文學史綱》和彭瑞金《台灣新文學運動四十年》等俱是。倘若我們能從空間詩學的角度著手，便能避開諸多爭辯不休卻無所進展的議題，拉開視野與器識，找到多元包容的活水與力量，並從較寬綽的角度，省思這個宇宙與藝術想像、人文世界生命與生活經驗的關係，並更加細心、細膩地看待這片土地與，人群。

四、空間的觀照，更可看出作者宇宙觀、生命感與價值觀

馬修・阿諾德（Matthew Arnold，1822-1888）在〈多佛海濱〉（Dover Beach）一詩中，寫到他和愛人下榻於英國東南部多佛海濱的一間旅店，他呼喚她到窗口一起欣賞海景，聆聽海聲，並在週而復始的浪淘捲石聲中，聽到「永恆的悲調」（The eternal note of sadness in）。他的心靈視野在這個小旅店中不斷拓展，空間由腳下海濱出發，橫跨英吉利海峽到法國、然後跨越歐洲到希臘愛琴海，時間則由十九世紀中期逆向回到古希臘劇作家Sophocles（495?-406 B.C.）所聽到的海浪聲，這就誠如陳黎在詮

---

[5] 向陽在〈50年代台灣現代詩風潮試論〉一文中，將五〇年代現代詩的三場論戰視為無比重要的指標，認為它們是帶動現代詩前進的力量；不過，宋澤萊隨後以「這種說法太輕率，也太高估論戰。其實，真正帶動現代詩發展的力量即是論戰背後的力量。」加以反駁。參見林淇瀁《靜宜人文學報》，11期，1999年7月，頁45-61；宋澤萊「台灣文學部落格」網址http://140.119.61.161/blog/forum_detail.php?id=463&classify_id=26（下載時間為2009年9月30日）

釋這首詩所說的：

> 這首詩以平靜的語調開始，以哀傷的語調結束，溫柔抒情的底下是動盪的情緒變化，雖然整首詩只出現一句短短的愛的呼喚，但支援它的卻是深刻宏觀的思想。這是一首「立足多佛海灘，放眼世界」的視野寬廣的情詩。[6]

好一句「立足多佛海灘，放眼世界」！有些人一輩子都無法做到的胸懷，卻讓我們在此詩中完成了。生在這個價值丕變、是非錯亂的時代，你我汲汲營營，錙銖必較的詩人，人與人相處充滿心機與虞詐，幾乎已喪失了人類本性的開濶心襟；但透過「拉開」的文學作品，我們看到不同的文人思維與生命態度，引領我們去深思與陶成。像這樣的書寫，綜觀台灣現代詩作為數也不少，都能在無形中流露出那對空間、宇宙的觀照與審美經驗以及對人生、生命的價值觀有深度的探索與痌瘝情懷，只是詩人有時反而不自覺而已。早期在台灣瘂弦有多首詩作發表，諸如〈巴比倫〉、〈巴黎〉、〈倫敦〉、〈芝加哥〉、〈印度〉、〈那不勒斯〉，洛夫有〈石室之死亡〉、〈灰燼之外〉、〈海之外〉，以及後來陳黎、楊牧的在地思索，寫下諸如〈太魯閣・一九八九〉、〈花蓮港・一九三九〉和〈七星潭〉、〈仰望——木瓜山一九九五〉等詩作都是，只是承繼無力也缺乏論者整理、有效論述與關注，倒是近年來地方文學獎與文學地景書寫的提倡[7]，又漸漸展露聲息，可又大多停留在較平面／片面的書寫視野中。這

[6] 陳黎譯著《致羞怯的情人》（台北：書林，2005），頁203。

[7] 例如聯合文學出版社編輯的《閱讀文學地景・新詩卷》（台北：聯合文學，2004）即是例證。

些都是線索，值得我們去發現與追索、耙梳，在空間詩學上理出一個較清晰的脈絡與輪廓。

五、自己美學的淵源與關懷

因受到碧許啟發，早在兩年前筆者便開始嘗試採取類似在所學的思維來創作。由於，筆者才疏學淺，自覺無法與心中所景仰的大詩人相提並論，但寫過的一些有關地理學思索的詩，確曾以實際創作來探尋台灣這塊土地人文與地誌的關係，〈指南——記新竹〉詩可做例證，它可是我和她的一段美學淵源，茲將它獻曝如下：

這條河躺在城市的邊陲，靜靜
地流，靜靜守護這城
城樓內，如一個王國，曾經
固若金湯，河水輕輕繞過四座
城門，於東，意味季節率先降臨
有風俯下身來，指引日頭前進的
方向。於西，青青的草坪
總是欣欣地生長，無視秋天的肅殺
與寒冷的夜霜。至於南和北呢
他們常拿岩塊當棋碼，沿著尚未規劃完整的
市街擺佈，在思索的空檔便撚撚下方
長滿柔軟青苔的鬍鬚

光復路與車站的名字，在他們舉目的
北北方，這個平原最繁華的路段

密密麻麻，擠滿字跡，指北針在打開的
尺幅右上方，圓環中心的投射地帶
有一個波浪的圖紋，這裡曾有一片海洋
道卡斯族以其渾厚嗓音作標記。轉東門街後
直行即可到達他們的年輕時代，那是
用竹塹圍起來的的身世。起初
有些石路仍羞澀地躲在嚴峻後方，巷弄
更是為海水的手輕輕撥撫，不知具名
精巧的輿匠仍細部將它們辨別出來，好讓
在旅次中追索的迷客有所指向，好讓
年長的歷史為它們作照護

指標上的門牌有點斑剝，那塊有
「進士第」的匾額在季節的容顏對望中
悄然老邁身退，三開五進的院落
被時間摺成小小的方塊，但仍完整在
圖輿裡留下位置與證明。河水到此已剩
乾癟走過的槽形，把自己託付予炎炎蔓生的
青草。延著草堆繼續前進，在北門街尾
你可清晰感受到繪製者細膩的筆調與
狂喜之心情，像探尋者充滿墾闢的願景與
未知之企盼。壯碩的馬匹突然被勒住繮繩
羊止住吃草，石虎將身子凝在一種藝巧的
模型裡

「遇南大路左轉續行明湖路

經育賢國中後門……」墓園的
色系一向總是冷冽與單調，一種玄秘
所決定出的方位與地理，無法做任何
更動。青草在秋去春又長，雖未做任何標記
卻佔滿手冊大片的面積。莿竹換成典緻的
混泥土，曾經築城的人就臥躺在下頭
屬於時間的匱匣。今日天氣晴和
訪問先賢請注意禮節及程式
繪製者特別叮嚀與提醒，標記出
精確的方位與該有的字數、說明，不因
時代的湮遠種性的強弱而　扭轉了方向[8]

後面幾行，幾乎就快和碧許的詩貼齊了，可見她對我的影響與意義。碧許的〈地圖〉期許製輿者的設色能吻合地域的本土特質，能不因自己喜好而任意「編派」，如同我當時所呼籲的，製圖者不可因「時代的湮遠種性的強弱而　扭轉了方向」，更不可因時間的遠離，而不去說明、註記，導致字數、身分的缺遺。空間的思索不僅讓我們打破時間、種性的界限／界線，也讓我們體認到美學與政治在空間認知的分野與糾葛。地輿者有著比史學家更細膩的心思，在有限空間裡反而更有廣濶的視野與胸懷，「同時涵括了宏觀的大自然和肉眼目擊的個別物色，如未被再現過的海洋與天空，樹木與山嶽，街頭和店面，屋宇和水漬等等」。[9]由於歷史涉及記憶，總要臣服於時間的因果排序，而地理關乎空

[8] 劉志巨集〈指南〉林松編《2007竹塹文學獎得獎作品輯》（新竹：新竹市文化局，2007），頁21-24。

[9] 伊莉莎白・碧許（Elizabeth Bishop）著，曾珍珍譯《寫給雨季的歌》，頁41。

間，是多向度的整體。在空間觀照底下，我們有如在空中鳥瞰地景，沒有起始與中心點，只有不斷出現的驚奇、發現，與層出不窮的差異。

第二節　概念界定

> 假如記載下來的歷史——僅有若干年，而世界則是——距離最近的一顆星若干哩外，那麼，地理——對我們而言，其重要性就遠大過於歷史。
>
> ——奧登（W. H. Auden）《空中人日記》

一、空間的探討由來已久，惜缺乏方法與深入的關照

空間和時間一樣，都是人類認知的重要向度，人們很早就開始以形狀、地域、距離和方向等表達空間的概念，早在《山海經》裡，原始初民就開始以周遭環境來辨別方位，在可認知的方位裡（如〈海內經〉），所呈現的人事物都較為清晰與和善，越離生活空間越遠的（如〈大荒經〉），因為人們無法掌握與瞭解，通常開始和內在的恐懼連結在一起，人物與故事的發生也變得特異與詭怪。因而從神話開始（如十日神話、代表月的嫦娥神話），[10]我們便十分清楚，所謂外在空間一定和內在的空間有不可分的關係，它「並非只是一種物理的表現，它涉及了個人於空間訊息的思考、推理和操作」：[11]

---

[10] 如十日的神話，據神話學者研究十日即代表一種刻度，太陽移動的痕跡；而嫦娥重回到月宮裡，基本上就是一種「圖騰回歸」之概念。請見袁珂《古神話選釋》（台北：長安，1982），頁260-88；袁珂校注《山海經校注・大荒經》（台北：裡仁，1995），頁337-440。亦可進一步參閱袁珂《神話論文集》（台北：漢京，1987）及《中國古代神話》（台北：商務，1993）等書。

[11] 李豐楙、劉苑如編《空間、地域與文化——中國文化空間的書寫與闡釋》（台北：中央研究院，1992），頁1。

透過空間表徵所表述的空間不再是靜態不變的物質，也非純然的想像，而是社會關係的產物。人們不斷透過空間的分類、解釋、實現和挪用的「過程」，建構出種種社會關係。此一分類、解釋、挪用的「過程」，經由敘述形成一種用空間架構的理想世界、集體記憶和個人情感的書寫模式，由此積澱出重要的文化論述。（劉苑如、李豐楙：1）

由於《易經》、《易傳》與中國的老莊思想幾千年來的洗禮，我們的人文空間外，確也蘊含一種實踐的哲學。[12]。在西方，我們在談空間（space；place；territory）時，雖然也可分為物理空間與心靈空間，卻因時間流變而有所不同。從中古世紀開始，人們就相信，除了我們所見的外在空間外，還有一個靈魂空間。他們重視心靈空間之餘，並沒有忽略肉體空間。但丁的《神曲》基本上便可視為一個中古世紀的空間架構，它以韻文的形式與思維鑄成，而其中又展露出當時基督教的思維與百姓的時空觀，成為獨特的人文空間。

二、中古世紀文學宇宙觀，但丁《神曲》靈質、物質空間並存

但丁將靈魂規劃成三個空間，天堂是上帝的居所，煉獄是地表的一座山，具有天梯性質，是通往天堂的一個仲介，而地獄則聚集一群罪孽深重、受苦的人。這些安排都不是隨意的，恰巧符合中古世紀宇宙觀的固有邏輯，並有當時的物理科學為基礎。這

12　牟宗三講述、陶國璋整構《莊子齊物論義理演析》（台北：書林，1999），頁170。

和他們虔誠的基督信仰不無關係，而偏向心靈的空間概念則左右了他們思維的運作。在但丁的《神曲》中，我們可以看到這種靈質空間與肉體空間共構的結構與狀態。

不過，這樣的思想，自從工業革命與西方機械論問世後，科學時代的宇宙觀似乎已成為我們對空間的認知。尤其愛因斯坦的「廣義相對論」提出後，不僅推翻了牛頓中性空間學說，也革命性地改變了人類對宇宙空間的觀念。

三、十九世紀愛因斯坦空間觀以物質為主，左右了我們當今的認知

早初，實證主義在研究空間時都把它們當作是均質延伸，每個方向都等值，因而是一種客觀的存在事實。伽利略、笛卡兒和牛頓的絕對的空間，將人類帶入另一個新的科學時代；然而，我們雖明曉了事物長、寬、厚的實體知識，卻無法有效地掌握世界的特質，感官亦無法觸知，並不是真正的、客觀的空間；因而就某方面來說，人類尚未真正發覺「空間」。愛因斯坦認為，整個宇宙的空間其實像個氣球的「表皮」，表皮的斑點就是銀河系，這個宇宙是個「活」的狀態，正在不斷擴張，想像有人正在對你的氣球吹氣，所有的斑點即一個個的銀河系開始四散移動，且相距愈來愈遠。更詭異有趣的是，斑點移動到愈遠處，就跑得更快，因而宇宙，似乎每天都在「長大」，且以驚人的速度在長大，空間不斷在擴張：「廣義的相對論說明瞭空間原有內在的動力，動力的本質也正是空間發展的原由。」[13]這無疑便衝擊到基

[13] 瑪格麗特.魏特罕（Margaret Wertheim）著，薛絢譯《空間地圖：從但丁的空間到網路空間‧空間地圖的開展》（台北：聯經，2006），頁138。

督教義式的創造主之說，因為若誠如愛因斯坦所言，宇宙最初一定是一個小到用顯微鏡才能看到的「點」，因為「大爆炸」才使得空間開始向外擴張，則科學的證據是否將人們內在思維空間塗銷，我們暫且不論；但這種思維已讓身處當代西潮東漸的我們產生震撼。那種唯物實證帶來的科學宇宙觀，似乎也已成為我們對空間的認知，及至人文的領域、疆界，到我們的生活型態與創作／閱讀意識。

既然在這宇宙肖像之中的物質空間裡，沒有留餘地給其他空間，它即是真實的全部。那麼，身處在二十一世的我們（創作者或詮釋者），又如何去思索空間的議題、摸索出那塊從原始以來就有的靈質／心靈空間呢？這個議題值得我們深思與關心。

四、現代人文地理學視野結合了「現象學」與「存在主義」

一九五〇年代後，地理學界有空間計量學派之興起，其背後的哲學是邏輯實證論的哲學，而後對於這種所謂科學主義地理學的反動下，促使了人文主義地理學跟結構主義地理學的發展。起先，現象學試圖回歸先於科學活動之原始空間經驗，其對存在（Sein）、存有（Dasein）與存在意識的探討，讓人類開始注意到自己與環境及存在最終價值與意義的關係，而其畢生要關切的存在問題應該是：「什麼是存有的意義？」畢特曾引用所羅門（Solomon）話說：

> 我們與世界最初相遇，並不是我們對世界認識，或是與世界的分離（胡塞爾的說法），而是以一種比較實的方式

> （「牽念」（concern）」）來對待世界。這個世界並不是由被辨認為「物」（things）的實體（存在事物）組成的，而是由在被辨識以前就為人使用的實體（「工具」）組成。因此，人類起初是很實際的，但最終卻關注自己，關切於尋找自我認同。藉由這種關切，此在聯繫上了其他人、客體，甚或是自己。「海德格的哲學乃是要成就這個根本的探索，發現我們是什麼（誰）」（Solomon，1972：208）[14]

而存在主義哲學家沙特說「存在主義即是人文主義」，[15]他認為存在主義不是「絕望的無為主義」（quietism），[16]亦非「沉思的哲學」（Contemplative Philosophy），更非布爾喬亞（bourgeois）哲學。[17]存在主義強調主體性的真理，不存在於客體的對象上，而存在於人類中。他們「思考」（I think），但不是只發現了自己，也發現了別人，這點和笛卡爾不同。他們強調了人的主體性、本位性與主體之間的「相互主觀性」（inter-subjectivity），而非先由思考來展現存在的，因而有「存在先於本質」（沙特語）之提出；傳統的形而上學總致力探索於抽象的、普遍的「本質」，而存在卻是一個具體的東西，若它不存在，當然亦無所謂內在的「本質」。存在主義亟欲重視生命和人類的存在，精神不應由外物所役，不然，表面上我們好像擁有它們，實質上是為它們所「佔據」，變成了「被俘的靈魂」，造成疏離。

---

14 畢特（R. Peet）著，王志弘等譯《現代地理思想》（台北：群學，2005），頁63。

15 考夫曼編著，陳鼓應、孟祥森、劉崎譯《存在主義哲學》（台北：台灣商務，1984），頁359-86。

16 考夫曼編著《存在主義哲學》，頁359。

17 考夫曼編著《存在主義哲學》，頁360

誠如馬塞爾才說，「有」便是「疏離的根源」；然而，人被拋入（being thrown into）這個世界之後，「疏離」之感便產生了。

而「人文主義地理學」在西方有其傳統，[18]它除了「人本主義」以人為本的概念與思維外，還匯通了「現象學」與「存在主義」，因而它除了有如現象學回到「事物自身」（zurück Sach selbst）[19]以及存在主義的「主體」思維外，更重要的是，人文主義地理學家還將「在世存有」（Being-in-the-world），聚焦為「在世主體」（Man-in-the-world），讓主體與客體、空間、與感官／感覺的關係上。法國哲學家梅洛・龐帝是在胡塞爾之後，把其「生活世界」與「主體——身體」結合，乃至知覺——感覺的反應，身體層次中意識發展與意義根源的問題。

這種觀點在人文主義地理學家中得到了發揮，代表的人物便是雷爾夫（Edward Relph）和段義孚（Yi-Fi Tuan），他們一方面以現象學的論點為基礎，一方面延伸了存在主義論者人與環境、地方之間的深度、親密關係；一方面從存有所棲居地方的角度，來調和時間與空間，探討了人與地方之間的情感連帶，強調感知環境的方式，將實際的工作、居住等等遭遇，透過模式化約為詮釋的主題，把各種不同類型和普遍程度的抽象空間，藉由心靈抽象化投射出來。人在環境中不僅只是一種消極的存在，同時需對存有本身開放，成為一個開放性的存有者，這才能擁有世界，跟世界之間形成一種和合的關係，他們通過這個思路建立起所謂人文主義地理學的基本論述，認為空間本身必須通過主體直接經驗

---

[18] 阿倫・布魯克（Alan Bullock）著，董樂山譯《西方人文主義傳統》（台北：究竟，2000），頁15-86；呂健忠、李奭學編譯《西洋文學概論：上古迄文藝復興》（台北：書林，1989），頁145-199。

[19] Robert Sokolowski（索科羅斯基）著，李維倫譯，蔡錚雲導讀《現象學十四講》（台北：心靈工坊，2005），頁10。

的感覺，「地表上所呈現出來的東西是通過人主體上的抉擇或一種行為所表現出來的一種世界……的存在，不僅僅是生理上和心理上的存在而已，也是一個歷史文化的存有。」[20]可見環境並非原本就有空間秩序，相反地，地方的整體性乃透過涉身的世界而接合起來。

台灣現代詩論者，在研究洛夫及商禽等詩人時，他們多以超現實主義風格來進行研究，以「時間、敘事」的跳躍、斷裂來論述其晦澀的詩風及其與時代之氛圍，並未從地理／地方或空間思維來探索其創作意涵和當時環境的關係，以及他們因環境的牽制而產生的空間變異樣態與美學技法相映的氛圍、意涵與象徵。仔細回想，「空間、場景／場面的斷裂」，不就更能說明「超現實」晦澀詩風的形成之原由？我們不禁要問：在那戰亂離多政治高壓的時代，在面對禁錮的氛圍而對當下現實時空所產生的疏離感受時，轉而「很自然地就逐漸由外部世界退入內在空間」。[21]這是一個有趣的問題，當我們由「空間」的角度去觀察，便可發現這樣的疏離感，與其說是「退回」到內在某一處，不如說是他們擁抱世界的另一種方式，[22]而這種方式卻恰巧使他們更貼近人類與世界存在的關係，以掌握自己的意識與面目。存在主義式所言及之苦悶，即在此切入時代氣圍，我們恰可試著以現象學以及人文主義的地理學的論述，來開拓此缺漏的空間。

---

[20] 潘朝陽主講，蔣宜芳紀錄〈「空間、地域與文化跨學科座談會」空間、地域與文化專輯（下）〉《中國文哲研究通訊》，第十卷・第四期，2000年12月。

[21] 劉正忠（唐捐）的博士論文《軍旅詩人的異端性格——以五、六十年代的洛夫、商禽、瘂弦為主》（台北：國立台灣大學中國文學系博士論文，2001）即持此論調；此外，葉石濤和彭瑞金亦持此一論調，見葉石濤《台灣文學史綱》（高雄：春暉，1987）中論述五、六〇年代部分；彭瑞金《台灣新文學運動四十年》（台北：自立晚報社，1991）論及軍中作家部分。

[22] （對環境）疏離、冷漠都是對空間與地方的一種反映，這可不容我們「忽視」；而他們果真如歷來論者所說的那樣嗎，這難道不值得我們深入探討、研究嗎？

第三節　文獻分析

一、台灣現代詩歌的空間／書寫美學研究

台灣現代詩之發展，自台灣新文學運動算起，迄今已近一百年了，不管是本島、外省或海外華人，都為台灣的現代詩注入了多元、多樣的活水，豐富了整部台灣現代文學史，讓現代詩呈現多樣的生命風景與姿態；然而，由於台灣相對特殊的社會與政治情境，使得以往詮釋者對詩史的耙梳與對現代詩的詮釋，不是過於專注文獻資料或者作家的身世考據，便是引用文本以作為社會文化與意識型態之論述。不可否認地，台灣也有一些論者如蕭蕭、簡政珍等人，他們開始觀照到文本所隱藏的美學特技與現象學意識等種種折射；而八〇年代末以來，在學者如夏鑄九、顏忠賢與王志弘等人積極地將地理／質系與建築等知識與文化研究接合起來，並已取得相當大的成就與影響之下，他們的研究成果多少都已對台灣的現代文學／詩歌研究產生相當大的影響。

早期台灣現代詩歌空間書寫的研究，多少都會注意到城鄉的變化以及都市對於人們創作與生活心思之影響，因而將焦點放在詩人對於自然與都市的反應與感受，偶爾有零星的篇章花在觸探詩人的都市生活，[23]且還將想像聯結到宇宙外太空裡去，比較有系統的論述當數陳大為的《羅門都市詩研究》（碩士論文）、《亞洲中文現代詩的都市書寫：1980-1999》（博士論文）以及接下來

[23] 可見鄭明娳主編《當代台灣都市文學論》（台北：時報，1995）及鄭明娳總編輯《當代台灣文學批評大系》（台北：正中，1993）。

所衍生的對亞洲大都市之街道書寫，確可謂開學術領域裡對空間書寫之探討的端倪。二十一世紀初，唐捐的博士論文《軍旅詩人的異端性格——以五、六十年代的洛夫、商禽、瘂弦為主》，儘管跟詩歌空間書寫並沒有直接的關係，可卻點明瞭洛夫等人之軍旅身分以及他們在戰地生活中的孤絕心靈狀態。港澳學者區仲桃也在羅門及蓉子的詩作中，找到現代主義的空間形塑特色，但是她多是以「記憶」與想像來定調台灣現代詩的空間書寫。總之，從上述之文獻考察，我們發覺能真正從詩人的創作與所在空間去探討其美學技巧與藝術價值的，可說仍然相當初淺不足的。

二、詩人創作生涯中，寫「自我」到「他人」是個很大的跨越

其實，台灣詩美學從早期的楊華「女工」[24]系列樸實的書寫筆調，早已經拓展出美學獨特的氛圍與內涵，然而如前文所及，到八〇年代及晚近時期，由於台灣社會因解嚴而釋放出極大的可能美學論述的能量，卻因報禁、黨禁的解除與自由民主的開放，而讓許多學者將重心放至多年來未被重視的少數族群身上、關注於社會文化與意識型態的論辯上，諸如女性主義[25]、原住民的聲音、[26]及詩刊／詩社的成就[27]及同仁唱酬的研究，台灣現代詩美

---

[24] 羊子喬《神秘的觸鬚》（台北：台笠出版社，1996），頁152-161。

[25] 李元貞《女性詩學：台灣現代女詩人集體研究（1951-2000）》（台北：女書店，2000）。

[26] 邱貴芬。2002。〈後殖民之外：尋找台灣文學的「台灣性」〉。發表於「台灣文學史書寫・國際學術研討會」。成功大學主辦。2002年11月22日～24日於成功大學光復校區國際會議廳；邱貴芬。〈翻譯「台灣性」〉。國科會研究成果，初稿宣讀於「邊緣再思：文化、傷痛、再現」學術研討會，國立中興大學台灣人文研究中心主辦，2003年3月15日。頁8。

[27] 解昆樺《台灣現代詩典律的建構與推移：以創世紀詩社與笠詩社為觀察核心》

學詮述的成就依舊有限，可又加上詩社的論述共謀效果，使得詩創作的成就一度有走入「為理論而書寫的危機」。[28]對底層人民或性別角度的關心，並不是就要犧牲藝術難能可貴的隱喻、象徵，簡政珍在《台灣現代詩美學》第三章「詩與現實」中談得十分精闢詳盡：

> 某方面說，面對生活的苦澀，社會價值的不公，雖然詩人本身不一定是直接的受害者，但是能將自己放在「他者」的情境裡，這是詩人或是任何文學的書寫者最難能可貴的心境。[29]

又言：

> 七、八〇年代現實詩的創作動因不同，甚至和六〇年代能真正寫「他」的詩人有別。七、八〇年代的現實詩，詩人本身並不一定是弱勢者，但是卻以不是弱勢者同情弱勢，有更莊嚴的人生觀。在詩人創作生涯的成長中，從寫「我」到寫「他」是個很大的跨越。但是即使寫作動機只是自己命運的映照，這些有關現實的詩作仍然彌足珍貴。[30]

在這兩小段引文中，我們瞭解到有些詩作，雖然在寫「他人」，卻是充滿著情緒化的宣洩或憤慨的議論及說明，使其藝術

（台北：鷹漢出版社，2008）；解昆樺《青春構詩：70年代新興詩社與1950年世代詩人的詩學建構策略》（苗栗：苗栗縣文化局，2004）。

[28] 簡政珍《台灣現代詩美學》（台北：揚智，2004），頁78。

[29] 同上註，頁82。

[30] 同上註，頁78-79。

價值停留在有限。表面上好像在寫他人，可是因為情緒化及欠缺藝術的處理，使得作品成為全然的主觀意識，只寫到了「自己」。文學創作思維是建立在一如簡政珍所言的「自我」與「他者」或是外在世界的互動上，經由「他者」才能深切體認到真正的「自我」。但是，我們不能把想像力放逐，因為詩無法像「街頭抗爭」般直線達到其訴求，它有一種迂迴的弧度，因而有「目的論」的創作，常使詩變成「承載工具」，[31]隨時間而消耗。

我們沒有直接對社會底層的書寫，並不代表不關心「他們」，而是他們需被放入藝術的處理中、美學的思索裡，用文學的技法去關照與書寫，否則表面好像在寫別人，卻充滿「主觀自我」的感受，更容易變成「情緒承載工具」，甚而是陳述目的之宣傳與消耗單證。其實，不管是不是中下階層，女性也好，原住民、同志、環保等議題也罷，都是社會百姓真實的生活的反映，我們都可以透過藝術的處理將其綰合在精湛的藝術作品中，以下我們就要談談開始對台灣現代詩美學展開獨立且完整思索的一些論者之論述。

三、比較詩學的開拓，讓台灣現代詩學論述有了新契機

早期在國內，開始對「詩學」美學展開思索的人，當推劉若愚莫屬，他的《中國詩學理論》提出的文學思考與類型論，迄今仍有不可撼搖的地位，深深影響後世評多論者；之後葉維廉、張漢良、鄭樹森等人，乃至古添洪、陳鵬翔從比較方法學觀照文學

[31] 見簡政珍《台灣現代詩美學・第三章　詩與現實》（台北：揚智，2004），頁103。

／詩學，在不同文化間追索與思考，從語言的記號、意象、神話心理到習性和思維結構等層面，更進一步開拓台灣詩學的研究領域，取得許多不錯的成就。然而，真正對台灣「現代詩」美學展開獨立的思索，比較完整且較全面的，當屬簡政珍和吳潛誠。

這兩位學者，和之前提及的葉維廉、張漢良一樣，都是比較文學出身，因為都有相同宏觀與微觀的視野，也因所學而能從較不同的角度審視事物，看出其中差異而細緻的部分。兩人也大都在八十年代末有重要專書來討論「台灣現代詩的美學」，[32]同樣在大學任教，同樣對詩學有高度的熱忱與涵養，而簡政珍還是個台灣詩壇有名的詩人。不過兩個人切入的觀點是很不同的，吳潛誠專注於在地詩學，對台灣本土詩人心思與詩作見解獨到，詩論淺入深出，顯白不俗，看似無章法卻處處充滿章法；簡政珍的觀照點在中國，對放逐主題與語言意象著力頗深，詩論精闢深曲，質厚有味，結構縝細而密。

吳潛誠早期即如著手英美詩集譯介工作，諸如惠特曼（Walt Whitman，1819-1892）的《草葉集》（*Leaves of Grass*）[33]都出自他之手，主持過桂冠外文譯介工作，團隊大量且質精的翻校出版，對近年來台灣知識圈與西方探觸、接軌，貢獻頗大。簡政珍早期投入現代詩工作，從研究〈洛夫的意象世界〉開始，便將所學如對新批評的細讀（close reading）、語言學家置喻（metonymy）與隱喻（metaphor）之知識應用在評騭台灣現代詩上，而這個部分恰巧是在他處理過唐詩的隱喻及換喻之後，將西

---

[32] 吳潛誠有《詩人不撒謊》（圓神，1988）、《靠岸航行：關於文學與文化評論》（桂冠，1991），以及後期的《島嶼巡航：黑倪和台灣作家的介入詩學》（立緒，1999）等等；簡政珍有《語言與文學空間》（1989，漢光），以及後來的《詩心與詩學》（1999，書林）、《台灣現代詩美學》（揚智，2004）等等。

[33] 惠特曼著，吳潛誠譯・導讀《草葉集》（台北：桂冠，2001）。

方帶入中國傳統詩學，再轉入到台灣現代詩的研究。[34]這樣的新視野與觀照，為台灣詩論述建立一個新的質地精美而獨具的里程碑。更令人驚喜的是，這兩位專注於台灣現代詩美學的學者，都不約而同專注到了美學「空間」這個部分。以下，就來談談他們如何去看待台灣現代詩美學與「空間」關連的這個部分，以及他們如何思索其中意涵、呈現怎樣的狀態，而此議題之處理又與本書有怎麼樣的牽聯關係。

四、吳潛誠：地誌學的思索

吳潛誠在《感性定位》這本詩論集的「詩與現實」一章討論到南台灣文學景觀與詩人群象時，曾提到「地誌詩」。[35]他根據十八世紀大文豪撒繆爾・強森（Samuel Johnson，1709-1784）的說法，英文地誌詩濫觴是約翰・丹南（Sir John Denham，1615-1669）的〈古柏山〉（"Cooper's Hill," 1642）一詩，強森說：

> 一種可以命名為「區域詩」（local poetry）的作品，其基本題材是某個特定的風景，透過詩意的描述，再佐以歷史

[34] 簡政珍，〈洛夫的意象世界〉，《中外文學》。12:2，1983年7月；簡政珍，〈隱喻及換喻〉，《中外文學》。16:1，1987年6月；俱收於簡政珍《詩心與詩學》（台北：書林1999），頁252-305及193-214。在此，我們可以看到他研究追蹤的路線與轉向。

[35] 吳潛誠對地誌詩定義為：根據《辭海》的解釋：就一國或一區域而詳敘其地形、氣候、居民、政治、物產、交通等項之曰地誌。中文傳統是否也有地誌之名稱，不得而知。我所謂地誌詩的觀念借用英文的topographical（又稱loco-descriptive poetry），原由希臘文的地方（topos）和書寫（graphein）二字組成。參照吳潛誠〈閱讀花蓮：地誌書寫——楊牧與陳黎〉。原載更生日報《四方文學週刊》（1997年11月9日），收於《在想像與現實間走索：陳黎作品評論集》（書林出版公司，1999）。

回顧或偶發的沉思所提供的某些增飾。[36]

強森博士對地誌詩的解說，通常被視為討論英文地誌詩的起點。吳潛誠曾進一步以強森博士的論點為據，歸納出地誌詩的三種特徵：

> 一、地誌詩的描述對象以某個地方或區域為主，諸如特定的鄉村、城鎮、溪流、山嶺、名勝、古蹟，範疇大抵以敘述者放眼所及的領域為準，但想像的奔馳則不在此限；
> 二、地誌詩須包含若干具體的細節描繪，點染地方的特徵；而非總是抒寫綜合性的一般印象；
> 三、地誌詩不必純粹為寫景而寫景，而可以加進詩人的沉思默想，包括對風土民情和人文歷史的回顧、展望和批判。[37]

土地的歸屬往往是心靈的活動國度。對特定地區景觀的描寫往往是徵顯建構本地特質企圖。當地理國度和心靈國度結合，足以形成了最豐富的地方感。沒有土地意識的詩人是不會去描寫生活環境中的景物，因而，地誌詩篇可以拿來觀察詩人對這塊土地的情感和反應，亦可使讀者一窺詩人心靈在地理國度上的躍動，進而相融產生新的情境、視野。

吳把陳黎的〈花蓮港．一九三九〉和〈太魯閣．一九八九〉與楊牧的〈俯視──立霧溪一九八三〉和〈仰望──木瓜山一九

[36] 參考吳潛誠《感性定位．詩與土地》（三重：允晨，1994），頁57。

[37] 同前註。吳潛誠《感性定位．詩與土地》，頁57-8。

九五〉四篇詩文本做比較，並探討詩人以詩書寫台灣（花蓮）地誌的樣貌：

> 與其說是地誌，毋寧說是一種生活的歷史的描述。歷史原是大敘述，只記載皇帝貴族或國家大事。從前平民甚至不容易被寫進文學作品裡，古今中外皆然。這首詩則是小敘述，詩人站在全知的觀點，跳躍時空，書寫一九三九當時的人文歷史和生活景觀，為城市繪圖定位。[38]

讀到這裡讓筆者不禁大讚欣喜起來，因為終於有學者注意到台灣「地誌」書寫的問題，由於吳把「人文歷史」（時間概念）和「生活景觀」、「城市繪圖定位」（地理概念）連繫起來，筆者由這點得到啟發，開始思索「地誌詩」和「空間」的關係，發覺「地誌詩」雖為「空間」的一部分，但並非是等同，因而有強烈進一步探索的企圖；而空間和「詩學」是否可建立起一種概念的關聯，那種關聯並不是只抓住時間與歷史線性的思索，而能展開更細緻多層的觀照，亦即詩人與生活地域與存在空間之觀照。

五、簡政珍：語言與文學空間

簡政珍是台灣現代詩評論中，最關注美學這部分且成就不凡的學者，在近來幾本書，諸如《語言與文學空間》、《詩心與詩學》和《台灣現代詩美學》，我們可以找到明證。尤其在他提及「空隙」、「空白」與「沉默」時，更將觸角延伸至詩最基本

[38] 原載於更生日報《四方文學週刊》（1997年11月9日），收於王威智編《在想像與現實間走索：陳黎作品評論集》（台北：書林出版公司，1999）。

的要義「語言」這上頭，開始思辯詩句的「句構」（syntactic）與「語義」（semantic）之關係，還有詩的意象（image）與情感（feelings）的關聯。他將新批評詮釋詩作的方法，以及語言學家、語意學家與現象學家對語言和文化之間的探究，運用在詩歌評析上，對台灣詩學注入一股新的活水。在《語言與文學空間》中，他提到語言與文學空間的關係：

> 語言藉著發出聲音表示存在。聲音隨時間流逝，言語在某一時間內完成，語音一了，其生命也跟著停止。書寫文字試圖以創造的空間來對抗時間以延續生命，但其表現的模式仍然仰賴聲音。

簡氏所講的聲音，是語言的聲音，也就是文學／詩作中的「弦外之音」，並不是我們平常講話的聲音，這個跟他提的空白、空隙與沉默，是相互呼應的。他注意到了寫作和時空之間的狀態，寫作和講話之不同，講話無法留存，「語音一了，其生命也跟著停止」，但文學作品卻可以，是因為它有個「空間」停駐，透過文字的書寫「創造的空間來對抗時間以延續生命」，因而寫作有其意義性、「時空無限性」。我們也絕不能因為他有這種獨特性，便將它以「講話」的方式來書寫／創造，汙玷並忽視了它的藝術性與可貴的「弦外之音」。他如下繼續申言藝術與文學空間的關係：

> 意象和文字的藝術有別，它創造視覺，呈現空間而非時間。欣賞圖畫或攝影，觀賞者可隨意由左至右或由右至左，從上到下或從下到上。他也可以瞬間收取全景。意象

> 成形於空間的安排，而非時間的接續。欣賞圖畫涉及的是欣賞的角度和觀點，而不是尋跡觀賞的始點。（頁88）

在這裡，簡氏觸及到「空間」的問題。他認為文字和「圖象」是有別的，「欣賞圖畫或攝影，觀賞者可隨意由左至右或由右至左，從上到下或從下到上。他也可以瞬間收取全景」，而文字的書寫卻和圖畫並不同：一般文字敘述如小說、散文、隨筆、日記等等，通常受制於時間的安排，欣賞者無法像圖畫般自由隨意，從任一地方展開起點、跳躍或結束。「詩」既然擄有「文字」的部分屬性，那麼它與敘述文類有何不同？其實，它最大的不同與可貴之處是——它能造創「意象」，用以打破時間的限制。簡政珍接續申言：

> 文學之所以難，主要是人要以時間性的文字創造空間性的意象。雖然作品由文字組成，但作品的精髓，在於文字將形象轉化成意象。文學的語言和科學的語言不同，前者以物表現物象（thingness），後者將物歸併成抽象概念。科學先致力於發現這個客體的世界，再以公式化的界定而使客體摧毀。文學超越現實世界人、物、事，而文字意象促成這種超越。（頁88）

我們據此掌握到了簡氏的「空間概念」。「文學之所以難，主要是人要以時間性的文字創造空間性的意象」。這「空間性的意象」就是一種隱藏的圖畫，透過作者之文筆傳到欣賞者的腦海。這種特殊「圖畫」當然和前面提到的具體圖畫不同，因為它是富有思維／心靈氣質的。它不是純然是落真在眼前的畫像，更不是純抽象的事物，它必需由「情景交融、虛實相映」才行，否則就不叫「意象」（「雖然作品由文字組成，但作品的精髓，在於文字將形象轉化成意象」）。[39]簡政珍的空間概念係由語言出發，在虛實之間擺盪以拓展出最適切的「意象」位置。他追求文學語言與空間裡的「空白、間隙」，因其可容納人的心思與弦外之音，是在藝術創作與欣賞時不可忽略的部分，否則文字獨特（亦是尊榮）消融時間性的意象能力便被吞沒，變得與一般圖畫或「聲音」無異了。因為這聲音說完即隨時間消逝，永遠不再重複；這個圖畫不會拓展出更細緻的情感與理念，一如漫畫、商業運作的廣告品。

簡氏和吳氏的「空間」概念思索深深影響著筆者，兩個人都從不同角度出發，也給了台灣詩學空間的探索一個新的思維面向。然而，吳潛誠過於著重地誌的書寫，有時會落入「現實主義」的框架裡，詩的語言與技法會因過份鄉願意識而喪失，有淪為「寫實的敘述文類」之虞；而簡氏論述有時又過於著重「文本」（text）作品本身，現實面貌過於不清與模糊，無法全面觀照到作者和時代環境的關係，有與在地社會現實脫鉤之慮。再者，兩人的空間探索，仍有不足的部分，雖都著重於詩的美學探尋，但「空間」思考面向卻是相反的。地誌詩學、空間地理、語言空隙、意象思維，若能擷長並補彼此之短，綜合觀照取其優異獨特點，汰除思慮不週部分，相信一定能為台灣現代詩學空間論述奠定一個不錯的根基。筆者由此出發，加入自己對台灣詩學多年思索、研究與獨立觀察所得，試圖為台灣論述、空間詩學開啟一個新的面向。

[39] 白靈《一首詩的誕生》（台北：九歌，1991），頁60。

六、其他學者於詩學空間上論述多點到為止，未能深入

在台灣，其實也有許多學者談到「空間」這個議題，可惜都僅是單篇的論文，並未擴展開來，且若是有提到也都是點到為止，諸如奚密在一篇〈從現代到當代：從米羅的《吠月的犬》談起〉，從米羅（Joan Miró，1893-1983）的畫《吠月的犬》（Dog Barking at the Moon）談到台灣詩人兼習畫者紀弦詩作〈吠月之犬〉所受的影響與關係，又談到陳黎同名詩作〈吠月之犬〉火車意象的承襲來自紀弦：

> 相對於紀弦對時間空間化的處理，陳黎在此詩中將空間時間化了。所有的空間意象最終從屬於時間霸權此中心命題之下。如陳黎在《家庭之旅》跋裡所說的：「我們的存在只是賡續，並且重複，前已有之的存在。」個體僅是時間之流裡點滴的顯影、化身，「我們」之不斷「賡續」和「重複」即匯為涓涓不絕之長流。[40]

奚密雖談到了兩位作間「時間空間化」與「空間時間化」的不同思維風格面向，卻未將何謂「時間空間化」與「空間時間化」議題釐清辨析，推展開來，殊為可惜。奚密當然是一位在詩學上有獨到研究令人尊重的學者，評詩論衡經常有令人拍案之處，然而她的問題也是現代詩中常「重複」、「賡續」的問題，

[40] 原載《中外文學》二十三卷三期（1994.8），收於王浩威編《在想像與現實間走索：陳黎作品評論集》，頁107-16。

即：缺乏一種新的視角與理論用來切入並審視台灣現代詩脈絡、詩人群像，導致在現代詩的論述上，「公說公有理，婆說婆有理」，大都與生活脫鉤的事實，一直為人所垢病；因而這個工作亟需後進遠識者，以多元的角度與方法，戮力去做成較完整而綿緻的論述與建構。

第四節　美學定位

一、美學與詩學不可偏倚，須與現實保持若即若離的關係

前文提及，以往對現代詩的詮釋，若非過於專注文獻身世的考據，便是太著重在文本的分析，忽略時代環境背景相扣合。加之，我們常以時代來分期，然後將詩人制式地分門別類，扣以時代的帽子將其詩作美學、思維與技巧，太簡單地壓縮在環境所致的因果狀態裡。「歷史」的重要性經常淩駕在「詩」之上（簡政珍，2004：1）。簡政珍在其《台灣現代詩美學》中就有過這樣的擔憂，研究者都：

> 1. 將「語言」事件簡化成現實事件。以詩例印證時代走向；詩是時代的註腳。文學的研究不是美學本身，而是歷史學、社會學研究的案例。
> 2. 以思潮的脈絡追尋詩風的演變，因此刻意凸顯所謂的「前衛」。但所謂的「前衛」事實上是外來思潮的印證，是國外「前衛」理論之後的尾緒。詩的詮釋經常套入理論的框架。詩的存在是為了佐證理論的存在。[41]

詩和現實當然脫離不了關係，可是詩並不是新聞的報導那般力

[41] 簡政珍《台灣現代詩美學・自序》（台北：揚智，2004），頁1。

求事實的真切。事實上，任何事物都不可能再現（representation）；[42] 因而欲探尋詩作中種種與現實牽繫成的面目，還原「事件」的真委，根本不可能，因為它已摻雜了詮釋者主客觀的歷史性。然而，詩又不能離開現實，脫離真實的人生，否則容易形成「超現實」「天馬行空」。事實上，好的詩作應懂得如何結合現實與想像。如同新批評健將布魯克斯（Cleanth Brooks，1906-1994）在〈反諷——一種結構原則〉（「Irony as a Principle of Structure」）[43]一文中所提及的「風箏尾巴」的理論：

> 紙鷂的尾巴似乎是否定紙鷂的功能的：它把原本做來上升的東西拖了下來；同樣，詩人負荷的具體的特殊性好像否定他所嚮往的普遍性。[44]

有放過風箏的人都知道，風箏的尾巴看似無用，其實確有相當大的作用。有了「它」就會增加風箏主體的重量，把風箏整個往下拖；沒有「它」，又無法禦風飛行。採用這個例子來比喻詩人的創作，是再恰當也不過了。詩作必需要在「現實」與「想像」中擺盪，不偏執任一方，才能像風箏不斷在空中自由翱翔。簡政珍這段論述，無疑也是道出有志於新詩評析工作者的努力方向。

---

42 蔡源煌《從浪漫主義到後現代主義・寫實主義與自然主義》（台北：雅典，1988），頁23-9。

43 Cleanth Brooks. "Irony as a Principle of Structure," Twentieth Century Criticism., pp. 59-70；另見簡政珍《台灣現代詩美學》，頁84。引文為：「詩正如風箏飛揚時的尾巴，尾巴的擺動促使風箏往上升，但尾巴本身的重量又會使風箏往下墜。詩的風箏是在上下兩種力量的拉扯中保持張力，『面對風的衝擊』，在空中翱翔。」

44 另可見布魯克斯（Cleanth Brooks）〈反諷：一種結構原則〉，收入趙毅衡編選《新批評文集》（天津：百花文藝，2001），頁377。

二、作者已死？文學、作品與世界的關係

不過，在「文本」（text）這個概念被結構主義者如羅蘭巴特（Roland Barthes，1915-1980）提出來之後，大體上已經調整我們對所謂「作品」（literary work）的看法，文本是任由讀者／詮釋者閱讀書寫的場域，早已脫離作者的「掌控」而獨立存在。問題是，批評家在過度地排除文獻與作者之間的關係及「歷史」的氛圍之後，也會陷入另一種迷思／迷執之中，那即是忽略了「作品來自作者」的世界觀、價值觀與美學標準，逕把作者直接宣佈「死亡」，可事實上，有時作者並未死，甚至和「作品」脫不了關係。艾布拉姆斯在《鏡與燈》中〈藝術批評的諸座標〉說得很詳盡：他認為藝術品都要涉及四個要點，幾乎所有力求周密的理論都會在大體上對這四個要素加以區辨。他用了一個「三角形」來安排這四個座標：

儘管任何像樣的理論多少都考慮到了所有這個個要素，然而我們將看到，幾乎所有的理論都只明顯地傾向一個要素。就是說，批評家往往只是根據其中一個要素，就生發出他用來界定、劃分和部析藝術作品的主要範疇，生發出藉以評判作品價值的主

要標準。[45]

作品既然和世界、欣賞者與藝術家有關係，那麼它就不可能是完全獨立而不與外界任何事物關連。所謂「世界」即是他養份的來源，是他思想與情感的陶成，因而他所創造出的作品與表達情思時，勢必會被其所影響、牽連，我們在詮釋作品時，自然不可忽略這一面向。如同劉若愚在《中國文學理論．導論》裡所作的延伸，將其補充為一個圓環形，並強調「我所謂藝術過程，不僅僅指作家的創造過程與讀者的審美經驗，而且也指創作之前的情形與審美經驗之後的情形」（13-4）因而「沒有作家，作品不能存在，而作品不可能展示宇宙的真實，如果作家不能對宇宙先有感受」（14）之後，他提到了一個相當重要的點：

> 事實上，我們雖然不必否認文學作品的客觀存在，而與作家創造作品的經驗與讀者對作品的再創造是分開的，或者進而討論藝術作品的本性（ontological status）或「存在形式」（mode of existence），然而我們仍可認為：任何人，甚至「客觀的」批評家，若不採取作家或讀者的觀點，是無法討論文學的。[46]

不過在台灣現代詩的評論中往往偏顧一方（作品或作家），能做到公允客觀甚至兩者皆顧的，畢竟不多。基於這樣的思索，筆者在著手本書的撰寫時，便要求自己盡力做到兼及兩者，勿在

---

[45] M. H. 艾布拉姆斯著，酈雅牛、張照進和童慶生譯《鏡與燈：浪漫主義文論及批評傳統》（北京：北京大學，1989），頁5-6。

[46] 劉若愚著，杜國清譯《中國文學理論》（台北：聯經1981），頁14。

「文本」與歷史性（historicity）中執慮一方而有所失，祈能照顧到每一個面向。

第五節　方法與架構

一、「地誌學」與「語言及文學空間」的延伸與融合

「地誌學」最初名實相符，如希臘文中「地方」（topos）與書寫（graphein）二字而成，就字源來說，地誌學乃有關某一地方的描寫；在韋氏字典中，還有延伸的意義，亦即「紀實方式如地圖、航海圖、鉅細靡遺地描繪任何地方或區域自然特質的藝術或作法與某一地表的構形包含其形狀及河川、湖泊、道路、地市位置等等」。[47]然而時代變異，地誌學已慢慢由「文字」為景物創作出其對等的譬喻，更進而拓展景觀情感落實書寫（夏鑄九、王志弘編譯，1994），延伸出地域、空間「譬喻概念」（雷可夫、詹森，2006：37）的轉換與不同。再者，就「語言與文學空間」來說，語言空隙與意象（艾略特，1969：1-52），隨文本（text）不斷拓展到「文本之外」，因而作家的思維面向勢必和創作時的意象鑄造產生連結，而其思維、感情觀與價值觀和其生長時代環境、當下空間地域書寫有不可切割之關係（Margaret Wertheim，2006：16），加之後現代（詹明信、李歐塔、傅柯）、後結構（羅蘭巴特）等思潮的推進與影響，語言學家諸如羅曼・雅克慎（Roman Jakobson）與索緒爾（Ferdinand de Saussure）對「符號（sign）與象徵（symbolic）」的反思，使作家對「文字、文法句構、語言」本身政治的揶揄與嘲弄，也

[47] 顏忠賢《影像地誌學》（台北：萬象，1996），頁3。

成為我們不可忽略的一環，因而作家與其創作的地方（巴舍拉，2003：83）、意象裡的空間的細緻思考（New criticism）、文字本身的建築美學（季鐵男，1992；顏忠賢，1996），都是從語言與文學空間延伸出來的議題。

二、參酌詩學論述的經驗與空間論述作整合

本書所做的「詩學」與「空間」之結合，非獨立探索詩美學，亦非在物理空間鑽研，而是在兩者作為研究對象的歷史傳統，於其間釐出一條清晰的書寫脈絡。這樣的理論性分析，有助於此領域研究論述的形成，進一步亦可看到不同專業領域實踐互動的可能。它不僅是作為知識多樣性中的一種學術研究方法，也是一種詩評寫作的新脈絡形成，更重要的是轉化傳統理論領域的狹義論述至更合義的研究取向。

然而，作為台灣現代「詩創作的空間」考察，在方法論上，我們有詩論與空間各自獨立的研究傳統，卻少有相結合延伸的成果與經驗。在資料的參引上，往往得參酌詩學論述的經驗與空間論述作整合，因而我們在觀照新批評、語言學家與結構主義者對文學作品作詮釋外，亦需拓展空間意涵以及地誌學、建築學、後結構、後現代思維對創作與論述的影響；在科學與詩學中思索與辯證，吾人企圖在文學世界與真實生活的空間中，找到其匯流融合點。

本文意不在以靜態的學科範疇將詩學空間的可能性加以分類，亦非要使跨學科和跨專業的既存疑旨更為混亂，更不是對所有問題提供實際的解答，而是想找尋一種分析的可能，揭露以下由疑旨構成的研究課題：

1. 作家／作品的時空觀為何？與其生長的時代環境有怎樣的關係？生長的時代環境會如何影響其空間思維？其價值觀與（空間）書寫產生怎樣的關連？
2. 作家所在（place）的書寫和其創作時鑄造的意象與詩學空間有怎樣關連？這關連又是如何呈現？
3. 作品裡的空間塑造，其美學氛圍為何？透過哪些技法來呈現？
4. 時代變異，在後結構、後現代主義之氛圍，作家如何從空間書寫展開對「文字、語言、句構文法」本身的思索？其書寫面貌如何？

三、不同時代，不同地域，有不同的地理意識

本書將焦點放在空間，並不完全將時間獨立割開，事實上也無法完全不顧，只是切入角度有所轉換。因而文中仍有時間的分期，是以兩個政治重大事件為主要劃分（戰後初期與解嚴前、後）作為空間詩學論述的參考依據[48]，但非設定歷史事件和社會關係的制式填充，冀由時代轉換去看台灣作家的時空觀、並透過這樣延伸出來的思維與觀感，審視其和台灣社會呼應的關係，俾便探尋台灣在地的美學內涵。我們以為時間或時代的演變／推進，會影響創作空間的思索與觀照：中古世紀的空間思維概念和十九世紀愛因斯坦的科學頭腦思辨是不太相同的；相對的，同一世紀，社會條件與地域差域，也會影響作家有不同的地理意識。

時間界定後，我們試著將同一時代詩文本中不同空間書寫面

[48] 落入書寫時，筆者以正確時間標示出而不以事件劃分，如五六十年代取代戰後初期；七十年代至八十年代中期代解嚴前、後，以及八十年代中期至九十年代等。

貌予以呈現；我們將發現，在台灣戰後初期乃迄五六十年代，一般史學家與評論家認為是「白色恐怖」時期，充滿「晦澀灰暗」書寫（如洛夫、商禽、瘂弦）。以這個時代來做個切片之思考，一方面除了特殊時空更可看出創作者與環境及空間關係外，另一方面，這個時間點也是台灣現代詩由外省作家渡台後，第一次因空間的轉換、牽涉所開出奇異之花。洛夫的《石室之死亡》書名標舉「石室」之空間意象，一開始便攫住筆者目光，亟欲深入思索他們創作與空間的狀態。

本書以詩作的空間為思考主軸而不從以軍人身分／肖像來作界定[49]（只是他們恰好都為軍中詩人，有相同的創作主題與出身背景），試圖探討五、六〇年代軍旅三位重要詩人，檢視其空間思維的想像與「所在」的地域有怎麼樣的關係，又發展出怎樣的空間詩美學，為台灣現代詩奠下「根基」；而他們所呈現出漂泊無依的感受，對地方疏離的感受，是否也是我們值得探索的心靈空間？我們不用再以歷史性的時間來規制，而且打破族群的疆制，延伸至無限？讓此一領域的研究論述得以形成，在詩學論述上有新的思維面向與不同專業領域實踐融匯的可能。

同輩軍旅詩人相當多，為何選擇他們三人，筆者認為一方面他們所創辦的詩刊《創世紀》不僅迄今仍有著影響力，其質純的作品水準更是一開始就對詩壇造成震撼（如超現實技法），更不用提他們的文學主張、活動與思考對台灣文學界造成的影響；因而，以他們三人來作為軍旅詩人代表是公允、恰當的。另一方，實則五、六〇年代他們所揭櫫的超現實理念和後來論述者的追逐

[49] 這個身份主題，已有劉正忠博士論文詳實探討。參閱劉正忠《軍旅詩人的異端性格——以五、六十年代的洛夫、商禽、瘂弦為主》（台北：國立台灣大學中國文學系博士論文，2001）。

標籤，為美學氛圍開拓的一大缺憾，筆者戳力想從自己觀察的角度切入，因為他們當時創作的詩作空間思／詩圍，是非當豐饒、可觀的，這一論述理想未能開展與成形，更殊為遺憾。論文採樣創作者的詩文本範圍，原則上以其五〇年代初開始發表作品迄六〇年代乃至七〇年代初為主，不做僵硬的切割，必要時會參照其往後的作品來比較、評析與討論。

四、文學版圖世代交替，空間詩學書寫研究亦要延續

本書戮力觀照詩詩學／美學與空間的關係，不把焦點放在社會文化論述與與後殖民的論述上，亦非著重於文學論爭與文獻研究，而是出入文本內外空間裡，去帶出作家與藝術家的美感與存在意識。在實際切入文本的技巧時，除援引對文本見解精闢入理的新批評（New Criticism）之外[50]，也會運用雅克慎（Roman Jakobson，1896-1982）、羅蘭巴特、索緒爾（Ferdinand de Saussure，1857-1913）等文學語言家與結構主義者詮析事物與作品的方法。空間思維方面，除了援引存在主義與現象學的一些概念外，更會適度挪用人文地理學與建築學的觀點，以及神話學、榮格心理學等觀看事理的角度，期能豐富論述之深度與多面性。

[50] 艾略特（T. S. Eliot；1888-1965）、瑞查茲（I. A. Richards；1893-1979）、艾倫退特（Allen Tate；1899 - 1979）、沃倫（Robert Penn Warren；1905-1989）、布魯克斯（Cleanth Brooks；1906-1994）、維姆薩特（William K. Wimsatt；1907-1975）、韋禮克（René Wellek；1903-1995）等等。

第六節　研究目的

一、站在新時代的起源，重新檢視自我生命與宇宙的關係

本書試圖像宇宙初爆炸時的景況，用書所能找到的能量、熱源，企盼燃亮出另一向度的詮釋空間與輿圖，用新的思考點來探析台灣現當代詩人筆下之空間與美學思維，並試著跳脫以時代分期以及詩人／作品堆疊擺放的模式，從另一個角度切入作品以凸顯其時代的意義。其實，比較空間性與時間性，無論存在或存有的課題、進化論、馬克思唯物史觀，西方理解世界的方式，基本上都是將其放在時間的詮釋脈絡中；相對地，中國人反而較重視空間的概念，可惜是落實在文學評析與詩史觀念的樹建上，卻顯得相對單薄，凡此種種都一再呼應著中國文學研究者積極地回應。鑑此，站在新時代的起源，我們必需審視自我，重新挖掘發自我生命與宇宙的關係，而這一領域的研究，更是我們刻不容緩的課題。

二、以我們的肉身經驗，來回應時空的召喚

在文學創作中，空間是經常出現的主題或譬喻，地理空間或地理活動不但可以成為文本的主要象徵，也可被當成角色認知的隱喻；而書寫所形成的文本空間本身也具有豐富的社會意涵。中國文化表現空間的概念，就如現代學科中的地理學、園藝學以

及其他藝術領域一樣，在古代人士養成教育中，大多能廣博地涉及。如酈道元的《水經注》、徐宏祖《徐霞客遊記》，都是從實際的遊記空間裡，拓展出心靈的人文空間，不再是枯燥的地理學之書，或單純的記遊之書，裡頭甚至好多都帶有空間思維與科學原理考察根據的。晚近陳冠學的《田園之秋》與餘秋雨的《文化苦旅》更是從作者生活與經驗觀察中，帶出文化與環境、生命的關懷議題，因而今人在面對那些材料時，實際上已採取了較多科際整合的觀點，重新詮釋時空場景，如此始能彰顯其為空間藝術的特質，「這些自然空間，也有人為空間，都能經由藝術家及諸多文人的『觀看』，然後巧妙表現於不同的藝術形式。每一種作品在自然模擬與人為參與中，都試圖表現其空間、場所的個性、秩序及美感。所以今人應如何詮釋含藏於圖像、文字中『境』的精神與意義，從空間現象學理解其存有意義，應是哲學家所試圖提醒的一種認知或體驗吧！」[51]

雷可夫（George Lakoff，1941-）和詹森（Mark Johnson，1945-）在《我們賴以生存的譬喻》（*Metaphors We Live By*）裡對「空間方位譬喻」有如下之說法：

> ……存在另一類譬喻概念，並不以一個概念去譬喻性地建構另一概念，而是以概念相關性為考量，組織起整個概念系統。由於此類概念大都與空間方位有關（上下——進出——前後——深淺——中心——邊緣等），我們便稱這類譬喻為「空間方位譬喻」（Orientational Metaphors）。[52]

[51] 李豐楙、劉苑如編《空間、地域與文化——中國文化空間的書寫與闡釋》，頁16-7。

[52] 雷可夫著，周世箴譯《我們賴以生存的譬喻・空間方位譬喻》（台北：聯經，2006），頁27。

即此可見，空間方位的延伸，基本上來自我們的身體思維，是「身體在我們所處的環境（our physical environment）發揮其功能，『空間方位譬喻』賦予每個概念一個空間方位」（頁27）。他們舉了一個「快樂是上」（HAPPY IS UP）這樣的例證，「概念『快樂』之間方位『向上』，引出英語中『我今天覺得情緒高昂／心情很好』（I'm feeling up today）之類的表達。」（頁27）又說：

> 譬喻性空間方位並非任意性的，而是有一個立基於我們肉體與文化的經驗。雖然兩極對立的「上下——進出」等概念本質上屬肉體性經驗，以之為基礎的「空間方位譬喻」卻是因文化而異。（頁27-8）

由此，回到前文曾提過及的，我們可以知道，空間、方位譬喻的形成來自對世界與環境的認知，這種認知與社會文化有絕對的關係，更與我們身體與生活經驗密不可分。在當代文學的空間論述中，像是文學中女性空間的論述、旅行文學空間論述和地圖學論述、國族間的家國論述、離散、現代化過程中地域文化論述，以及全球化中的都市論述等等當代議題，大都由空間概念繼續拓展開來，這些都足以證明，方位地理的思維跟社會文化議題息息相關，跟詩學與美學關係更不可分割。這些論述之根基就是來自我們「肉體的經驗」，要研究這些課題的本源，創作者的生活感受與肉身想像，是亟不可忽視的一環。

三、期能為台灣詩學帶入新的思維，跳脫僵式二元／族群對立論述

空間概念之形成與人類自我概念之形成彼此緊密相連，因而詩人在創作中之空間變異，無疑也是在做自我定位、省思與轉換。本研究方向由此出發，不以社會關係與歷史事件作首要考量，而是要去審視作品中的種種空間思維與面貌，企盼能擺脫以往史家以分期作框架，然後再納入社會歷史條件因素用以詮析文學作品這樣的模式，改從詩空間的觀照[53]著手，確立文本的優先性（priority）。這個空間思維擁有科學的思辨，但不一定純然是物理學方式，而是在由文本看得見的空間，創作者所在、所抒、類文字建築美學拼貼思維（圖像詩、文字排組演練）[54]，延伸至抽象、看不見的空間去觀照其生命情狀與關懷，進而在自然的模擬與人為的參與中，釐析出空間裡的秩序、詩意／美感，最後再尤其空間所展示出的藝術氛圍與情貌，審視其和時代環境扣和的流變與關係。

這樣的論述投入與關注，期能為台灣詩研究帶入新的思維，跳脫僵式社會文化論述裡的二元／族群對立觀念，找到多元包容的活水與力量，從較寬廣的角度，省思這個宇宙與藝術想像、人文世界及生命／生活經驗的關係，並更細心細膩地看待這片土地

---

[53] 筆者所謂「空間詩學」與「詩學空間」，雖詞字排調有些不同，但實質相同。差別為：空間詩學，為詩學裡的空間美學追索，從創作者思維出發；而詩學空間，則為詩作裡的空間秩序與排佈，從詮釋者出發。即創作者與閱讀者的角度之別。

[54] 文字排組，和「圖像詩」或「具體詩」不同。後者強調「物理性質的發揮」。文字本身並不構成圖片，而以內容重疊的方式創造生動的意象，讓文字的意義喚起意象。如林亨泰的〈風景（一）、（二）〉等等。可參閱張錯編《千曲之島》（台北：爾雅，1987），頁14。

與其族群。由於筆者為文學背景出身，除卻能力有限之外，空間概念及其衍伸的議題如前文所提，涉及龐大：從宇宙論、建築學、文化論述、社會學理論、女性私密空間，乃至語言學、心理學、現象學、哲學等都得涉獵，筆者雖已把焦點集中於文學這塊領地，然而論述難免有所缺漏，還祈盼多識、先進者包涵、雅正與指教。

第二章

白／灰地帶：
五、六〇年代三位詩人的
空間與想像鳥瞰[1]

第一節　地窖式遞降的空間：洛夫的「石室」與死亡

光在中央，蝙蝠將路燈吃了一層又一層
我們確為那間白白空下的房子傷透了心
某些衣裳發亮，某些臉在裏面腐爛
那麼多咳嗽，那麼多枯乾的手掌
握不住一點暖意

——洛夫《石室之死亡・第五首》

洛夫被視為中國現代主義典型的代表，也是台灣現當代一位重要的詩人，《石室之死亡》為其不可忽視的代表作，不到千行的組詩，迄今專評的文章已不下千篇。洛夫的詩藝與詩學是無庸置疑的，其對台灣現代詩產生的重大影響，更不可估量，簡政珍說其為「中國白話文學史上最有成就的詩人」，[2]雖說過於溢美，可也並不為過。學者曾針對《石室之死亡》從不同的角度與觀點來詮釋它。然而，這本集子的寫作與出版時間，迄今已過了半個世紀，曾經意氣風發、愁苦憂悶的文藝青少年，如今早已白了少年頭；站在一個新紀元的開端，我們要有怎樣的新思維再來省視與重估這些詩作及文章？以往台灣現代詩的評論，我們總習慣以斷代來區分方便探討，再釐析作品和時代環境與社會的關

[1] 「白」指當時的白色恐怖氛圍；「灰」指詩人創作時受制環境影響而寫就的苦悶或晦澀之作品（苦澀心靈的投影）。
[2] 簡政珍《詩心與詩學・洛夫的意象世紀》（台北：書林，1999），頁252。

係，這種方法論固然周全，然而我們是否會忽視了另一個深入的面向，亦即讓文本自身的空間言說以及詩人「內在空間」之狀態，甚或是「空間」詩學這個面向來加以探討？我們不禁要問作者為何有這樣的空間思索？而這樣的空間思維投射又對時代及我們能產生什麼意義？這種種都是筆者在本節所要探討的。

《石室之死亡》共有六十六節，每節十行，十行又分二段，節與節之間意念與意象思維環環相扣，單節成立，而連結起來又成有發展性的長詩結構，而這樣篇幅的詩章，恰巧又符合「詩系」（組詩）的定義，[3]兼具長詩與短詩的優點。「石室」究竟是什麼樣的一個方位與空間呢，這有許多人探討過，如張漢良所說：「洛夫開始寫這部作品時，身在金門，前數首『乃於金門炮嗖嗖聲中完成』，『石室』很可能是指前線的碉堡，而戰爭對生命的威脅便使作者對生與死冥想，『石室』也就轉化為其他意義了。」[4]張漢良所雲確有其道理，不管從洛夫的生長背景，或當時的時代環境因素，軍旅生涯都是促成他寫作「石室」成熟的時機，因而我們可以知悉「石室」應是一個密閉的空間。洛夫在詩中即提及這個讓人碰觸到即感到無比冰冷的空間如下列這一段：

祇偶然昂首向鄰居的甬道，我便怔住
在清晨，那人以裸體去背叛死
任一條黑色的咆哮橫過他的脈管
我便怔住，我以目光掃過那座石壁

---

3 吳潛誠《詩人不撒謊‧衡論詩的長短以及詩系》（台北：圓神，1988），頁257-8。
4 張漢良〈論洛夫後期風格的演變〉《中外文學》，第二卷第五期（1973.10），頁62-65。

上面即鑿成兩道血槽

（《石室之死亡》第一首）

以這首詩揭開詩人面對死亡之現實與超現實的冥想，展開他位於此空間裡之存在問題、本體論、自我／群眾、道德意識、自我找尋……種種思索。從「鄰居的甬道」中，我們知道，作者所在的位置地點，並不是索然而居的一個狀態；他是在巷弄街衢中，見證了「死亡」慘白時局中群我之間的關係是一種對峙、無奈與漠然。詩既然是一種主觀的抒情口吻（獨白體）與單一的視野來完成，赤裸躺在一個角落，在此，我們便可認識到詩人是「將所見和心靈做整合，然後到達事物所不能見的視野（看穿），以精鍊的語言展現出來」[5]（簡政珍，1999：291）。「我以目光掃過那座石壁／上面即鑿成兩道血槽」宣告的是尤其由肉眼所見到的「石壁」中之情境，在其「心眼」投射之下，「死亡」即化成「兩道血槽」！

現實的空間，係由在內心（孤苦、焦懼、壓力等）與外在情景（身世、家園、歷史記憶等）所揉滲之下，不僅變成眉目不清、不合理路的樣態，而且變成「錯雜的內在空間」。[6]這是「石室之死亡」組詩在超現實理路的引導之下所造成後世對它十分難解的癥結所在。洛夫在第三十首，曾提到「石室」，可以幫助我們明瞭「現實的」石室它究竟是怎樣一個空間與狀態？

如裸女般被路人雕塑…

[5] 簡政珍《詩心與詩學・洛夫的意象世紀》（台北：書林，1999），頁291。

[6] 葉維廉〈洛夫論〉，侯吉諒主編《洛夫石室之死亡及相關重要評論》（台北：漢光，1988），頁21。

我在推想，我的肉體如何在一隻巨掌中成形
如何被安排一份善意，使顯出嘲弄後的笑容
首次出現於此一啞然的石室
我是多麼不信任這一片燃燒後的寧靜

裸女與路人之雕塑，這跟前面提及的「那人的裸體與鄰人的甬道」有異曲同工之妙。接下來「肉體如何在一隻巨掌中成形」與「被安排一份善意，使顯出嘲弄後的笑容」，「石室」不僅超現實而且隱含著嘲諷。在此氛圍之下所出現的「石室」，應該就是生命匯成與聚集場所的象徵，已跳脫了張漢良所說的「雕堡」和前文所提及巷弄街坊的「建築」地貌。再來看其接下來第二段所敘：

飲於忘川，你可曾見到上流漂來的一朵未開之花
古人不再蒞臨，而空白依然是一種最動人的顏色
我們依然用歌聲在你面前豎起一座山
只要無心舍棄那一句創造者的叮嚀
你必將尋回那巍峨在飛翔之外

（《石室之死亡》第三十首）

更直接點出了「創造者的叮嚀」，即存在與誕生之必然悲愴的境況之下，這可叫我們「不得不」去接受死亡的威脅及活命困境，也即因為如此，生命才能產生可貴的意義，讓我們在「飛翔之外」，「尋回那巍峨」。對創作者來說，「造物者」又何嘗不是自己，詩人透過藝術創造，有股再生的力量，永不殫竭。這麼說來「石室」延伸出另一個無形的空間裡，亦即和文學的空間產

生連結。巴舍拉在《空間詩學》裡曾提到詩學與空間的關係時，他把家屋分為幾個部分，一個四層樓的家屋通常有一閣樓，地面的樓層，還會有個地窖（cave）。我們居住在其中，生老病死，裡面自然就散佈著私密感的特質，充滿了「恐懼的原初性和特定性質」：

> 在我們的文明裡，每一個地方都已經充滿了同樣的燈光，地窖裡也都裝上了電燈，我們到地窖去的時候，手裡不再拿著蠟燭。但是潛意識卻不可能被文明馴化。當潛意識走到地窖的時候，他還是手捧蠟燭的。[7]

洛夫善於利用這種地窖式的恐懼，把「所有歌曲殺死，連喜悅在內」，「於白晝之深深注視於眼之暗室／在太陽底下」「遍植死亡」，並在地窖裡「做夢冥思」（「如果駭怕我的清醒」），而這夢想更增添真實性。

心理學家榮格在《尋求靈魂的人》（L'homme à la découverte de son âme）裡運用地窖和閣樓這雙重的意象來分析家屋空間裡的恐懼時，他說到：「在此，有意識的行為就像一個人，他聽到了地窖傳來的可疑嘈雜聲，卻匆匆忙忙跑到閣樓，然後因為在閣樓沒有發現盜賊，最後便確定這些嘈雜的聲音是純粹的想像，其實這個謹慎小心的人，根本不敢跑到地窖裡去看。」[8]可見閣樓和地窖對我們都會造成深層的恐懼，在許多電影或故事的場景中，我們會發覺，閣樓鼠輩橫行，可是只要家屋的主人出其不意地出現在閣樓上，牠們就會逃回到自己的窩裡；反觀地窖就不同

[7] 見巴舍拉著，龔卓軍、王靜慧譯《空間詩學》（台北：張老師，2003），頁83。
[8] 本段引自《空間詩學》，頁82。

了，地窖裡面的動物移行速度似乎就慢些，也較神祕些，步子也比較不那麼細碎：

> 在閣樓上，恐懼很容易被「理性化」，然而在地窖裡，即使一個比榮格所提到的那個人還要勇敢的人，也沒辦法這麼快、這麼清楚地加以「理性化」，在地窖裡面的恐懼不再是那麼「明晰可辨的」。在閣樓上，白天的經驗總是可以把夜晚的恐懼趕走。但在地窖裡，不論白天、夜晚，四周都是黑漆漆的，即使我們拿著一根蠟燭下去，我們都可以看到在黑牆上舞動的暗影。[9]

我們雖然不必去探究洛夫是否真的在地下室書寫，然而其「地窖式」深層恐怖氛圍書寫已經震撼我們。俄國作家杜斯妥也夫斯基的《地下室手記》描寫主角（亦即文章的敘述者，是個年約四十的退休公務員），其內心充滿了自卑，卻又不時剖析自我。內容多為長篇獨白及對往事不停之追溯，亟欲探討人的自由意志、理性，以及歷史的非理性等哲學議題。而洛夫，存處的並不是私人「家屋」的地下室，而是為家國、公眾奮戰的一個由石塊砌成之雕堡，[10]而「石室」作者採取在地之敘述方式，以及種種充佈陰鬱和「冷」「血」、「黑」、「死亡」糾纏不清的意念，可知那應是一個封閉的空間狀態（密室），和「地窖」的感受是十分相似的，空間結構上亦都屬於建築的暗部（être obscure）。走向地窖是走下去的動作，透過地窖的階梯而通往

9　同上註，《空間詩學》，頁82。

10　在那個年代，亦是生死存亡的關卡；常有士兵瞌睡或「不小心」，頭就被「摸走」了！我們要問：何以此空間帶給作者如此感受？除前文提及的人類面對建築之心理以及爭戰的思維外，與所居處的環境當然有著密不可分之關係，容後詳述。

夢的領域；在密室，洛夫透過這個空間與「外在」聯繫，是通往另一個境地。

《石室之死亡》既然如前文所提是在前線戰區時所展開的書寫，它必然和「戰爭」脫離不了關係，亦可說是作者面臨死亡情境之一個投射。我們來看看環繞這「石室」的種種意象及象徵，還有這些作者所塑造出的詞意又如何在文中敲擊著「詩意象」的空間。首先是詩一開始就佈下的「囚禁意象」：

而我確是那株被鋸斷的苦梨
在年輪上，你仍可聽清楚風聲，蟬聲（第一首）

「我」成為一株「苦梨」，因為「苦」，所以我們才能聯想到他／它生命的狀態。「你」可以指工匠，亦泛指我們人類。「我」如今雖遭鋸斷（樹齡到了；老），或許被人們拿去做用途，可是年輪卻一圈圈纏繞，雖斷卻不斷——是不朽的。「風聲」和「蟬聲」代表一種季節時間的物換星移，和「年輪」做呼應。表面上，是不可能聽到已消逝的「風聲」或「蟬聲」，因為它們早已在特定時空湮滅，然而年輪可卻又清清楚楚地把它們「記載」下來。我「肉身」雖已隳亡，但是卻在種種的意志與堅持中成為永恆。

苦梨是洛夫慣用的意象，一如白楊，而白楊早在〈古詩十九首〉中即就出現，是一個同柏樹一般，覆在墳前的植物。它所形成蕭瑟淒涼的意象，千百年來文人已慣於引用，以其來塑造死亡、囹圄。現在作者化身為苦梨，且是被「鋸斷」的；「苦」和「年輪」使我們同感生命滄桑，在春秋的嬗遞中，愁苦為必然，有如年輪「靜靜繞纏」在樹木中，又如你我被沉默地被囚禁在

「命運」裡。最後雖被鋸斷，卻因你的砍伐／體悟（或閱讀）而得到釋放，化為書頁的永恆。

在接下來的詩行中，我們看到更多人類處處為牆壁所囚禁之景況：

> 我卑微亦如死囚背上的號碼　（第三首）
>
> 我們確為那間白白空下的房子傷透了心　（第五首）
>
> 囚於室內，再沒有人與你在肉體上計較愛
> 死亡是破裂的花盆，不敲亦將粉碎　（第十四首）
>
> 囚他於光　（第十首）
>
> 失血的岩石亦將因盜取日光而遭鞭笞　（第二十三首）
>
> 當太陽囚燃點於一枝葵花
> 猛退一步，我見鏡中伸出一隻手
> 塞給你們一枚鑰匙　（第六十二首）

在那個國共對峙的年代，這個前線的雕堡已然被洛夫變成密閉室的空間，一如囚房。這空間四周砌滿白色的磚牆（「我們確為那間白白空下的房子傷透了心」），即然如此，居住在裡面的人自然被黑暗所囚（「囚他於光」），這首有如囚犯一般的生活，甚至背上還刻著「號碼」，亦會被「鞭笞」；而監獄窗外的陽光進不來（需盜取），如同沒有「鑰匙」可以將此門打開。這

個空間的轉換，讓我感受到詩歌美學的力道瞬間轉移，它不再是前文提巷弄家屋中的概念，因爭戰的對應關係在作者思維裡變成囚房後，大量增添的是絕望的訊息，其色調、氛圍卻逐漸轉為腥血、驚駭與孤清，例如下引兩行：

當我微微啟開雙眼，便有金屬聲
自壁間，墜落在客人們的餐盤上　（第二首）

既然自壁間，有金屬的東西要落入我們的餐盤，我們就要做好心理準備，來承接接下來掉落的東西：

一塊綉有黑蝙蝠的窗簾撲翅而來　（第二十一首）

我把頭顱擠在一堆長長的姓氏中
不必再在我的短髭裡去翻撥那句話　（第十二首）

蛆蟲們在望過彌撒後步出那人的肌膚
你們狠狠瞪我，以蛇蝮的冷　（第二十一首）

為何我們的臉仍擱置在不該擱的地方　（第三十七首）

遺忘嬰屍是你，或我
我是從日曆中翻出的一陣嘿嘿桀笑　（第四十三首）

上引「一塊綉有黑蝙蝠的窗簾撲翅而來」，其情境有如希區考克驚悚片裡的情境，能把我們嚇出一身冷汗，但作者卻質詰我們「為何我們的臉仍擱置在不該擱的地方」，於是他「把頭顱擠在一堆長長的姓氏中」，我們不斷看到嬰屍、佈滿蛆蟲的肌膚／屍骸從我們眼前現形、「嘿嘿桀笑」！緊接著這些失去靈魂的軀骨，詩人又給我們提供了大量的死亡意象：

> 閒著便想自刎是不是繃斷腰帶之類那麼尷尬　（第五十八首）

> 它已亡故
> 你的眼睛即是葬地　（第十二首）

> 設使你們，以及母親們被鏡中的羞愧殺死　（第二十二首）

> 我已鉗死我自己　（第二十二首）

> 被拖過月光滑潤的皮膚，我們去宣揚死　（第二十首）

> 設使你們，以及母親們被鏡中的羞愧殺死　（第二十首）

上引詩行中為筆者所畫的底線，強調死亡不管是經由何種方式所制行，其最後終在這密室裡與死亡產生了維繫，彷彿只有在這樣的一個空間裡，才可以容納下死亡。針對洛夫《石室之死亡》國內學者談得相當多，甚至有好幾本書輯編成冊，有的專注於他詩行中所塑造的意象，有的著重於他書寫時代的氛圍，更有些傾力於詮釋其勇健的筆力與中國古典的關係，但是就鮮少注意到洛夫詩中所描繪的空間結構。中古世紀大文豪但丁在其鉅作《神曲》中，他將靈魂規劃成三個空間，天堂是上帝的居所，煉獄是地表的一座山，具有天梯性質，是通往天堂的一個仲介，而地獄則囚禁著一群罪孽深重、受苦的人。

但丁的安排並非隨意，恰巧符合中古世紀宇宙觀的固有邏輯，並有當時的物理科學為基礎。當時的思想不像現晚近的科學空間概念，宇宙之中的物質空間即是真實的全部，不留任何餘地給別種空間，而是在物理空間之外，也重視精神存在的範疇，有時亦把靈魂放在首要地位，卻也不漠視肉體。肉體佔用一種空間，靈魂亦佔用一種空間。在這樣的二元論之中，靈質世界與物質世界相對應以構成和諧的秩序。這兩種秩序中心都是人類，地球位於物質空間的宇宙中心，而人類則是天文位置、精神存在秩序的中心。[11]當時的人們相信，人若從地上順著十層天球朝著天堂前進，他們會愈走愈純潔，並漸入佳境；代表著越「向上」就離上帝愈近，也愈有福分接受聖恩、

物質與靈質的關係是逆向的，純物質的地球位於宇宙的「底端」，而純靈質的上帝則位於「頂端」。但是吾人不可忘記的是，但丁筆下的空間充滿人文道德的意涵，它不再只具單純的方位性。愈往「下降」愈沒希望可言，離上帝的救恩寵愈遠。每下一層，也因為罪惡比上一層重，地獄深淵愈小、幽暗、惡臭、汙穢和冰寒。弗萊塞羅（John Freccero）在〈地獄導讀〉（Introduction to Inferno）一文中指出：「這個地獄的內在空間亦代表降入自我深處的心路歷程。」[12]但丁進入地獄到煉獄再至天堂的旅程就也是一次生命審視的旅程，只有透過層層的「下

---

[11] 魏特恩著，薛絢譯《空間地圖：從但丁的空間到網路空間》（台北：聯經，2006），頁16。

[12] 同上。《空間地圖・第一章　靈魂空間》，頁35。

墜」方能得到「淨升」；亦即如麥唐納（Ronald R. MacDonald）所言：「藉由自我個別或集體甘願承擔那最壞的——以及其中深藏的最好的，人才可能實現從鄙陋混亂狀態到完整狀態的轉變，」[13]這似乎說明滌罪之路，亦是靈魂淨化、心靈傷痛的治療。既然這是奔向恩典與光明的贖罪之旅，自然是從宇宙的最底層開始，再由道德的思維空間，透過煉獄，進入到天堂的喜悅與諧和狀態。

在洛夫《石室之死亡》的空間意象裡，筆者發覺到和但丁靈魂空間的三個國度，有著一種有趣的對比和對應關係。比如「向下」這個牽繫到道德概念的思維，在洛夫的思維空間裡和但丁是相似的，表徵了一種墜落、墮落與黑暗：

> 有人擁抱一盞燈就像擁抱一場戰爭
> 唯四壁肅立如神
> 穩穩抓住了世界的下墜（下墜→向下）
>
> 世界乃一斷臂的袖，你來時已空無所有（斷袖→向下）
>
> 我是一隻握不住掌聲的手，懦怯如此（握不住→向下）
>
> 清晨為承接另一顆星的下墜而醒來（下墜→向下）[14]

這種空間方位的譬喻，使方位和我們肉身經驗產生結合，一切愈向下，愈讓人感到沒有陽光，充滿苦悶和憤怒以及有需要逃

[13] 同上。《空間地圖・第一章　靈魂空間》，頁35。

[14] 此四首各引自《石室之死亡》之第60首、第53首、第54首與第51首。

離／躲藏的意念；肉身經驗（居石室）迅速地和譬喻產生連繫，具體地化為詩中的語言背景：語法跳躍，語意晦澀。這個空間產生了種種意念與情緒，繼而又拓展出一個縱深的高度，是一個上下二維的高度，而不是水準的推移或連結，[15]因而意象空間滿佈黑色、灰暗和潮溼等等對人性陰暗面的思索、感懷與氛圍，一如但丁靈魂「下降」時的那個空間。

「向下」是墜落、挫折與死亡，在大量的死亡意象後，這個密室很快繼續往下找到更有力的支持「四處散落的」骨灰以及「緊緊蓋覆」的墳地／墓園：

你確信自己就是那一甕不知悲哀的骨灰　（第十四首）

剛認識骨灰的價值，它便飛起
松鼠般地，往來於肌膚與靈魂之間
確知有一個死者在我內心　（第十一首）

我們也偶然去從事收購骨灰的行業　（第六十首）

我把頭顱擠在一堆長長的姓氏中
墓石如此謙遜，以冷冷的手握我
且在它的室內開鑿另一扇窗，我乃讀到
橄欖枝上的愉悅，滿園的潔白
死亡的聲音如此溫婉，猶之孔雀的前額　（第十二首）

[15] 雷可夫（George Lakoff）和詹森（Mark Johnson）著，周世箴譯《我們賴以生的譬喻・空間方位譬喻》（台北：聯經，2006），頁37-41。

他們竟這樣的選擇墓塚，羞怯的靈魂
又重新蒙著臉回到那湫隘的子宮　（第十三首）

由墓前匆匆走過，未死者的神采走過
月光藏在衣袖裡，他抓一把花香使勁搓著
連同新土一併塞入那空了的酒瓶
不顧碑石上的姓氏狠狠瞪他
躺在這裡的不是醉漢，亦非醒著　（第九首）

焚化之後，昨日的屍衣從墓地蝶舞而出　（第二十一首）

最後甚至淪落到只容肉身躺棲的棺木：

棺材以虎虎的步子踢翻了滿街燈火
這真是一種奇怪的威風　（第十一首）

一口棺，一堆未署名的生日卡
都是一聲雅緻的招呼　（第二十二首）

從這些灑落與埋沒的「向下」意象中，一層一層，我們看到詩人的思維中有如神曲中愈發絕望失落的神態，不管是所居地空間的不斷遞降，或者作者意念空間的下降。惟一不同的是，但丁的地獄是沒有救贖空間的（只有象徵高山的煉獄才有），而洛夫則在這極度晦暗的時空裡，無時不想透過佛教裡的蓮、荷來化解氛圍（一如古世紀但丁對基督教信仰的熱忱，但在「為何你要十字架釘住修女們眼睛的流轉」（第十四首）詩句中，我們知道基督教教義在洛夫思維裡，隱含某方面的限制）。荷、蓮在佛教觀念中，絕對是有象徵意義的，除了是「出淤泥不染」的純聖外，最重要的是它還延伸了象徵樹木的再生與永生，一如靈魂的不朽、精神的超越。也就因為有這種轉化與調解，墓室或棺木裡才能透出陽光與希望來，「汝必下墜，角才得上升」[16]，在降至最密閉、縮小的空間裡時，詩人突然明悟了更多事理，就像浴火鳳凰般展出翅翼，衝破樊籬，得到重生的力量。且看第三十六首中這兩行：

驀然回首
遠處站著一個望墳而笑的嬰兒

墳內那「望墳而笑的嬰兒」不正就是一種新生命力的展現！箍制空間裡的死、暗一一化解消除後，全然地反轉往上生長，光明、生機及自由，一如基督教往上提升的救贖力量。

台灣現代詩到了六〇年代，仍和五〇年代相似，籠罩著政治高壓的氣候，走過了十餘年的反共文藝時期，文學的創作與發表管道都已受到了相當大的限制，使得作家不得調整了寫作的方向。洛夫在其〈關於石室之死亡〉一文中說：

> 一則因個人在戰爭中被迫遠離大陸母體，以一種飄萍的心情去面對一個陌生的環境，因為內心不時激起被遺棄的放逐感；再則由於當時海峽兩岸的政局不穩，個人與國家的前景不明，導致由大陸來台的詩人普遍呈現遊移不定、焦

[16] 同上註，《空間地圖‧第一章　靈魂空間》，頁35。

> 慮不安的精神狀態，於是探索內心苦悶之源，追求精神壓力的紓解，希望通過創作來建立存在的信心，便成為大多數詩人的創作動力，《石室之死亡》也就是在這一特殊的時空中孕育而成。[17]

一位有志於創作者決不會去高唱愛國情操或反共熱線，因為寫作是一種心靈的抒發，不是外在的規範所能百分之百限制住；若環境果真如此掌控，能夠受到「檢驗」留存於歷史的偉大作品，通常都是在其「掌控之外」的真性抒寫。然而，在「戒嚴」時期，作家都無法躲避當局的「剪裁」。日據時期即開始創作的楊逵、賴和是一例，他們為了自己作品的完整，只能「轉換書寫方式或策略」方能躲過寫作甚或生命的災禍，繼續堅持生涯夢想，紀錄所見聞。在明度（內心）暗度（外在）的調和中，若對外在時局不滿，當然不能正面針砭刺諷，只能任由心靈暗面的苦悶來佔據紙頁大半空間。

洛夫的心靈劄記，可以用來解釋現代詩發展當時的一個政治背景，更可以進一步詮釋他們內心湧現的孤絕與飄泊，加上他們都是西學背景，當時也是存在主義、意識流手法在台灣盛行的時候，種種機遇與機緣，讓他們開始往內心世界與心靈意識去探索、書寫，以致創作出類似「石室」這樣晦澀難解的詩集。其實，透過前文的分析，我們仍可在詩行之間窺伺到現實環境的某些面相，包括他所居與所思，那種「層面」自不可能像寫實主義那麼著重時代及社會對故事中人物產生的反應與撞擊，而是他的詩心與想像力遊移的狀態：所居及所思的衍變、從物質空間到

[17] 洛夫〈火鳥的詩讚——關於「石室之死亡」〉《文星》第118期（1988.4），頁151。

靈質、文化空間的追尋，及經由這樣的詩歌空間所帶出的美學成品。

空間概念之形成既然與人類自我概念之形成彼此糾結不分，那麼詩人在創作中作種種之變異，無疑也是在做自我定位、省思與轉換。白先勇那一代的作家經常自喻為「失根」[18]與放逐之植莖植物，他們所表現者，皆是家園殘破、孤苦無依的感受。洛夫一樣因戰亂而自大陸母體文化斷切，那種深藏在他心裡「長久的歷史烙印和極其複雜的政治情結」，[19]讓他孤絕、憤怒，像被囚困的動物，時時想掀開禁錮的絲網。在放逐與禁錮中，我們看到不同的作家在那個時代相同的生命況味與感受，以及他們特殊的寫作表達方式。白先勇所創造的《孽子》中的「新公園」的內外空間，其實是無比的濕冷與陰悒，對精神愛欲的渴求、掙紮與無助都有所著墨並毫無遮掩地把當時台灣的社會生活面相呈現在我們眼前。洛夫《石室之死亡》的空間，則層層迴降，愈旋向下空間愈窄小，生命也愈感苦痛；陽光只能逡巡，永遠無法來將黑暗解啟。然而，小說家和詩人最後都在藝術空間裡找到出路、得到新生，將自己釋放出來，成為一個創造者「未寫之空白」有了全新的「生命」，讓台灣現代文學開啟新的一頁。

[18] 葉石濤《台灣文學史綱》（高雄：春暉，1987），頁115。

[19] 葉維廉〈洛夫論〉，侯吉諒主編《洛夫石室之死亡及相關重要評論》（台北：漢光，1988），頁11。

第二節　船首神像的眼睛盲了：瘂弦的死亡航行與流動風險

一、死亡航行的生存譬喻及背後意涵

在台灣現代詩壇，除了瘂弦之外，沒有一位詩人能以一部作品，奠定其經典地位的。瘂弦的作品，評論相當多，其詩中歌謠式風格、俚語式白話的呼示、對中下階層的人道關懷以及循迴往覆的節奏與音韻，迄今仍為讀者與論者所樂道；更難得的是，「詩如其人」，其溫柔敦厚的修養與待人處事，甚至為他贏得「詩儒」[20]的美譽。從戰後初期台灣現代詩中，我們發覺瘂弦的詩最容易引人入勝，也是現代詩入門者最佳範例，筆者在學院裡教授現代詩創作及鑑賞的課程，可得一親身的例證。詳究其原因，來自其求索於二三〇年代如何其芳、戴望舒、卞之琳抒情傳統的承繼，與面對時代語言敏銳的獨到、細緻與開創，真可謂如艾略特（T. S Eliot）在〈傳統與個人才具〉裡所言的「溶現代與古典於一爐」[21]了。

然而，許多論者雖然從不同角度去切入瘂弦的詩作，而盡可能地採用正面的肯定及評價，例如羅葉曾將其詩作〈深淵〉與英國詩人艾略特（T. S Eliot）〈荒原〉（Wasteland）作比較、姚一葦將其詩作〈坤伶〉與羅賓遜（Edwin Arlington Robinson，1869-

[20] 蕭蕭主編《詩儒的創作：瘂弦詩作評論集》（台北：文史哲出版社，1994）。
[21] 艾略特（T.S. Eliot）著，杜國清譯《艾略特文學評論選集》（台北：田園，1969），第一章「傳統與個人才具」部份。

1935）的〈李察・柯裡〉（Richard Cory），羅青、蕭蕭將其擢挹到國際視野的盛讚……不論是否過於溢美或中西比較是否相切合等諸問題，至少，我們可以看出瘂弦之詩作在論者心目中的地位。綜觀瘂弦的詩，讀來令人沉醉、哀傷及喜悅，蕭蕭所編《詩儒的創造——瘂弦作品評論集》一書，確實可以讓我們看到「眾聲喧嘩」之千姿百態。台灣現代詩在前者奠定基礎後，[22]開始在其身上綻出花朵來；[23]然而，也就因此，我們看到瘂弦作品的焦點雖集中在某些論題上，對「空間」跟詩學之間的詮解很少，儘管瘂弦的詩饒富空間意象與氛圍。本節主要想探討瘂弦《深淵》裡的一些空間韻律及表現內涵，以及「深淵」所在的創作與時空背景，以及其所展現出的思維與技法如何與生活空間美學相輝映。

瘂弦的「深淵」，不僅實指胯腿間所構圍成的世界，也暗示西方的文明、科技高度發展，產生了沉淪與道德崩離、精神世界為感官、物慾佔據、俘擄問題，更寓意人類在物質生活不斷提升下，信仰的闕如與不見光明之景況。在進入分論探討前，我想先從航行意象與死亡之「社會風險」概念，來談談當時社會的狀況，以及他這些詩作裡空間流動的內涵與樣貌。

愛爾蘭詩人葉慈（William Butler Yeats，1865-1939）的〈航向拜占庭〉（*Sailing to Byzantium*）是葉慈晚期最成功的作品之一，收於著名詩集《塔》中，這首詩採用義大利八行體，共有四小節，基本韻律是抑揚格五音步。這首詩描寫葉慈晚年鄙棄物質世界的感官物質的享受，進而轉向不朽的藝術世界尋求慰助。詩的第一小節是這樣描寫的：

---

[22] 如台灣日據時期詩人賴和、楊華、郭水潭、水蔭萍及來台第一代比其年紀稍長的詩人如紀弦、覃子豪等。

[23] 瘂弦有詩：〈我是一勺靜美的小花朵〉；收於《瘂弦詩集》（台北：洪範書店，1998）。

That is no country for old man.The young

In one another's arms, birds in the trees

(Those dying generations) at their song,

The salmon-falls, the mackerel-crowded seas,

Fish, flesh, or fowl, commend all summer long

Whatever is begotten, born, and dies.

Caught in that sensual music, all neglect

Monuments of unaging intellect.

——'Sailing to Byzantium,'《葉慈詩選》，頁133

這一節指出現在的青年（Those dying generations）和整個生物世界（birds、fish、flesh、fow）都只顧追求感官享受（In one another's arms）而忘記永恆（unaging）的智力（intellect）表徵。他感到自己是一頭瀕死的獸，病於慾念，不復認識自己了。因而，他想請在火堆中屹立的聖徒將其整肅、檢點，交付予「永恆的技藝」。在他心目中，中古世紀東羅馬帝國（後稱「拜占庭帝國」）的首府拜占庭不僅僅是東正教燦爛文化的中心，而且也是他心目中永恆藝術、永恆美及智慧的象徵。他選用了「航行」（I have sailed the seas and come to the holy city of Byzantium）的意象與交通工具，漂洋過海，一路向「目的地」神聖的殿堂「靠近」。

回觀瘂弦在五〇年代也寫過許多首跟「海洋」有關的詩，並專錄在「無譜之歌」一輯中：其中七首詩中有五首跟「航行」有關：它們分別是：〈水手・曼羅斯〉、〈酒巴的午後〉、〈遠洋感覺〉、〈死亡航行〉和〈船中之鼠〉。論者在談論瘂弦詩作時，都曾關注到他創作的主題，詩評者何志恆即提到：「這六首詩的主題都是人生的痛苦：對死亡之恐懼、對逝去青春的感慨、人們生活的無聊；可是，詩中的人物主角仍是堅毅的生活下去，儘管生活是那麼空虛、無聊」。[24]這裡先把〈船中之鼠〉引錄於下：

看到呂宋西岸的燈火
就想起住在那兒的灰色哥兒們
在愉快的磨牙齒

馬尼拉，有很多麵包店
那是一九五四年
曾有一個黑女孩
用一朵吻換取半枚胡桃核

她現在就住在帆纜艙裏
帶著孩子們
枕著海流做夢
她不愛女紅

中國船長並不贊成那婚禮
雖然我答應不再咬他的洋服口袋
和他那些紅脊背的航海書

妻總說那次狂奔是明智的
也許貓的恐懼是遠了

[24] 何志恆〈試論瘂弦〈無譜之歌〉〉《創世紀》第六十七期（1985.12），頁64-73，後收入於蕭蕭主編《詩儒的創作：瘂弦詩作評論集》，頁158。

我說，那更糟

有一些礁區

我們知道

而船長不知道

當然，我們用不著管明天的風信旗

今天能夠磨磨牙齒總是好的。

——〈船中之鼠〉《瘂弦詩集》，頁75

全篇以一隻老鼠為視角，觀察這次航行的種種歷程與變化。透過老鼠的敘述，來回「擬人」與「鼠性」之間，慢慢勾勒出「航行」、「船長」與「船員們」的身世背景與生活境況。自「那是一九五四年／曾有一個黑女孩」敘述起，我們即已獲知這趟航行很早就開始了，而且時間是漫長的（「枕著海流做夢」）；然而，我們卻看不出來，他／牠們來自何方（「看到呂末西的燈火／就想起住在那兒的灰色哥兒們／在愉快的磨牙齒」），又要往哪兒去。更值得思索與玩味的是，這趟航行像空中閣樓般，在搖搖盪盪中寄生做夢，夢境有如海流般不切實際（「……住在帆纜艙裏／帶著孩子們」）。這預示／暗示了牠們生命的境況，一如航行般令人「恐懼」，而且佈滿「礁區」、不為人們所知道。人生被比喻成一起趟航行，並不讓人充滿期待，相反地，是無助的、辛酸的且充滿無奈（「當然，我們用不著管明天的風信旗／今天能夠磨磨牙齒總是好的。」）這樣的感受，一樣體現在另一首題作〈死亡航行〉中：

夜。礁區

死亡航行十三日

燈號說著不吉利的壞話
鐘響著

乘客的萎縮的靈魂
瘦小的苔蘚般的
膽怯地寄生在
老舊的海圖上，探海錘上
以及船長的圓規上

鐘響著

桅桿幌動
那鏽了的風信鷄
啄拾著星的殘粒

而當暈眩者的晚禱詞扭曲著
橋牌上孿生國王的眼睛寂寥著
鎮靜劑也許比耶穌還要好一點吧

——〈死亡航行〉《瘂弦詩集》，頁73

此處我們看到瘂弦對航行的負面心理想望，更是變本加厲。不僅沒有白日，還是個「死亡航行」，這個不吉利的「十三日」之數字，讓我們窺視到瘂弦內心世界對「海」及「航行」的恐懼與徬徨，彷彿就將體現致命的徵兆。比起前文剛討論過的〈船中之鼠〉這首詩中有著暴風與濤天巨浪，在四處晃搖的桅桿下，「燈號說著不吉利的壞話／鐘響著」。行隻影單的船隻在這樣不穩定的海面航行，「乘客們萎縮的靈魂／瘦小的苔蘚般的／膽怯地寄生在／老舊的海圖上，探海錘上／以及船長的圓規上」，見不著日光，終日是劇烈的震盪與如海無止盡的黑夜與星光，我們在「那鏽了的風信雞」之「鏽」字上，知道時間的概況，也在「寄生」狀態中，明瞭這些人也在江海寄了餘生，並指涉著漫長無止盡的陰晦的人生。這些乘客究竟要去哪？又要落腳何處？詩中全無交待，猶如海中漂泊形式的人生旅程。既然不知「前程」何處，他們和前首被「擬人化」了的鼠類般，打著橋牌排解無法排解的寂寞，吃著無法讓心靈「鎮定」的「鎮靜劑」。

因而，在這樣的環境中，人的一生像被離心力拋出去般，「復殺死今天下午所有的蒼白／以及明天下午一部分的蒼白」（〈酒巴的午後〉）日復一日的蒼白，彷彿是被神遺棄的一群（「鎮靜劑也許比耶穌還要好一點吧」、「風雨裡海鷗悽啼著／掠過船首神像的盲睛」），連神像的眼睛都盲了，亟渴望回到大地以及象徵大地——祂的懷抱，用腳狠狠踩著「春天」的泥土（「用法蘭西鞋把春天狠狠地踩著／我們站著，這兒是泥土，我們站著」）。大海此時已成為一個人生的隱喻：命運。它的變化不可測、驚險與危難；它的不可窮盡與不斷重複，在在都隱現了人生的場景與畫面。不過，在漫漫的海上航行，是否所嚮往的土地就能向它航近或靠近呢？答案顯然不盡如人意的。我們看到這樣的景象：

時間

鐘擺。鞦韆

木馬。搖籃

時間

腦漿的流動，顛倒

攪動一些雙腳接觸泥土時代的殘憶

殘憶，殘憶的流動和顛倒

——〈遠洋感覺〉《瘂弦詩集》，頁72

水手在晃盪的海域裡，想起年少時的一些記憶，像「鐘擺。鞦韆／木馬。搖籃」四個純稚時空的交會於一瞬，彷彿再度擁有簡單的快樂，滿足而令人愉悅；然而，這些也只是殘憶罷了，一切都是「顛倒」而無法復原的。

相較於葉慈對世人感官的追求感到灰心、厭倦，進而展開自己對莊嚴永恆藝術（「拜占庭」）的追尋，一場輝煌的朝聖與洗滌之旅，神祕之中帶有不可知的宗教啟示；而瘂弦的海上航行卻「無終點無目地無啟程」，有的只是生命週而復始的無奈、無助以及無可聊賴；談著充滿著駭怕、恐懼以及投降的爭戰（「譁變的海舉起白旗／茫茫的天邊線直立，倒垂」）。旅遊使所有船隻都警戒著，一如不斷響著的鐘，暗藏深渦，也是個「敵人」，會殺死人的時間，給予「蒼白」。

海洋跟死亡航行的關係，在瘂弦之前的台灣現代詩壇鮮少出現，覃子豪的「貝類」思索可算是例外，[25]但那是對海洋與生命引發的哲思，以海洋為感性思索，並未將海洋的死亡音響提出隱

[25] 覃子豪的〈貝殼Ⅰ〉和〈貝殼Ⅱ〉請參見覃子豪著，劉正偉編《覃子豪集》（台南：台灣文學館，2008）；覃子豪《覃子豪集1、2、3》（台北：覃子豪全集出版委員會，1968）。

涉。[26]瘂弦的〈水夫〉有如下兩行：

而地球是圓的

海啊！這一切對你都是愚行

在其他詩作上，他時常提及海洋與生命之間的磨難。詩中的「你」指的是詩人或人類，實際上也是海洋這廣闊的集體生命，它隨時可能對個體造成巨大的創傷。惠特曼兩首著名的「海上漂流」的詩作〈從那不停搖動的搖籃〉與〈我與生命之海一同退潮〉雖也對海洋提出部分死亡的見解與看法，然而它們也連帶與母親、夜晚與家庭的羅曼史連結起來：

> 海洋的呢喃低語和母親的沉吟輕嘆的祕密是，雖然潮水退得又急又快，水流總還是會再回來的。對惠特曼而言，這是宗教性的祕密，是靈知的一部分，那是一種自我本身亦已知的知的行為。[27]

哈洛・葛倫（Harold Bloom，1930-）對惠特曼提出了獨到看法後，又接而補述道：「惠特曼深刻地領會到，他的國家需要它自己的宗教和它自己的文學。」其對惠特曼的真知灼見，不得不讓人再回到瘂弦及其詩作去省視「自我本身」與群眾家國的關

---

[26] 日據時期的詩人的詩人楊華雖然在《黑潮集》中也隱涉了潮海和世局的黑暗和苦悶。不過，他這些詩是反應殖民統治下的悲歌，全集在監獄中完成，跟瘂弦航行和死亡的生命經驗以及隨國民政府遷台，自己又屬軍階一員，有所不同。再者，瘂弦在很著名的閒筆雜談中提到他並未受到日據時期台灣詩人的影響，反倒是受到中國的現代文學作家如魯迅和李金髮等人之影響。

[27] 哈洛・葛倫（Harold Bloom）著，高志仁譯《西方正典》（上冊）（台北：立緒，1998），頁403。

係。瘂弦面對海洋，幾乎是「無言」的喟嘆，一聲「海啊！」劃破天際，直到我們心坎。它（航行／船隻）並沒有如潮水再航回／歸到母親懷抱或子宮意象般的純真，反而像是個凶殘的敵營，對生命不斷地覬覦、「翻攪」，越駛離不可知的「路／航徑」；它（命運）所連結的是「周而復始」的「愚行」與悔恨，亦沒有像惠特曼般有著「宗教性的祕密，是靈知的一部」之信仰，取而代之的是「耶穌那老頭子可沒話可說了」與「神像的盲睛」，[28]這是連鎮靜劑都勝過宗教的日子，信仰闕如，甚至是一種束縛的景況；這在暴風無星的巨浪航行裡，是一大諷刺與憤慨，更襯托了詩人內心的彷徨與無依。海洋與航行，成了他對人生與深袤不可測之命運的測探劑，悠遊在生命「羅盤」與「地圖」上，縱使有「風信鷄」、「海錘」與「圓規」，他依然找不到岸港停靠。

「人生是一趟旅程」這已是我們慣用的譬喻模式，然而交通工具的駛用／使用與喜好，卻有所不同。瘂弦將人生比喻成一段航程，不是徒步，亦非駛車，更不是飛行，這點頗值得玩味。這不僅悠關生命的思索，亦是時間與空間的相互整合運用、映示及展現在作家心靈地圖上的景象。我們試著把各式各樣的旅行書寫下來：

[28] 「耶穌那老頭子可沒話可說了」引自〈水手・曼羅斯〉一詩，「神像的盲睛」引自〈遠洋感覺〉；見《瘂弦詩集》（台北：洪範，2001），頁81與71。

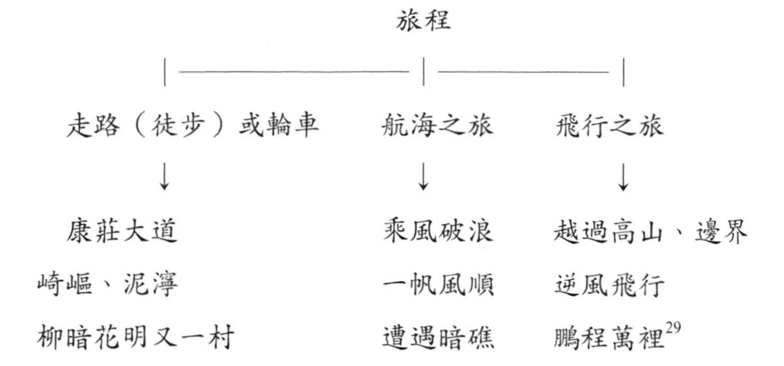

選擇「飛行」應用的時間，相對是較快的，在這幾類交通工具的類喻上；然而，不管是採用何種「行進／進行」方式，在「吉利」、「順事」時，我們有較正面的暗示如：柳暗花明、光明正途、康莊大道等等。相對地，在遇到難免的「險阻」與「磨難」時，行旅賦予了較悲觀形容如：泥濘、崎嶇、艱辛，這在在顯示了我們將「人生」與「路途」結合的不同隱喻意味。這樣的結合，會和「時間」產生緊密關連，時間的快慢，決定了旅程目的地的成功到達與否。[30]

「人生是一旅程」的觀念根植在我們思維裡，不管是透過怎樣的交通工具來行進，最後目標最好就是能安全、快速而便捷地抵達目的地，不然就會造成「負面」的評價與感受。雷可夫（George Lakoff）和詹森（Mark Johnson）說得好極了：

[29] 本表大部分靈感與想法，受雷可夫（George Lakoff）和詹森（Mark Johnson）《我們賴以生存的譬喻》一書影響，參見雷可夫（George Lakoff）和詹森（Mark Johnson）著、周世箴譯《我們賴以生存的譬喻》（台北：聯經，2006），「第九章」頁71-79。

[30] 劉志宏〈特技家族與馬戲班：零雨、夏宇的空間詩學探究〉「華人女性詩學」學術研討會，2008年9月27日於國立台北教育大學發表，頁4。

> 「旅行」譬喻群無法靠單一整體呼應意象（single consistent image）統合，卻因均係「旅行」譬喻而據整體相合性，雖然各自的旅行工具有所不同。[31]

因而不管我們選擇怎樣的交通工具來作為人生的影射，無非都想透過它來完成人生的行進方式；在點與點之間，讓搭乘主體安然抵達，以完成既定的目標與願景。是由於「旅程」之完成有快慢的問題，因而「時間」在旅行的譬喻中又擔起相合性的角色：

> 「時間是移動物」譬喻概念也遇到類似情形，移動的方式有各式各樣，於是便有「歲月如飛」（time flies）、「時間悄悄溜走」（time creeps along）、「光陰快速」（time speeds by）等說法。概括言之，譬喻概念並不以具體意象（飛、偷溜、走下坡）來界定，而是以較具概括性的範疇如「經過」來表示。[32]

然而在瘂弦的「海洋」組詩中，我們發覺「時間」變成了「空間」，空間被時間化，而時間像空間一樣，永遠停滯、使人飄泊，無法逃出與逃脫。我們知道〈水手〉把一生都交付給海洋，這是討食也是無可奈何，〈船中之鼠〉及船長船員們在海上討生活、回憶、做夢與婚媾，還有在〈死亡航行〉中的乘客把靈魂像瘦小的苔蘚般，「寄生」在老舊的海圖上。……總之，「海洋」成了一個展演場，被賦予「漫漫」的時間概念，追索、飄盪，並且佈滿「礁區」（人生與航行結合的負面整體相合系）、

[31] 同前註。《我們賴以生存的譬喻》，頁79。
[32] 《我們賴以生存的譬喻》，頁79。

無法掌控方向盤、天候惡劣不明、前程晦黯……，我們與其說人生是一趟旅程這個觀念固植予瘂弦心中，不如說空間／海洋已整整吞噬掉了人們的歲月／歷程更恰如其分。

這樣的思想固然使瘂弦的詩都有種「悲劇的性格」，然而我們不禁要問，究竟是什麼原因，讓他對「海洋」與「航行」產生如此大的絕望與傷悲呢？這值得我們深入探討。葉維廉在〈在記憶離散的文化空間裡歌唱〉一文裡，曾論及令瘂弦在時間的激流中抓住一些記憶的片斷來持獲他在離散空間的憂懼是有其特定的時空成因的。他從中國文化失去凝融意義的情況著手，來透視瘂弦在這個網路中所面臨的危機並提出了策略：

> 有遠近二因。一九四九年狂暴的戰變導致國民政府離開大陸母體南渡台灣。像洛夫一樣，瘂弦隨著軍隊到了台灣而陷入一種「隔絕感」與「禁錮感」。在「剛渡」之際，知識份子都有一種燃眉的焦慮與遊疑，頓被逐離母題的空間與文化，而在一種離散虛浮的空間中憂心忡忡，在「現在」與「未來」之間彷徨。「現在」是中國文化可能全面被毀的開始，「未來」是無可量度的恐懼。彷徨在「現在」與「未來」之間（這也正是瘂弦、洛夫等人創作之時段），詩人感到一種解體的毅然絕望。[33]

也就因為在過去與未知的未來茫茫、忡忡之間，瘂弦的時間瞬間被消解在抽象縹緲的文化空間裡。不過，我們更要注意，許多論者在談及瘂弦詩作時雖都注意到了這個流離、放逐的精神狀

---

[33] 葉維廉〈在記憶離散的文化空間裡歌唱〉原刊北京《詩探索》第十三輯（1994.4），後收於蕭蕭主編《詩儒的創作：瘂弦詩作評論集》，頁346。

態，進而轉向內在心靈的向度與文化層次、領域，但我們也勿忽略了其運用詩技巧裡所展現出來的「彌補」作用。在前文所披露的詩作中，我們看到瘂弦拉大詩作的意象與隱喻空間，將其具像化為「一大片汪洋」，將畢生的苦惱、孤絕以及無奈投擲其中，歌唱也被海濤所吞噬。在當時中國「大陸」的陸地生活中，瘂弦隨軍隊「渡海」來台（「環洋的島國」），勢必成為其真實生活／生命經驗與文化的記憶形式之一部分，那麼海洋被其具像化為「敵人」，「航行」被染上恐怖與死亡的陰霾，我們不難想像當時初從陸地的「中國」離岸到台灣時內心的膠葛狀態了。[34]那是一種有形無形政治鎮壓下精神上的封閉，一如這片廣袤的「大海」。這樣的歷史記憶與鄉愁，使得他在這樣「偏離／駛離」原鄉／母親航道的航行中感到焦慮與憂思，在羅盤釐不出方位，風信雞／旗早已鏽蝕的旅次上誠惶誠恐。葉慈心有定見，要駛向一個輝煌的國度，欣喜迎接並請求把靈魂的殫耗重新整肅；然而，對瘂弦而言，這航行目的地卻是另一種隔絕、精神／肉體磨煉以及家園切離；投入異鄉與時局高壓氛圍底下，一個「越離越遠」的精神失落與神傷，寄託與想望分崩離析，輝煌的過去與傳統皆已隱沒在身後，隨著巨浪暴風隱去而消逝。

這樣的情愁與認同，在瘂弦許多詩作都得到了體現與寄託。若說葉慈心繫「前方」古文明的拜占庭之永恆藝術與文化，瘂弦顯然把古中國的文化與記憶[35]當成自己駛向的目的地，只是於現

---

[34] 一如葉維廉所說的「……我們需要進一步審視瘂弦渡台後所面臨的禁錮感……」之「禁錮感」。同前註，葉維廉〈在記憶離散的文化空間裡歌唱〉，蕭蕭主編《詩儒的創作：瘂弦詩作評論集》，頁352。

[35] 瘂弦的詩出現許多中國傳統歷史文化的塑形與身影：屈原、黃帝、蚩尤、嫘祖、女媧、孔子、李白、老子……。見瘂弦〈在中國街上〉《瘂弦詩集》（台北：洪範，1988），頁95-98。

在「不得不」的情況下，正一步步（！）與她「背道而馳」。廣闊黑暗而且無邊的海洋，這就是瘂弦式的海洋，心靈的無止無盡之航行，此乃瘂弦所懼怕的空間領域，並祈求精神的轉化與新的力量能帶領他重生的契機。

二、命運、風險與災害

若是渡海來台的航行與時空成了一個大環境的隱喻，那麼前去的「台灣」，在瘂弦心目中，究竟是一個怎樣的狀況？透過前文的分析，我們看到這個航行與死亡產生關連，是風浪、未知、蒼白與深藏暗礁的，也讓這旅程蒙上「災害」的隱影。早在洪荒時代起，人類就置身於一個充滿危險的環境裡，必須與各種災害和危險與威脅對抗。不管是火山、海嘯地震、蝗蟲、猛獸等天然災害，或者疫病、匪盜、戰亂等等人禍，在一個社會組織的時空尚停在地方與小區域、民智與科技未啟之時，這些都足以讓他們產生「致命的威脅」。紀登斯（Anthony Giddens，1938-）說：「因此「命運」（fate）的觀念就緊隨著難以抗拒災禍危險而發展，成為前現代社會對於災害的認知主軸。」[36]現代社會則是一個講求「風險社會」（risk society），不管是對環境災害、生命安危的評估，或是投資、保險理財的投入，都講求「風險之降低」；「風險」這個詞就是現代社會的產物。相較於命運，風險不易預期，它是我們自身的行動或決策所可能帶來的「結果」，而非表現了自然潛藏之意義或神祇難以言喻的意圖，[37]紀登斯又說：

---

[36] 王志弘編著《流動・空間與社會：1991-1997論文選》（台北：田園出版社，1998），頁274。

[37] 轉引自王志弘文章。請參王志弘編著《流動・空間與社會：1991-1997論文選》，頁276。

一方面，現代社會對於災害與危險的看法不再淪於宿命論，而有了加以控制的能力和自信，並且可以估算可能的損失，預測輸贏的勝算，這種「可計算性」（calculability）正是現代性（modernity）的特徵，是資本邏輯與國族國家（nation-state）的運作基礎。……災害的成因不再歸諸自然和上帝，人類有了控制的能力，同時便擔負了災害的責任，上帝退位，人類就要自行接管這個世界，存在之責任與重擔要自己扛負。[38]

瘂弦的「航海詩」充滿了遠古「命運」的觀念以及宗教懲罰之意含，其〈死亡航行〉、〈遠洋感覺〉、〈水手‧曼維斯〉有如下之幾節引文：

夜。礁區
死亡航行十三日　　　　〈死亡航行〉

燈號說著不吉利的壞話
鐘響著　　　　〈死亡航行〉

而當暈眩者的晚禱詞扭曲著
橋牌上孿生國王的眼睛寂寥著
鎮靜劑也許比耶穌還要好一點吧　　　　〈死亡航行〉

風雨裡海鷗悽啼著

[38] 同前註，頁274。

掠過船首神像的盲睛　　　　　　　　〈遠洋感覺〉

耶穌那老頭子可沒話可說了　　　　　〈水手・曼維斯〉

有趣的是，這些詩篇也出現了許多現代社會中科技採用的「導航」產物，比如「探海錘」、「圓規」、「航海圖」等，這些都在為了對抗不可避免的海上災害，以求風險之降低，讓生命、財產獲得些許保障。用「命運」與「風險」的說法，我們即可釐清構築瘂弦如此激撞、衝突，糾葛又艱難的「海上思維版圖」。他置身「不確定性」（uncertainty）的世界裡，沒有一個終極的依歸與標的，只有跟自己一樣的其他人類，及其眾多而難以預料的行動與意圖；國家機器伴著政治高壓的謀劃，從離岸那端的爭戰、奪掠，到未知／已知前方的集權運作，讓他「私我」的家園處於極飄搖的狀態。雖然吾人有了象徵現代社會能夠導引方向的科技產物，但由於「涉海」這種風險之強度太大，而且後果嚴重難以確定，使他無法擺脫「而地球是圓的／海啊！這一切對你都是愚行」的宿命論調。然而卻也因此催生了新的宿命觀來表達自我無力扭轉那巨大的災害。詩人請求神靈退位（「鎮靜劑也許比耶穌還要好一點吧」、「神像的盲睛」、「耶穌那老頭子可沒話可說了」）以讓自己操盤，這一來當然可能面對許多未知的險阻。

「海峽」與「兩岸」這樣空間的隱喻與國族修辭，以及自身位置之選擇，這些都牽涉到自我與異已（other）之關係和邊界的建構。王志弘在《流動・空間與社會》對於這樣的「流動」與「空間」有如下之論述：

> 災害與安全做為關切己身重大利害的課題，不論是災害與安全空間之生產和管理，或是災害地景與空間想像的營造和解讀，都不是沒有意圖的偶然行徑，而是牽涉了社會資源與權力，牽涉了群體與個人利益與生命的政治鬥爭場，其中最為基本的戰線之一就是認同之構築（self identification）或自我認同的過程（construction of identity）。[39]

接著他又提到：

> 災害與安全的發生和維繫、命運和風險的觀念，與人類的自我認同有密切關係。信賴的感覺，即是一種對於周遭人物的可靠度的感覺，算是所謂「存有之安穩」（ontological security）的基礎（Giddens，1990：92）。這種「存有之安穩」對於自我認同的連續性和一致性很重要（牽涉了「我是否真的存在？我今天和昨天是否是同一個人？我所見到的世界，在我離開後是否繼續存在？」等己身存在之問題），因為它保障了一種對於行動之物質與社會環境的穩定感受。換言之，如果生活中每一個簡單的行動都充滿了危機，周遭的人和物都不可信任，人就處於極度緊張和焦慮的狀況，時時刻刻懷疑他人、外物與自己，不可能和外界建立穩定的關係，自我的認同也難以確立（認同這個字眼，identity，關鍵就在「同一」上）。[40]

---

[39] 《流動・空間與社會：1991-1997論文選》，頁284-285。

[40] 同上註，頁285。

由於自己對認同家園與國族觀念之破碎，再加上對遙遠彼邦充滿不定感，遂有了「不吉利」航行的意象與象徵運用。災害空間的社會生產，讓他營造了「危險」與「安全」的指向與地標，亦即用外在的文化地景與內在的想像空間。像嬰孩在母親的子宮裡蜷縮著一般，瘂弦欲用海水來象喻母親的羊水，意圖搬到另一個地域去尋索同一性和連續性，俾能有預測的力量可以降低風險並且可以管控風險（國家權力機制）、互動與信賴。

第三節　商禽的禁錮意識

一、開闔之間觸見生命存在的質地

商禽跟洛夫一樣，有著相同的身分與遭遇，十五歲時初中還沒畢業就去從軍，軍旅生涯更是充滿困頓與顛簸，不時展開「逃亡」之旅。在一篇訪談中，他提到：

> 八年抗戰尚未結束，年輕的商禽相信從軍是愛國的表現，但兵役服了幾年，他私自逃亡了，因為商禽的扁平足在行軍的過程中對他而言是種困擾。烽火年代，逃亡的商禽原本打算要回故鄉四川的，但不料沿途屢遭各種不同部隊的拉伕、拘囚，一連下來，商禽的足跡踏遍兩廣、兩湖、四川、雲南、貴州諸省，也由於這種特殊的流亡經驗，商禽有機會接觸到各地的民歌民謠，他藉機收集，加上自己平時也有寫日記的習慣，久而久之，心中醞釀的飽滿情緒就自然地下筆為文。[41]

因而，「寫詩，在他而言是如此自然地開始——為了表達自己單純的情感。」[42]當兵的這段人生旅程，讓商禽不僅感受到生命的苦楚，也讓商禽「有幸」接觸到更多的書籍，更重要的，

[41] 瘂弦〈他的詩・他的人・他的時代——論商禽「夢或者黎明」〉《創世紀》，119期（1999.6），頁22-33。

[42] 同上註，頁33。

「醞釀的飽滿情緒」使他養成持續寫作與創作的習慣，使許多膾炙人口的詩作得以催生，讓後世欣賞、啟發。在那個兵荒馬亂的年代，隨著國民政府軍隊來台的商禽，有著和洛夫一樣的創作觀，認為詩是一種對缺陷人生的抒發，藉由這樣的書寫，找到一個「宣洩的出口」。創作者所經營的意象世界，跟生活或生命的經驗息息相關。商禽雖然和洛夫都同樣有軍旅的階段，也都在國共戰亂下隨國民黨軍隊撤退來台，但他們出身、求學背景不太相同，洛夫有外文系的背景，商禽卻是幼年棄學，退伍時仍為士官，來台做過各式各樣的行業，做過碼頭看船艙工人、跑單幫、私人洋宅園丁、賣牛肉麵等，更從事過很長一段時間的編緝工作。由多元滄桑的人生歷練與現實的生活壓力所孕釀而成的詩篇，商禽的詩讓人讀來，除了同期詩人共有政治高壓下的苦悶外，更有一種獨到的人生體察與體驗。

商禽的生活空間，就像個牢籠一般，很多詩都架起了樊籠、圍牆、水泥，信手拈來如〈門或者天空〉中的「一個沒有監守的被囚禁者」或〈界〉中「所射出昨夜夢境趨勢之覺折自一帶水泥磚牆頂的玻璃頭髮的回聲所織成」或〈穿牆貓〉所說的「讓鐵門窗外的雀鳥羨慕」這之中不是被關、就是被圍繞或是被定位。詩人善用動物作譬喻，但〈穿牆貓〉裡的那隻貓，雖然在房內四處穿梭，也讓「鐵門窗外的雀鳥羨慕」，可是讓抒情主體「未曾真正的見過」。還有〈鴿子〉中提到「我是多麼想——如同放掉一對傷癒的雀鳥一樣——將你們從我雙臂釋放啊！」或是〈手套〉中「沒有希望的希望，絕對的空虛的悲哀」以及〈雞〉中「在人類製造的日光下／既沒有夢／沒有黎明」或是〈狗〉中「我也有一隻忠實的狗跟在我後面，並且也在我走過燈桿之後急急跑在我的前面，愈跑愈遠，終於消失在沒有燈光之處。」或是〈馬〉中

「你就會被鎖在公寓樓下／那並非是我要剝奪你的自由」，我們看到被暗喻、譬喻化的生物、動物群象，牠們沒有夢沒有黎明，充滿屬於人類的被囚困的悲哀。更遑論把他自己的手掌（工作）在「鴿子」與「雀鳥」中來回交錯譬喻。「雀鳥」無法自我手中得到釋放，如同詩人不斷工作、殺戮的手掌，永遠無法展翼高飛、嚮往「鴿子」的生活。他的飲食速食炸〈雞〉「找不到聲帶」也「無須啼叫」、勞動時的〈手套〉隱涉現實「沒有希望的希望，絕對的空虛的悲哀」；更別提作為休閒時的忠實朋友，只有亮光才出現，終「消失在沒有燈光的之處」的狗，以及做為交通工具而被「剝奪自由」的〈馬〉⋯⋯。

這些詩句似乎暗藏著身為人類的悲涼，被縛在地球一端的存有者困境或是無所不在的監視，在此情境底下的人們的私密空間不是不在了就是失去了它的明晰性！商禽的詩中常出現「他們」這類代名詞，一是詩人似乎不敢直指的驚怖，另一則暗示這是個有人類便存在的一種監控與限制。誠如唐捐在編選商禽詩作〈醒〉時所下的評註：

> 在他們的魔掌下，個體生命被改造為工具。這些種（筆者按：這些）蠻橫無理的刑罰，其實隱然蘊含著政治隱喻。但詩人並不直接用筆蘸染憤怒的體液。他總是刻意壓低聲調，用各種曲折的手段來表示抗議。過段之後，不僅形式一變而為散文詩，連句型也大相同。前段連續用了九行的排比，後段卻在「這／臭皮囊」之間，安插了九個形容詞性的短語，纍纍達百餘字。兩相對比，暗示了他們迫害我是那麼流利，我的忍受歷程，卻是如此蹇。在嚴厲的禁錮之下，詩人惟一的自由，便是極力操作形神分離的想像，

> 用夢「取消」可怖的現實。在暴行最殘酷的時候，「我」的靈魂並不在場（「出竅而去」），也就迴避了玉石俱焚的對抗場面。但難以逃離的身體，依舊反覆承受苦難的折磨。而此詩所示現的「忍受」與「逃亡」，即是觀察商禽作品兩條重要的線索。[43]

唐捐的觀察可謂鞭辟入裡，尤其是政治的隱喻，和前文提及權力的關係，可謂所見略同、殊途同歸。由於肉身不斷的身受囹圄，他才不斷「眺望」、「逡巡」與「守候」，甚至靠著靈魂以與肉身暫時分離。商禽的魂魄經常出竅，像個遊魂或無居的靈物，在人世的路徑中不停飄蕩。他的居屋常常黑暗的、無光、黯淡，而他早也習慣，〈鎖〉中所說的：

> 這晚，我住的那一帶的路燈又準時在午夜停電了。
>
> 當我在掏鑰匙的時候，好心的計程車司機趁倒車之便把車頭對準我的身後，強烈的燈光將一個中年人濃黑的身影毫不留情的投射在鐵門上，直到我從一串鑰匙中選出了正確的那一支對準我心臟的部位插進去，好心的計程車司機才把車開走。
>
> 我也才終於將插在我心臟中的鑰匙輕輕的轉動了一下「卡」，隨即把這段靈巧的金屬從心中拔出來順勢一推斷然的走了進去。

[43] 劉正忠、陳大為主編《當代文學讀本：台灣現代文學教程台灣新文學概觀》（台北：二魚，2002），頁48-49。

沒多久我便習慣了其中的黑暗

——〈鎖〉《用腳思想》，頁12-13

〈鎖〉裡的主人公，晚上從不知名的某地疲累地回到自己的「居所」，而後打開鑰匙，竟然朝自己心臟插進，剎時間，作者與和象徵都市機具疊合在一起，把自己化身一道鐵門，讓金屬物從自己心臟穿過。弔詭的是，鑰匙所引申出來的象徵原本是用來開啟，這裡卻是「閉鎖」與「傷刺」，不僅導延出多層次的意涵，更由此彰溢出強烈的文明社會人與人之間的冷漠關係。而後他進入到裡頭，那個自己習慣的所搭築的介殼世界，詩文本所反諷的是竟又是全然的「黑暗」。我們看到商禽內外如一絕對冷／暗色系的心境；他把自己鎖在裡頭，不管是出於無奈還是自願。那把鑰匙，讓我想到艾略特《荒原》中的詩句：

Dayadhvam：我聽見那鑰匙
在門裡轉動了一次，只轉動了一次
我們想到這把鑰匙，各人在自己的監獄裡
想著這把鑰匙，各人守著一座監獄
只在黃昏時候，世外傳來的聲音
才使一個已經粉碎了的柯裡歐萊納思一度重生[44]

艾略特曾自注「鑰匙」的典故出自《神曲》〈地獄篇·第三十三歌〉中的一句：「而我聽到了下面那可怖的塔樓的出口經上

[44] 此處引文出自趙蘿蕤譯本，引自黎活仁《現代中國文學的時間觀與空間觀》（台北：業強，2000），頁129。

了鎖，……」[45]這是十三世紀比薩的貴族烏哥利諾伯爵（Ugolino）在地獄跟但丁所說的話中的一句。烏哥利諾中了總主教羅吉埃利（Ruggieri）的奸計，以謀反罪與其子及子孫繫獄；次年，歸多（Guido）將軍統兵比薩，把獄門的鑰匙投於河中，烏哥利諾等聽到獄門「加鎖」的聲音後，食物的供應斷絕，結果餓死。艾略特《荒原》的旨意是慨歎人們各被囚於死亡的牢房，無法交通。靈魂只瞭解自己的境遇，記起下獄時上鎖的聲音。商禽與艾略特的鑰匙各指向這個孤絕、紛亂的世界；不同的是，商禽用鑰匙把自己囚住，如同艾略特所指出的「各人在自己的監獄裡」。他的外在空間已失去了空隙，而這些空隙正是存有者的各種可能性的原料，那麼我們如何從可能性的領域中被流放出來，而商禽如何思考內外關係，並與外在世界做對話與辯證呢？

日常生活裡，許多東西都有開闔的作用與意象，如抽屜、箱匣、衣櫃，最典型的莫過於「門」了。這些都隱藏有「容器」的概念，[46]且和我們身體的器官如眼睛、嘴巴、傷口、排泄器官等有所對應；我們常把眼眶比喻為情感的容器，譬如我們說「眼睛水汪汪」、「眼中仍存死懼」、「含情脈脈」、「帶著深情愛意」等等，這都在在顯示，我們的文化已將肉身的經驗轉換成表達人與人溝通的符碼。眼睛是一個容器，蓄藏著淚水與生命的喜怒愛樂，需要時它會把情緒渲洩出來。而視野所見亦是個容器，「視野」來自眼睛的投注，由它來界定活動的疆界。因此，房間、舞臺比喻為容器，此容器裡的事件、動作、行為、活動，便被譬喻概念化為事物、物質。

[45] 但丁《神曲》中譯本主要參考陳黎、張芬齡譯著《神聖的詠嘆：但丁導讀》（台北：書林，1994）以及黎活仁《現代中國文學的時間觀與空間觀》，頁129。

[46] 同前註，《我們賴以生存的譬喻‧第四章　空間方位譬喻》，頁53-54。

一如戲劇的登場前與謝幕後的黑暗，我曾在一篇論文中，[47] 說明商禽〈鎖〉這首詩的舞臺效果。那計程車的燈像舞臺搶眼的燈、人影、動作、聲響，在在投映出粉墨登場「不得不」的人生況味。人生被譬喻成舞臺，或許已經不是什麼新奇、獨特的意象；然而值得玩味的是，商禽透過這「舞臺」又回到另一「門」後的世界，並「習慣了其中的黑暗」。這隱藏著商禽對人生、「舞臺」的展演的想法與不熱衷狀態，這都與那時代的政治環境不無關係（畢竟〈五官素描〉模糊，〈籍貫〉認定不明），作者由「我」來做敘述，貼近了和閱讀者的距離，但又透過灰色調性的敘述語言、語法以及「開闔」、「鎖鑰」等意象，拉大我們更孤寂的世界。

在「開闔」間，我們看到了存在的質地，也窺見到創作者不忍直觸當下環境與「家」本身的思維與概念。有「家」回歸，可是這個家的面貌卻是一片黑暗，這和巴舍拉把「家屋」當成人類日夢的起源與生存的「避風港」是有些不同的。[48]「它」缺乏了母性的特質，也沒有散佈「子宮」初域的意象。商禽喜愛「門」的意象，在許多首詩都可看出來；前文我們舉的〈門或者天空〉及這篇的〈鎖〉都是。然而，商禽顯然對「門」有較大的偏愛，門和鎖，皆有指向封閉／開放，而有關開啟／關閉這個主題，要找相關的精神分析的文獻，我們立即想到容格（Carl Gustav

[47] 同前註，劉志宏〈特技家族與馬戲班：零雨、夏宇的空間詩學探究〉，頁5。

[48] 《空間詩學》：「家屋庇護著日夢，家屋保護著做夢者，家屋允許我們安詳入夢」又如：「家屋為人抵禦天上的風暴和人生的風暴。它既是身體，又是靈魂。是人類存在的初世界。誠如某些躁進的形上學宣稱的，人在被『拋入世間』之前，乃是躺在家屋的搖籃裡。」以及：「回到家屋的母性特質……我想要指出家屋存有者的原初滿足。我們的日夢將我們牽引回這股滿足」，見加斯東・巴舍拉（Gaston Bachelard）著，龔卓軍、王靜慧譯《空間詩學》（台北：張老師，2003），頁68-69。

Jung，1875-1961）。儘管大門的深鎖表示拒絕與防禦，甚至用來抵擋外界的侵襲；不過，透過這類舞臺經驗的展演，「它」又有引領我們「發現」、解啟事物。在邀請與拒絕之間，商禽透過「門」來暗喻許許多多事物。在《天方夜譚》及《阿裡巴巴》裡，「芝麻，開門」是一個物質性意象，一種輕盈又愉快的話語，然而它並不足以撫慰商禽的靈魂。商禽「拒絕溝通」，以「門」做抵擋與控訴；他捨棄鑰匙給我們「解啟」思維，反而擁抱一爿「緊閉」的門扉，把自己深鎖在內，它是「一處私密的空間，不對什麼閒雜人等開放」[49]

這樣的日子過久了，便產生一種「習慣」；「家」雖被觸及，弔詭的它卻是一片漆暗、一個完全密閉的「空間」。商禽要我們閱讀／觀賞的就是這樣的窘境，還有那顆孤寂而被封閉的「黑暗之心」！在關閉的重重微分間，於內外不斷辯證裡，反而得到了一種「邀請」，要接受如此的邀請，我們必需轉向空間的想像領域，讓最本源的心靈流動，讓意象次第演繹其中之「奧秘」。

就商禽而言，黑暗是「溫暖」的，他讓我們的心靈火把不致熄滅，甚至願意培養、延續這樣的火把（「正如你揭開你的心胸，發現一支冷藏的火把」〈冷藏的火把〉），只不過「它」因種種原因，無法先「遮掩」起來，可是這樣的「力量」卻也沒意願將它澆熄，一如芝麻開門般擁有生命力與聖獸力，然而這種「力量」，已不盡然全是「物質」和「財寶」所能帶來的那種喜悅了！

[49] 同前註，《詩學空間》，頁156。

二、散文荒謬情境的塑造

散文詩的特質或文類規範，自出現以來即深受爭辯，不過有識者皆指出，散文詩是一種新的時代產物，富有時代性，[50]它雖向詩歌借其質素，可又留下散文的形式，因而它終歸是屬於「詩」藝的一環。既是詩的一環，有見識的文評家一般都認為它「以散文的、合乎文法的分析性語句來表達散文的、多跳躍性、多暗示性的詩的神思」。[51]這個「時代性」可以從兩方面來看：一、在商禽那時代，台灣正是國民政府遷台初期國共對峙的政治高壓狀態，有志於藝術表達的創作者不隨政治起舞與唱和；想表達社會生活環境又怕思想的檢查，只好改變寫作策略，隱微地扣繫在表面的文字裡，這和前文提及空間與權力的關係，是相互呼應的。二、瘂弦在〈他的詩・他的人・他的時代——論商禽《夢或者黎明》〉曾指出：

> 秀陶說商禽之所以寫散文詩，與站衛兵大有關係，蓋因商禽早年在兵隊每天都要站衛兵，通常一班衛兵至少兩小時，值勤時不准坐臥、不准看書看報，只能扛著槍來回踱方步。勤學敏思的商禽就用這時間來想詩，為新作腹稿，但每次想到佳句，往往因為無法立即記下而任其流失，十分可

---

50 在西方，如波特萊爾（Ch. Baudelaire；1821-1867）《巴黎的憂鬱》與惠特曼（Walt Whitman；1819-1892）《草葉集》都可說是散文詩的代表作。就中國而言，自詩經、漢賦、唐詩、宋詞、元曲、明清小說、白話文以迄當今之現代文學，各時代都有其較顯著的創作形式；而「散文詩」更在魯迅的《野草》之後，由紀弦與商禽所承續發揚的新產物。見瘂弦〈他的詩・他的人・他的時代——論商禽「夢或者黎明」〉，頁26。

51 羅青《從徐志摩到餘光中・白話詩的形式》（台北：爾雅，1978），頁52-53。

惜。他想既然謀句不成，就改以謀篇的方式進行，從一個事件、一幕場景或一個人物出發，迴環往復地去想，想把整篇的結構都想個透，這種思維的習性，與散文詩的肌理組織非常接近。下了班的詩人早已成竹在胸，不必刻意重組，只消把想妥的腹稿寫下來，就自然而然成了散文詩。[52]

「站衛兵」是國家體制下「產物」，是對年輕役男一種國家至上的行動與自由的召集與管控。商禽在慘白月光下，扛著上刺刀的步槍，不斷構思，一種受制於時代權力監控，又不放棄以意象、隱喻呈述時代的感受。他「腦中構思、腹裡打稿」詰駁時代的創作精神讓我們省思，而「散文詩」藝術形式，更記錄、「見證」了時代的「空缺」[53]與宰製。他以書寫空間與詩學的空間，來推撐、駁斥時代大敘述與脈絡[54]的壓縮，以及歷史進程中話語錯綜複雜的存在狀態。

這樣於黑暗的小室立著，引發了他許多詩行充斥黑暗、關閉與死亡的訊息與內涵，更「擬造」出一座座冰冷又空洞的場景／場域。試再舉兩例：

是否靈魂也可以出租……他以為他已經撞燬了剛才停在那裡的那輛他現在所駕駛的車，以及車中的他自己。

——〈躍場〉《夢或者黎明及其他》，頁31

---

[52] 同前註，瘂弦〈他的詩‧他的人‧他的時代——論商禽「夢或者黎明」〉，頁27。

[53] 傅柯：「您寫作的關注點之一是要暴露歷史學方面現有的空白」；見傅柯（Michel Foucault）著，杜小真編選《傅柯集》（上海：遠東，1999），頁267。

[54] 歷史通常為權力所統籌，塑造出大敘述脈絡的延續性與連貫性，這些今已被許多學者諸如德希達（Jacques Derrida；1930-2004）、懷特（Hayden White；1928-）、傅柯（Michel Foucault；1926-1984）所穿戳。

而令你的駕駛者困惑的／兩條的永不相交

——〈安全島〉《夢或者黎明及其他》，頁118

〈躍場〉與〈安全島〉各是現代文明交通工具行駛道路下所被規劃出的界線，卻都是一個緩衝與閒置地帶：在「安全島」上，詩人感到交通工具卻無法「交通」的無奈（「兩條的永不相交」）。而在「躍場」（詩人雖然在詩末自註為：「躍場為工兵用語，指陡坡道路轉彎處之空間」），他卻將這「空間」運用上了——用來「出租靈魂」，以及放置那被他自己所「撞燬」的廢棄之車，裡頭的人是他自己與「所駕駛的車」這樣冷漠、冰冷、疏離的空間，是商禽所「建築」的；除了反映時代與現實的層層因素外，相對地，也幻化、影響了其創作的形式。商禽「散文詩」之蘊孕而生，有一段時代長長的陣痛與低鳴，與台灣歷史記憶與權力空間緊密相扣；它為台灣現代詩建構一個新的里程碑，確實有其時代意義與功績。就內容與形式來說，它表裡相應，除了足以窺見當時環境氛圍與政治氣候外，更驗證了空間在權力操作下，對藝術微緻如「毛血管」[55]之影響與不可分割的關係。

三、監獄話語與敞視建築

那個年輕的獄卒發覺囚犯們每次體格檢查時身長的逐月增加都是在脖子之後，他報告典獄長說：「長官，窗子太高了！」而他得到的回答卻是：「不，他們瞻望歲月。」

[55] 同前註。《傳柯集》，頁269；恰巧前文商禽詩〈逃亡的天空〉，也有「脈管」之詩句（「未降的雪是脈管中的眼淚」）。

仁慈的青年獄卒，不識歲月的容顏，不知歲月的籍貫，不明歲月的行蹤；乃夜夜往動物園中，到長頸鹿欄下，去逡巡，去守候。

——〈長頸鹿〉《夢或者黎明及其他》，頁33

「獄卒」再以「年輕的」加以修飾，已顯出矛盾的意涵，因為在監獄裡，對囚犯來說，時間的意涵幾乎是被埋沒的，只留下空間的概念，而這空間的概念，卻只是一個囚禁自己的牢籠，如同艾略特（T.S. Eliot）置放在荒原裡人物。有趣的是，因為不願此生歲月在漫漫無天日的牢裡度過，因而透過牢窗，人們只能仰望，也因這個「仰望」動作，使得人和動物的長頸項產生聯結。年輕的獄卒，與其說他「不識歲月的容顏，不知歲月的籍貫，不明歲月的行蹤」而不能懂得深刻體會時間所帶給囚犯們的痛苦煎熬，不如說他也和那些囚犯有著相同的心境與哀愁（因他也是在監牢裡），儘管他是管理囚犯的最低層官員。

關／被關，拉到人生的某一層次來說，乃一體之兩面。本來透過年輕的獄卒、囚犯、典獄長的三層關係，便足以產生引人省思的聯想，如今由長頸鹿將三者綰合一起，透過換喻（metonymy）來產生人生的隱喻與新義。[56]他取長頸鹿「長頸」的視覺印象（脖子長，乃因眺望所產生；或急欲眺望而脖子變長），而捨棄其作為「鹿」的動物特徵，但又保留做為「動物」的指涉，再將此一「長頸」裝織入所欲表達的概念、思考之中，最後由於結合意象而導入生命的情狀。而這個生命情狀與感懷，不正是所有人類的心情寫照嗎？人生就像個牢籠，人與

[56] 隱喻、換喻、與倒置的關係，在下幾章節會有更詳細的探討，此不贅。

人之間充滿界限，處處充滿限制與無奈，像存在主義大師沙特（Jean-Paul Sartre，1905-1980）所說的「沒有出口」之境。

然而，我們更應關心的是：這類詩歌形成的背後思維與條件是什麼？監獄中話語的內涵又是什麼？這引我們思索：這些獄卒又是犯了什麼罪才被「安排」到這個地方來？監獄所欲改造的又是什麼？傅柯在〈與監獄的對話〉[57]一文中，曾提及監獄是「權力機制化約成其理想形式的簡圖」，權力透過社會制度複合體而運作，從而在不同的建築類型中展開、達成。它可並非人們所認可的本質，而是「權力運作特殊形式的一個駭人準確的呈現」，[58]傅提柯到這種「敞視建築」的外觀時說：

> 圓形監獄由一個中有高塔的大中庭，以及旁邊圍繞的一系列建築物所組成，這些建築物被分割成不同樓層與牢房。每個牢房中有兩扇窗子：其中一扇引入光線，而另一扇則面朝著有大片監視窗可監督這些牢房的高塔。這些牢房變成了「小型舞臺，於其中每一個演員都孤獨的、完全個體化，並且持續可見的。」禁閉者不僅可被監視都看到，而且是被單獨看到；他們被從任何方式的接觸中隔離開來。這種權力是持續的、有紀律的與匿名的。任何人都可運作此建築機制，只要他站在正確的位置，而且每一個人都將受制於它。這個設計是多目標的。這個監視可監管囚犯、瘋子、工作、學童或家庭主婦。[59]

---

[57] 同前註。《傅柯集》，頁267-282。

[58] 傅柯〈權力的空間化——米歇・傅寇作品的討論〉，收於夏鑄九、王志弘編譯《空間的文化形式與社會理論讀本》（台北：明文書局，1994），頁375-384。

[59] 同上註，《空間的文化形式與社會理論讀本》，頁378。

因而若圓形監獄運作得當，幾乎可以消除所有監獄內的暴行。因為被禁閉者無法察知監視者是否在塔內，他必須將監視當成恒久與全面的督察，隨時注意自己的行為。這就像楚門的世界（The Truman Show）般，此建築的完美在於雖然並無監視者出現，可是這個權力機器仍可以有效地運作。「一旦囚犯無法確定他自己是否被監視，他就變成自己的小警總」（夏鑄九 1999：378）。這樣的話語聽起來，真的格外諷刺。

然都在「這個機器」之中，每一個人都被網羅，不管是權力執行者，或是受制者其實都一樣。固然我們看到犯人、年輕的獄卒與典獄長都在一個監視中，真正的權力監控，其實是種種「技術」、「紀律」與「馴化」。使用這些不同構造物的技術，比起建築物本身更重要，它們容許了權力的有效擴張。就建築物除了紀律所延伸的其他向度，也非全屬建築的。就傅柯而言，圓形監獄（敞視建築）不是權力的象徵，因為它不指涉其他任何事物；最大的權力象徵是，這樣一個「機構」與「管理場所」（settings）的造就與建構：

> 它也沒有任何深沉的或隱藏的意義。不管它是否真的操作，它的功能是加強控制。它所有的形式、物質性、所有的面相，一直細到最細微的細節，均在予其功能此一詮釋。此建築本身是中性的，從它自己「空間運作」的方式來看，也是普遍的。因此，是一個完美的技術。當圓形監獄「投入」並影響其他的制度【機構】時——最明顯如監獄、學校、醫院和精神病療養院，這個建築技術帶著它自己的慣性。如圓形監獄並非有紀律的技術的本質一般，監獄也不是唯一的實際例證，而是這個權力形式的表徵性運

用。雖然，它們顯然是西方社會以不同方式處理紀律、懲罰和監視最特出的表現。但監獄本身，以及談論懲罰之理想形式的文章，乃是銜接有紀律的個人和全部人口之更一般化實踐的唯一清楚的實例。它們的重要性，部分源自其有力地揭露這個在其他制度【機構】中仍隱藏著的實踐。因為，整個18世紀及19世紀，這些紀律的目標被延伸到其他部分的人口、其他管理及其他場所（settings）中。（夏鑄九 1999：379）

權力透過空間運作的微妙關係，就生命的角度來看，人像動物一般，都被關在「鐵的牢籠」裡，在當時國民政府統治的高壓時代，它所蘊涵的空間乃是藉以掌握權力之樣貌的譬喻，以及做為權力機器之隱喻與權力運作之憑藉。「一方面，敞視建築伴隨著現代民族國家、現代科學論述與工業資本主義之興起，體現了新權力關係中監視和控制的要求，而具現在軍營、監獄、醫院、學校、工廠等實質空間的新造與改造裡。另一方面，敞視建築做為一權力機器的運作模型，是理性化與現代化之權力宰製的空間隱喻」。[60]無所不在的權力關係，讓抒情主體把人生形容成牢籠，來暗示那種無所不在的國家機器（形式），更直指其核心的意義——壓制，這可提供了我們解讀商禽詩作的最佳策略與切入點，讓我們透過其詩作，更精確地掌握住當時環境權力的散佈與狀態。難怪傅柯喟嘆：「一部完全的歷史仍有待撰寫成空間的歷史，它同時也是權力的歷

[60] 王志弘在《流動・空間與社會：1991-1997論文選》（台北：田園出版社，1998）中，討論傅柯的部份，頁9。

史」（夏鑄九 1999：384）。

在歷史學或考古學的領域中，時間具有優越性，每個分期都有某個層次事件的分期與反映，但也付出了相當代價，造成「渾濁或漂移不定的空間分劃」。[61]在這裡我們似乎遇到了方法與材料限制的問題，亦即「任何單獨個人是能涵蓋整個空間——時間領域的問題」。因而：

使用時間語彙做為論述的隱喻，這必然會導致使用個人意識及其內在時間性的模型。另一方面，如果使用空間做策略的隱喻來解讀論述，則讓我們能夠精確地掌握到論述在權力關係的基礎之中、之上的那些轉變點。[62]

在柏格森（Henri Bergson，1859-1941）年代時，空間常被當成是死寂的、僵滯的，而時間被認為是富饒的、多產的及有生命；然而，這些在近代哲學家傅柯眼底，混淆的歷史以生命的延續、有機體發展、老舊的演化架構、意識進展或存在，拒絕透視空間的縫隙和意義，而追溯移植、界定和分劃物體的那些形式、清單的連續方式，以及諸領域的組織，往往意味著揭櫫權力的過程，而這卻更具「歷史性」。「對於論述現實空間化的描述，有助於對權力的相關效果分析」。（傅柯：《空間的文化形式》，頁392）

[61] 同前註。《空間的文化形式與社會理論讀本》，頁389。
[62] 同上註，頁391。

商禽詩行裡的「監獄」提供我們蒐集到這樣的話語：這個全視系統（Panoptic system）已不僅僅是一個隱喻；它以建築的、空間的形貌的話語來描述了體制，提供了當時國家機器之全貌一個管窺的基礎，以及展現某種使話語得以產生並成形的要素。他們犯了什麼罪？為什麼被關到這裡來？空間的隱喻使我們不得不把焦點放在「罪」與「罰」這個機制本身與人群身上。或者我們可以這麼說，「他們」犯了什麼過錯並不重要，重要的是：權力如何透過這「全視構造」（Panoptism）來鞏固和運轉，並達到一種「監控」與「改造」的訴求。它是個權力層面的技術發明，就像公共衛生的手術刀、實驗房一樣。[63]

「他報告典獄長說：『長官，窗子太高了！』」在高高「窗子」前，我們看到權力的監控和作用，這樣的建築，絕不是只是美學上的「歌德式」或「巴羅克式」讚嘆而已，它有一種如微血管般的控制，不管是在身體或是思想上。在「報告」中，我們知道，這樣的權力不僅僅只是馬克思，要把權力放置在國家機器裡，使國家成為一個階級壓制另一個階級主要的權力工具而已。事實上，它運作的更廣遠、更細部，因為每個人都掌握了某種程度權力，所以每個人在這樣體制下都可以擔任著傳遞權力的角色。

「年輕」的獄卒，在這樣「空間」裡，亦即將老去，人的歲月與生命和「瞻望時間的罪犯們」一樣，悉為權力所圍佈的空間所束縛。個人並不是一個既定的實體，乃等著為權力所運作、攫取。商禽精心「經營」一個動物園的象徵，來消弭這種哀怨氛圍，也以動物世界的野性、狂野的本性與自由、「長頸鹿」對

[63] 而權力卻不需要科學，它需要一大堆的資訊與檔案。

「無拘自在生命」的「眺望」，來深化當時無所不在的高壓氣候，更重要的是，空間的隱喻使他得以躲開思想的檢查與監禁。

第四節　小結

本章探討了洛夫的地窖遞降式的書寫：陰暗、冷悒，充滿死亡、墓地、墓室、棺位，以及靈柩的癥兆與意象，從表面的孤獨、無助與苦悶，提示了一種如但丁「向下」墜落的道德黑暗、墮落和墜落，進而更帶出當時社會現實的意涵。更重要的是，他也點出了生命的重要隱喻：人生是一場囚禁。這個和當時小說家如白先勇、於梨華等的「放逐」形成一種饒富趣味的對照與投影。若說放逐是一種由一定故鄉原點出發，因人為外力等內外在因素導致思歸不得的心靈狀態，那麼「囚禁」便是在此定點上，再架起層層高圍，把自己完全與外界隔絕。軍旅詩人們心靈在思考什麼？完全不希冀半縷陽光透照進來嗎？還是甘願如此，也不願跟社會、人群對話、溝通？這不僅是一個不同文類作家（詩人／小說家）思考的實體映照，亦是不同作家之間心靈深處集體意識的具體呈現。

瘂弦善用航行意象來做空間方位的比喻，海洋被其具像化為「敵人」，「航行」被染上恐怖與死亡的陰霾，這段旅程充滿暗礁，不僅耶穌老子管不了、神像眼睛也盲了，這樣的流動圖像充滿著國族與身分的暗喻，以及文化離愁的指涉。自洪荒時代起，人類就置身於一個充滿危險的環境裡，必須與各種災害危險與威脅對抗，而現代的社會則有風險的評估與管控，冀能降低風險，尋求最大的利益。瘂弦將航程「妖魔化」、「原始化」，其中充滿著未知與恐懼，他意圖回到另一個地域，有著同一性和連續性的安穩，可以去預測的低風險地方與邦國，更與他「命運」連結：前方是未蔔的「噩／惡」，原來啟航的地方似乎才是理想的國度與「家／園」。

「人生是一場囚禁」這個主題在另一同一時期詩人商禽的詩作裡得到了特別的體現與發揮。商禽的意象空間與詩創作氛圍，都以大量動物群像來塑造封閉的意象，開拓了一個新的空間寓言。他所處的那個六〇年代，正是台灣白色恐怖之後，島內仍充斥著政治高壓的氣候，對個人與藝術自由的箝制仍時時存在，這個如有個密室的空間，更似個關閉禽鳥的監牢；推而及之，它把整個島嶼的人群都困縛住，對於有靈性的作家，他們對周遭壓抑的環境有著強烈感受，早對這樣的規範產生反抗，在苦悶、孤獨之餘，也以詩體紀錄這種心境。商禽以其獨特的敏銳，將彼時環境塑造成一個空間，密閉且不通音訊，裡頭「不再有『時間』。沒有話語」而且「不明歲月的行蹤」，空間亦被壓縮，在眺望中與抗議中，表達對精神解放與思想自由的渴望。

無論是「地窖」、「深淵」，還是「監牢」在他們身上，我們鳥瞰到當時的社會氛圍與政治高壓，他們以自己所在之居地，思考生存的空間與環境，寫下一篇篇透著隱喻與寓言的詩篇，在詩篇裡涵涉著空間禁錮的情狀與創作想像的藝術美學。然而，其創作技法又和空間詩學產生怎樣的關係？想像思維又如何呼應空間樣態，兩者有怎樣的互動與切合關連這些都是我們下文所要關注與探討的，下三章分論就是要分別細部來探討三人藝術創作之技巧與空間映照的關係。

第三章

洛夫的錯置創作與空間的關係

第一節　蒙太奇技法與詩學的並置關係

在電影語言中，有一種名為蒙太奇（montage）的手法，它是早期電影表現的手法之一，其實源自於建築空間的專門用語，意指建築學的裝配、構成。1915年德國的達達主義者（Da Daist）照相藝術家詹・哈特費路（John Heartfield，1891-1986）以照片的斷片貼合成一幅作品，是映射藝術第一次使用蒙太奇的開始。1920年初期，開始被使用在電影上，也因法國的著名電影大理論家列翁・姆茜那克（Leon Moussinac，1890-1964）的重要性提示，影響了後來的俄國電影學家，開始展開研究。廣泛的意義上來說，蒙太奇就是編輯（editting），意思就是把一些被攝影下來的鏡頭編輯成一部電影。[1]但這樣未免太過容易與草率，世界聞名的電影理論家貝拉・巴拉秋（Bela Balazz，1886-1952）對蒙太奇下了較為具體的解釋：

> 蒙太奇就是把導演攝影下來一個一個的鏡頭（shot或cut）依照著一定的順序連結，進而將這些具有連續性的鏡頭綜合，使它產生導演本身所意圖的效果，這種創造過程可以比喻成一個工程師把一些零零碎碎的機件組合，配成一件完整的機器一樣。[2]

我們注意到是許多鏡頭照著順序連結、綜合而產生表現者所

1　見陳純真〈簡論蒙太奇〉，《幼獅文藝》第35卷第1期（1971.1），頁101。

2　同上註，頁101。

「意圖的效果」，它不是沒有意義的拼貼（collage），而是要把意圖或意義導出。那麼我們要問，難道直接的攝影涵入，無法表現電影的蘊含嗎？我們還是由陳純真來回答如下：

> 無論有多麼強烈而富有表現力的畫面，也無法將畫面中對象本身所持有的意義完整的在銀幕上表達出來，必須在最後的瞬間（運用蒙太奇的時候）站在高一層的觀點上進行組合的工作，將每一個被攝影下來的獨立鏡頭整理並進行統一的剪接，換句話說，就是把這些被攝影下來、毫無秩序和意圖的斷片經過蒙太奇（編輯），使它們在導演意圖之下銜接，產生有系統的效果。[3]

也就因為再多「強烈而富有表現力的畫面，也無將畫面中對象本身所所持有的意義完整的在銀幕上表達出來」，因而在創作時才採用了鏡頭的拼貼法，站在高一層觀點去統合，將每個獨立的鏡頭整理、剪接，讓原本毫無秩序和意圖的斷片，經過這種「蒙太奇（編輯）」手法來建構效果。它讓無法表現的意圖，透過此種技法得以伸展、呈現。

據此，我們知曉它是電影藝術的基礎、語言與文法。將許多攝影下來的備用／欲用鏡頭（獨立畫面也有蒙太奇的效果，此略）去羅列並置，以求達成預期意義與效果，電影和現實不同，電影可以超越時間和空間的限制，因此蒙太奇就是結合不同的時間、不同的場合所發生的場面鏡頭來重構以獲致不同的意涵。

二十世紀初，剪輯已演進複雜的藝術，在那之前，電影只是

---

[3] 同上註，頁101。

一個一遠景的長鏡頭且一鏡到底，又因怕「觀眾看不懂鏡頭與鏡頭間的關係，所以援用劇場的觀念，時空場景之轉換均以『幕』為間隔」。[4]經過電影工作者不斷的修正與改良，電影之父葛裡菲斯（D. W. Griffith，1875-1948）剪接及情感傳達的觀念啟迪了普多夫金與艾森斯坦。普多夫金（Vsevolod Pudovkin，1893-1953）認為葛氏的特寫鏡頭仍有限制，主要功能僅在解釋遠景，未能開展新義，因而普氏堅持每個鏡頭都應有新的意義，剪接兩個鏡頭「並列」（juxtapose）一起，其意義就大於單個鏡頭的內容，「有時演員不一定要會演戲，光是鏡頭的並列，戲劇的效果已經凸顯」（焦雄屏，頁146）

艾森斯坦（Sergei Eisenstein，1898-1948）不僅是個偉大導演，也是位出色的理論家。他認為，自然的本質是一個不斷在變動的過程，這種變動的過程來自衝突和矛盾的辯證，穩定及統一只是暫時現象，能量永恆在變換形式，而衝突正是變動之本。因此，他曾說過：

> 所有的藝術家都當捕捉相反事物的變動衝突本質，衝突的觀念不僅是題材，也是形式和技巧。藝術是自然的有機延伸，也是小的宇宙，藝術家的職司即在促使觀眾注意到小宇宙的永恆變動狀況，讓他感到在日常生活處處存在的衝突。在所有的藝術裡，衝突是具宇宙性的，所以藝術也當捕捉這種變動。電影做為「動」的藝術，不但該包括繪畫的視覺衝突、舞蹈的動感衝突、音樂的音感衝突、對白的語言衝突，也該有戲劇的角色、事物的衝突。[5]

---

[4] 焦雄屏著《認識電影・剪輯》（台北：時報，1989），頁128。

[5] 引自焦雄屏著《認識電影・剪輯》，頁148

艾氏相信電影工作者應在電影語言中呈現這種辯證的衝突（即是剪接——蒙太奇的手法），鏡頭的轉接不應圓潤順暢，而該是尖銳、震撼，甚至暴力的「衝接」（collision），宛若一個細胞發展，澎脹到達極限時就會分裂為二，剪輯便是這種爆炸，讓每個鏡頭都應在大小、形狀、長短、設計及燈光強弱上，與另外的鏡頭衝撞。艾氏的電影《戰艦波金坦》就充份反映了他蒙太奇的論點，每個鏡頭的光亮／黑暗、直線／橫線、長鏡頭／短鏡頭、遠景／特寫及靜止／運動，都有強烈的對比，我們可在該電影「奧迪薩石階」這個片段找到經典的例證。[6]他和普氏最大之不同是，普氏喜歡表現情感，運用現場環境內物體的影像，連接成某種關係，讓A鏡頭加B鏡頭等於AB；[7]艾氏則不顧傳統連戲原理，希望電影能和文學一樣自由，其運用象徵及隱喻時，更應跳脫時空限制，只要主題相關聯即可，即A鏡頭加B鏡頭，應該等於C。其實，艾氏許多觀念都是從中國文字的會意而來的，比如「口」加「鳥」等於「鳴」，「犬」加「口」等於「吠」。[8]他

---

[6] 只要稍為論及電影蒙太奇理論的書，都會提到這點。見史蒂芬遜（Ralph Stephenson）等著，劉森堯譯《電影藝術面面觀》（台北：志文，1977），頁82-85。此處史氏還談及蒙太奇之大量運用可能引起的缺失，以及可用「景深」（depth）來補救這些缺憾的優點及情形。

[7] 普多夫金著，劉森堯譯《電影技巧與電影表演》（台北：書林，2006），頁77-80及42-58。

[8] 艾森斯坦的《電影原理》（Film Form）一書有這樣的論述：

For example: the picture for water and the picture of an eye signifies "to weep"; the picture of an ear near the drawing of door = "to listen";

a dog + a mouth = "to bark";

a mouth + a child = "to scream";

a mouth + a bird = "to sing";

a knife + a heart = "sorrow," and son on.

But this is—montage!

Yes. It is exactly what we do in the cinema, combining shots that are *depictive*, single in meaning, neutral in content—into *intellectual* contexts and series.

見Sergei Eisenstein, "The Cinematographic Principle and The Ideogramnese,"

這種觀念，在他早期的電影《罷工》（Strike，1925）中即已經呈現，例如有一幕是被機關槍掃射的工人，下一幕即以待宰公羊的鏡頭去「衝撞」，[9]他善用「並列」之蒙太奇手法創造超出場景的隱喻效果。

既然蒙太奇技法，從建築、照片剪貼的運用，乃至廣泛挪用在電影語言裡，那麼我們要問：在文字世界——這種以符徵（signifier）來產生意象，而非直接呈現畫面的空間裡，究竟是一個怎樣的狀況？它和電影蒙太奇手法有何同異之點？這都值得我們下文探討。最早談及文學與電影蒙太奇關係的，首推葉維廉。他在許多篇章都提及到中國文字的結構影響了艾森斯坦「蒙大奇」的技巧，「這是電影史上的一件大事」。[10]葉氏認為蒙太奇是一種「意象併發性及疊象美」，[11]超脫分析性與演繹性，讓事物直接且具體的演出；亦即讓時間空間化，視覺事象共存併發。他曾舉李白的詩來做說明：

> 李白的「浮雲遊子意」究應該解釋為：「浮雲是遊子意」和「浮雲就像遊子意」嗎？我們的答案是：它既可這樣解釋，同時又不可以這樣解釋。我們都會感到遊子漂遊的生活（及由此而生的情緒狀態）和浮雲的相似之處；但在語法上並沒有把這相似性指出，沒有指出沒有解釋所產生

Film Form: Essays in Film Theory. Ed. & Trans. Jay Leyda. New York: Harcourt, Brace & World, 1949. pp.28-30. 及Ernest Fenollosa, “The Chinese Written Characters as a Medium for Poetry,” *Prose Keys to Modern Poetry*. Ed. Karl Shapiro. (New York: Peterson and Row, 1962) pp.136-55.

9 普多夫金著，劉森堯譯《電影技巧與電影表演》，頁59-60。

10 葉維廉著《飲之太和·中國古典詩與英美現代詩——語言、美學的匯通》（台北：時報，1980），頁52。

11 葉維廉著《比較詩學》（台北：東大，1988），頁78。

的趣味和效果，一經插入「是」、「就像」等連接性的元素，便會被破壞。令人傷心的是，所有的國文課本的講解，所有英譯（譯事本身當然亦是詮釋欣賞的一種）竟然加插了「是」和「就像」那種解釋作最後依傍！[12]

在另一篇〈中國古典詩與英美現代詩——語言、美學的匯通〉裡，他又提及：

在這句詩中，我們看到「浮雲」與「遊子」（及他的情緒狀態），是兩個物象的同時呈現，用艾山斯坦（筆者按：艾森斯坦）的話來說：兩個不同的鏡頭的並置（蒙太奇）是整體的創造，而不是一個鏡頭和另一個鏡頭的總和，它是一種創作行……其結果，在質上和個別鏡獨立看是不同的。（頁52-53）

至此，我們可以瞭解到蒙太奇和並置／並列的關係，它被運用在文字上，除了是中國古典詩的表現手法外，也是創作者欲切斷知性的幹擾、多線發展，並將自我「溶入事物」，讓讀者參與創作。由於不作單線的因果式追尋，因而語意及關係並無指定性與決定性，發揮了多重的暗示，將思索含蘊在意象「間」，超脫了時間性的限制，充滿了空間的玩味與「水銀燈」活動的視覺性感受。[13]

回到創作者並置書寫的運用上，我們先來看馬致遠的這首〈天淨沙〉：

---

[12] 同前註，《飲之太和．中國古典詩與英美現代詩——語言、美學的匯通》，頁9-10。

[13] 見葉維廉著《飲之太和．從比較的方法論中國詩的視境》，頁16-17。

枯藤老樹昏鴉，小橋流水人家，古道西風瘦馬。

夕陽西下，斷腸人在天涯。

這首膾炙人口的元曲小令，基本上是由「枯藤」、「老樹」、「昏鴉」、「小橋」、「流水」、「人家」、「古道」、「西風」、「瘦馬」、「夕陽西下」、「斷腸人」與「天涯」等十二個畫面所組成的，除了「斷腸」兩字有強烈情緒暗示外，其餘的「老」、「昏」、「瘦」可說用字十分含蓄：它們指涉人事某些關連，亦暗示了人和周遭環境的聯結的概況。作者為何選擇了「枯藤」、「老樹」及「昏鴉」而不是「細藤」、「綠樹」與「飛鴉」？這個在選擇中，已蘊含了作者的用意。文本雖然沒有「敘述」、「說明」各意象與畫面間的連接及因果性，卻因為作者的「選軸」及「組合」，使得讀者的意識滲透入詩行，找到其中的關連性和意義，也得以產生更多可以讓讀者填補的空隙，豐富詩行文字的意義。

「選軸」及「組合」，是語言學家雅克慎所定調的，他根據索緒爾（Ferdinand de Saussure，1857-1913）的語言二軸（聯想軸、毗鄰軸）加以延伸，成為其「選擇」與「對等」二軸，這二軸的結合，即是詩的功能原理。他認為：「選擇決定了之後可以結合成句。而選擇的根據是對等原理（principle of equivalence）；意義相近或不相近；同義或反義；結合的根據是詞與詞之間的結合限制的程度，」[14]因而「詩歌的功能在於把對等原理從選擇的層面投射到結合的層面上去。」職是之故，把選擇軸上的對等原理加諸於組合軸上，就產生了詩歌的功能；詩歌

[14] 梅祖麟、高友工著，黃宣範譯〈唐詩的語意研究：隱喻與典故〉，《中外文學》第4卷7期，（1975.12），頁117。

話語實基於「選軸」（selection）及「組合」（combination）這兩種功能之運用而成。「選擇軸」，一如學者古添洪所詮釋：

> 意涵著一個替代著另一個的可能性，兩者間有著相同與相異；選擇與替代實是一物的兩面。同時，「組合」意味著任一記號一方面是其所涵攝的低一次元的諸單位的指涉範疇（context），另一方面是高於其層次的單元裡的一個分子而已；其身分是雙重的。[15]

因而，我們可知選擇與替代是基於「類同原則」（相同或相異），而組合是「毗鄰原則」。毗鄰乃是並置的另一代稱，是以意象的並置所產生的關係做切入的，若以喻況語言（figurative language）來分析，明喻（simile）、隱喻（metaphor）是根據喻依和喻旨的相似性，而置喻（metonymy）和提喻（synecdoche）則是根據喻依與喻旨的毗鄰性，亦即毗鄰關係。古添洪解釋「雅克慎的隱喻應是包括明喻，而其旁喻（筆者按：置喻）則是包括提喻」。[16]然而，毗鄰（或置喻）跟隱喻有何關係？並置會不會產生意義或隱喻，以及隱喻與置喻孰者又為重？值得我們再繼續探討。

簡政珍的詩學研究中，認為隱喻和語意有關，而換喻和句構或語法有關。「語言的活動，事實上就是隱喻式選擇和換喻式綜合的交互活動」[17]他從吉內特（Gerard Genétte，1930-）和

---

[15] 古添洪《記號詩學》（台北：東大，1984），頁84；Roman Jakobson "Two Aspexts of Language:Metaphor and Metonymy" *European Literary Theory and Practice*. Ed. Vernon W. Gras.New York: Dell Pub, 1973. p.122.

[16] 同上註。古添洪《記號詩學》，頁92。

[17] 簡政珍《詩心與詩學》（台北：書林，1999），頁193。

狄曼（Paul de Man，1911-1983）解析諸如普魯斯特等作品中觀察到，「隱喻的產生通常來之於換喻」、[18]「對吉內特（Gerard Genétte）和狄曼（Paul de Man）來說，言語間偶然的並置和聯想的置換足以產生隱喻的意象」，[19]簡致力於詩學中的置喻和隱喻之間的關係並加以鑽研、闡述，更在雅克慎的語言結構中，找到了置喻（並置）的空間概況：

> 在雅克慎所論的語言結構中，隱喻是在相似語彙或意象中選擇，具有空間性；而換喻（筆者按：即置喻）則涉及語言的進行和持續，具時間性。但實際上，換喻也是在特定的空間裡言語或意象並置的結果，所以換喻在語言的進行中具時間性，但在言語或意象並置的關係上具空間性。[20]

我們知道建築（乃至繪畫）與電影都是藝術空間的一環，詩學裡的置喻是在「毗鄰」關係中和具空間性的「隱喻」交相指涉，產生對比與意義關係，因而「置喻」簡政珍說得極妥，置喻也是在特定空間裡語言或意象並置之結果，所以「換喻在語言的進行中具時間性，但在言語或意象並置的關係上具空間性」。置喻在文字語法與構成上，有其空間「組合」效果，在語言的進行間又保持著時間性的概念，因而此種技法出入虛實空間、內外，便成值得我們在探討空間詩學語言技巧中，一個重要的切入點與元素（容後文探討）。我們在電影與建築蒙太奇語言與文字意象並置之間，找到一個接合、匯通點。一個是以攝影鏡頭，一個用

[18] 同上註，簡政珍《詩心與詩學》，頁194。
[19] 同上註，簡政珍《詩心與詩學》，頁194。
[20] 同上註，簡政珍《詩心與詩學》，頁194。

文字作為藝術表達的媒介，在此，我們不是欲深究兩者不同或相同面向，而是要導出並置從建築原理運用到電影語言，進而又在文字語言間產生轉換、汲收運用的狀況，這些都有助於我們在下文探討洛夫詩中的「並置」語言效果提供一個法寶與利器。茲將其再整理成圖表如下：

隱喻（內含明喻）	位於類同軸	類同原則	根據選擇與替代（相同與相異）
置喻（內含提喻）	位於毗鄰軸	毗鄰原則	根據組合與指涉範圍的建構

類同原理帶著隱喻，隱喻含攝明喻，而毗鄰（contiguity）原理即置喻，它亦含攝著提喻（以小喻大）的效果，[21]並有著絕大的空間性，在喻況中它只留下了喻依，而許多喻依（意象）並置在語法、句構中，便會和另一類同軸，產生意義的交涉。除了明喻外，置喻、提喻及隱喻皆因喻旨之不出現在詩行中，暗表著「A替代B」之可能，我們初步得悉了「置喻」在詩語言中的定義與狀況。

如同雅克慎在〈語言二軸：隱喻及置喻〉（Two Aspects of Language: Metaphor and Metonymy）中以「hut」（茅舍）作比喻，它可能指涉「燒盡」（burnt out），卻也暗喻著「一間簡陋的小屋」（a poor little house），兩者都有可能，[22]類似的物件毗鄰在一起，已產生聯想空間。回到元曲〈天淨沙〉，不管「古道西風瘦馬」或者「小橋流水人家」這些意象的並置，都有類同／

[21] 置喻（換喻）並非中文修辭中的「借代」，中文的借代，是以另一種喻依來取代原來的喻依，置喻並非完全被取代，所強調的是語言或意象在文句中並置所產生的關係；它有點類似修辭中的「借喻」，是一種沒有喻旨、喻詞，只留喻依的譬喻狀況。

[22] Roman Jakobson "Two Aspects of Language:Metaphor and Metonymy" *European Literary Theory and Practice*. Ed. Vernon W. Gras.New York: Dell Pub, 1973. p.123.

類似的聯想（association），指向：老、枯、瘦等敗衰殘景，這些殘景都為接下來的斷腸人之「斷腸」做鋪排；外在的種種景象描寫，實為了指向創作者暗喻人世與自我精疲力盡的心靈，即使最後沒有「斷腸」情緒字眼，亦可讓讀者抓到概貌，況且「斷」字又是外在景物落毀的現象，和前面種種描敘筆法暗呼應。創作者不用「新徑東風壯馬」是一種選擇、對等，而對等原理中有「相似」概念，亦有「相異性」。李法得（Michael Riffaterre，1924-2006）認為「如果是基於類似的對等關係，就造成隱喻或明喻；如果是基於相異性，就構成了對比句」。[23]舉「新徑東風壯馬」一句與「古道西風瘦馬」來說，它們對等且相異，並在句中造成對比的情況；另外，在西風、秋風、金風相類的「風候」中，表面上類似，其實並不然。選擇了「西風」暗示著日落西山，指涉了人世衰淒的景況，因而這些類似的詞之間自然含有語意對等關係，造成了「隱喻或明喻」效果。創作者先抉選意象，找到喻依的替代，一如鏡頭畫面的涵攝，再進行擺放、「編輯」，連結與組織的工作，使其產生新的意義，傳送到讀者眼中，開啟符碼的蘊含。這樣的填補空間，比一般僅以抒情表現手法的詩，有著更豐富層次的開展與弦外之音。

由於字數及韻律的限制，並置的手法，在中國的絕句及律詩中經常見到。現代詩講求的遣詞用字較自由，因而它無法像豆腐乾體一樣，以有限的字數、韻點來框束。然而，我們也可明瞭，懂得運用並置語言及效果的詩人，語言存有跳躍性，因為創作者在語法及組合上多有思慮，省略掉許多敘述及連綴的語言，直接以意象並列來呈現。再者，它又和提喻多所關連，並和選擇中的

[23] 同前註，梅祖麟、高友工著，黃宣範譯〈唐詩的語意研究：隱喻與典故〉，頁118。

明喻、隱喻對應組合，讀者及詮釋者要深入詩行內層才能將意義捕獲。這種表達的手法擴大了我們閱讀及想像填補的空間，但卻也為世人所誤解，認為這樣的詩作晦澀難理，無法找到因果關聯。不過，只要我們能多深入瞭解詩語言的功效與當時的環境脈絡，其實是可以找到詩中隱喻的美學藝術與樂趣的。下節筆者便要盡力去耙梳洛夫詩語言中的並置情形。

第二節　存在（生）、消亡（死）「並置」的意蘊

一、存在空間之主客體延伸，死生創作意象的並置

在談論洛夫創作時，論者多聚在其採用超現實主義（surrealism）自動語言（une creation verbale spontanee）的書寫，[24]以及他詩觀中對其的堅守與揚棄。[25]姑且不論由繪畫肇始以作為詩作運用的自動語言究竟為怎樣的模式與樣態，我們大可不必在詩人宣稱的書寫準則中打轉，我們實應聚焦在他「詩作」所獲致之效果上頭而不是「詩理上」。況且，一個作家所宣揚的創作原理，未必就能完全落實於其作品中，並且得到了驗證。筆者倒認為，洛夫的詩作充滿後現代主義之傾向，因為詩歌中「並置」的語言乃是由電影、繪畫及照片之拼貼、剪裁與組織效果所延伸而來，而這種整合圖文的博議方法，本是後現代主義的特徵與技巧之一。[26]至於後現代主義與現代主義間的糾葛關係，更是一直為論者所爭辯不休，無法切割；不過，嚴格說起來，它們可是一體兩面。[27]洛夫最常用的並置法，便是生與死的並置；然

---

[24] 諸如孟樊、蕭蕭、葉笛、龍彼德都有此見解，早期的論者更多，可見蕭蕭主編《詩魔的蛻變：洛夫詩作評論集》（台北：詩之華，1991）。

[25] 〈詩人之鏡〉為洛夫詩觀篇章，收於洛夫《詩人之鏡》（高雄：大業書店，1969）。

[26] 參見孟樊《台灣後現代詩的理論與實踐》（台北：揚智文化，2003）。

[27] 哈山（Ihab Hassan）著，劉象愚譯《後現代的轉向：後現代理論與文化論文集》（台北：時報，1993），頁87-188及Fredric Jameson著，張旭東編《晚期資本主義的文化邏輯：詹明信批評理論文選》（香港：牛津大學，1996），頁83-96。另可參見簡政珍在〈後現代的雙重視野〉有細緻的闡述，簡政珍《台灣現代詩美學・第二部「後現詩風景」第五章　前言—後現代的雙重視野》（台北：揚智，

而，生的意象，最後總敵不過黑色死亡的召喚、覆蓋。由六十四首所組合而成的〈石室之死亡〉，每首分為上下二闋，幾乎每闋都有著生死並置的意象與氛圍：

詩句（生與死的並置）	生	死
他們竟這樣的選擇墓塚，羞怯的靈魂	羞怯的靈魂	選擇墓塚
棺材以虎虎的步子踢翻了滿街燈火	滿街燈火	棺材以虎虎的步子
我把頭顱擠在一堆長長的姓氏中／墓石如此謙遜，以冷冷的手握我	頭顱	一堆長長的姓氏中
剛認識骨灰的價值，它便飛起／松鼠般地，往來於肌膚與靈魂之間	肌膚與靈魂	骨灰的價值
「哦！糧食，你們乃被豐實的倉廩所謀殺！」	糧食	倉廩所謀殺
是一個，常試圖從盲童的眼眶中，掙紮而出的太陽	掙紮而出的太陽	盲童的眼眶
城市中我看到春天穿得很單薄／看到壓在斷垣下母親的心	春天、母親	穿得很單薄、斷垣
而靈魂只是一襲在河岸上腐爛的褻衣	靈魂	腐爛的褻衣
蛆蟲們在望過彌撒後步出那人的肌膚	彌撒	蛆蟲們步出那人的肌膚
你們狠狠瞪我，以蛇腹的冷／猶之死亡緊握住守墓人腰上的一串鑰匙	一串鑰匙	死亡緊握住
一口棺，一堆未署名的生日卡	生日卡	棺
一塊綉有黑蝙蝠的窗簾撲翅而來／隔我於果實與黏土之間／彩虹與墓塚之間	果實、彩虹	黏土、墓塚
於是你們便在壕塹內分食自己的肢體	肢體	壕塹
而訕笑自其間躍起，猶如飢餓自穀倉躍起／領受者乃向室內的燭光借取鑰匙	穀倉	飢餓
不論是誰的影子，都要被光雕鑿（此句亦為倒置法）	光	影子（黑）
慕尼克的太陽是黑的	慕尼克	太陽是黑的
飲於忘川，你可曾見到上流漂來的一朵未開之花	花	忘川

2004），頁143-155。

而我只是歷史中流浪了許久的那滴淚／老找不到一付臉來安置	臉	淚
許多池沼喝乾了藍天而吐出血來	藍天	池沼
驀然回首，遠處站著一個望墳而笑的嬰兒	嬰兒	望墳
當一顆砲彈將一樹石榴剝成裸體／成噸的鋼鐵假我們的骨肉咆哮	裸體、骨肉	砲彈剝成、鋼鐵咆哮
在牀上，誰都要經歷幾次小小的死	牀	小小的死
一幅臉的暗面，帆在其中升起／憶及沙丘，腳印間的腳印／帆在升起，表示一種過多的受苦	帆、腳印、沙丘	暗面、過多的受苦
藍，藍，藍，藍，藍，藍，／終有一個海會溺死在那女人的掌中	藍，藍，藍，藍，藍，藍，	溺死在那女人的掌中
向迴廊盡頭望過去，你就是那座墳	迴廊	墳
築一切墳墓於耳間，只想聽清楚／你們出征時的靴聲	出征時的靴聲	築一切墳墓於耳間

以上都是從洛夫〈石室之死亡〉中所仔細挑選、摘錄出來的。來回於生死之間，洛夫大量運用生之意象與死亡場景，來表達自己在當時環境氛圍中對生命之思索與體悟。在「生」的（選）軸上與「死」的（選）軸上相互結合成句，產生了生死交纏的意義／隱喻。死亡的力量大部分都強勁無比，所向披靡，連陣容浩大的「出征靴聲」也無可匹敵，更甭提「掙紮的太陽」了。人之生命短暫，也手無寸鐵，一如花草，當然無法撼其汗毛，令其驚退。語法的並置，使生、死的意象產生語意的交涉；並置的語言不僅由空間建築被繪畫、剪貼藝術所吸收運用，進而也在詩語言起著匯通作用。雅克慎很早即從繪畫史中看到其記號系統：

> 從繪畫史上看來，我們有明顯傾向置喻法的「立體主義」（cubism），畫中的主體轉變為一組「提喻」；接著，

「超現實主義」（surrealism）則回之以一專心致志的隱喻手法。在電影藝術裡，自從D. W. Griffith以來，電影以其高度發展的角度的轉換、透視的轉換、景深之轉換等，創造了繽紛的提喻性的「極近鏡頭」（close-ups）和繁複的旁喻性的「場景鏡頭」（set-ups），電影遂與舞臺藝術一刀兩斷。[28]

故我們在詩作並置的手法中，亦可迴探作者文字內外時空的擺佈與思索。在上表所羅列生死並置的意象裡，我們看到作者將生命之體會係藉由意象與象徵之掌握表達出來：脉、靈魂、出征時的靴聲、迴廊、帆、腳印、沙丘、裸體、骨肉、臉、嬰兒、燈火、糧食、頭顱、春天、母親、肌膚、鑰匙、彌撒、太陽、生日卡、果實、彩虹、肢體、穀倉、光、慕尼克、花……等等。在死亡意象的氛圍經營中，我們又觀察到幾個有趣的現象，茲將其表列如下以方便論述：

選擇墓塚
棺材以虎虎的步子
一堆長長的姓氏中
骨灰的價值
倉廩所謀殺
盲童的眼眶
穿得很單薄、斷垣
腐爛的褻衣
蛆蟲們步出那人的肌膚
死亡緊握住
棺

[28] 同前註，古添洪《記號詩學》，頁96。

黏土、墓塚
壕塹
飢餓
影子（黑）
太陽是黑的
忘川
淚
池沼
塋墳
砲彈剝成、鋼鐵咆哮
小小的死
暗面、過多的受苦
溺死在那女人的掌中
墳
築一切墳墓於耳間

我們有否注意到，不管生之軸如何豐富多樣，但最後總歸匯流入「墳、棺」相類之空間中。為何作者獨嗜此類窒密式的意象經營，難道沒有別的「死之空間」意象可選擇了嗎？我們思考一下關於死亡的空間意象，至少有地獄、集中營、死亡列車、死海……但是這些似乎都不曾出現在作者的意象運用裡，因而這類「死亡石室」的墳塚之書寫，一定和作者的生命情境與地域環境氛圍有所關聯。一九七〇年代「人文（本）主義地理學」（Humanistic Geography）逐漸興起，由於匯通了「現象學」與「存在主義」，因而又被稱為「存在現象學地理學」（Existential Phenomenological Geography）。其強調人文精神的「主體性」（subjectivity），以及主體性所創造出來的「空間」、「區域」與「人地關係」，並將焦點放在地理現象之歷史取向、「所在／場所」（place）之主體意義、人與自然景觀之間互動的內涵、生活世界、時間地理以及「存在空間」

（Existential Space）等重要的概念。[29]

所謂存在空間，亦即「人含容、參與並且直接關懷而不斷發生『意義』的空間，在此空間中，人與人、人與世界具有一個聯結關懷的共同意向所形成的意義性網絡。」[30]依段義孚而言，是一種「自我中心空間」（egocentric center）：

> 即由「主體之人」做為空間的中心點而往外圈擴展，在此擴展的過程中，「主體人」不斷地投射賦予層層空間以意義和價值，是從基本的「房間」（如書齋、臥室、起居室）開始，然後隨「主體人」之往外活動，而構成了「家園」、構成了「鄰裡」、構成了「鄉土」、構成了「邦國」、乃至也構成了「世界」以及「宇宙」，每一層圈，均賦予了其自我主體之價值觀的投射和造形。[31]

存在空間不能沒有主體，不然一間石室只是一間石室，只是一個空間，而非「所在」。[32]舉一石頭為例，它僅僅是一塊石頭，因它缺乏開放性，對存在主體而言，都是一種非世界的存有。我們常聽說：「人塑造空間，空間也塑造人」，空間可以塑

---

[29] 潘朝陽〈現象學地理學——存在空間的一個詮釋〉，《中國地理學會會刊》19期（1991.7），頁72。

[30] 恩翠金（J. N. Entrikin）語，引自季鐵男編《建築現象學導論》（台北：桂冠，1992），頁209-222。

[31] Anne Buttimer語，本文引自潘朝陽〈現象學地理學——存在空間的一個詮釋〉，頁74。

[32] 按潘朝陽解釋，以「所在」來稱「place」，比「地方」、「場所」好，因為「前兩者顯示不出『place』在人文主義地理學中之特定義蘊，此即是人在『place』主體性自我存有的不斷開顯和創造。」又言及「所在」之有在該「所」而「存在」之意，因而「『所在』必連『所為』，如此建構出『空間存有論』之意味來」可謂觀察深切、適妥。見同前註，〈現象學地理學——存在空間的一個詮釋〉，頁76。

造一個人的性格、氣質、涵養，說明瞭它具有的主體性格；然而，當人們透過人工的手法把空間建構起來之後，空間成為人所運用的物品，以符合使用者的需求，空間也具有了客體的性格。存在之空間必有「內在」（inside）的『主體性』來展顯、貞定與建構為一內在深層性之空間，若將人的意義、思維、活動和創造抽離，它只是一個空間，並無「存有性價值」可言。存在空間之內蘊乃依據「人之空間存在」（The Spatial ontology of Man）所建立的「空間性」（spatiality）形構而來。在馬丁布伯（Martin Buber，1878-1965）論點中，「空間性」是人存在的首要原理，只要人存在於大地上，在地表上有所活動，則其場所必須是「空間性的」，並且由「距離」與「關係」兩項狀態構成。再者，「空間性」是動態的，有「動」的歷程：其一是在「距離」之中，「主體」獲得原始立足點；其二是由此立足點，「主體」與許多在「距離」外之「客體」產生的「關係」。[33]

在洛夫「石室」死亡之書寫中，我們發覺了兩種特殊的景象：一是外在客體不斷順著距離軸線而向主體逼臨，使得主體漸漸被異化，為了抗拒異化，主體就會有生死強烈交會中的焦慮。死亡大量面積的迫近，使存在主體感到空虛、絕望，一如所在之密閉空間；二是主體為求自我意識之純粹，而不斷向其推拒，進而越向「密閉」的空間壓縮（如石室→棺槨→墳→骨灰），使其可以和陌生的「客體」疏隔出一段距離，不願其侵入、幹擾，沉浸在自我意識的思考與冥想狀態之中。「關係距離」的連結性強度，有賴二者之間的情感、主觀投射、共識與意義之創造、自由意志、利害、知識上的互相欣賞以及人格上的吸引等等，洛夫以

33 同上註，〈現象學地理學——存在空間的一個詮釋〉，頁74。

自己創作所在為核心之主體，將週遭環境視為一種欲疏隔、不友善的狀態而產生焦慮、不安與惶恐心理，並且心生急欲「逃脫」的渴望。我們想要問，究竟是什麼東西使他想抗拒外在客體，並與其產生疏離，以防「異化」？我們試著把他在存在空間中主客體的互動，以圖示之：

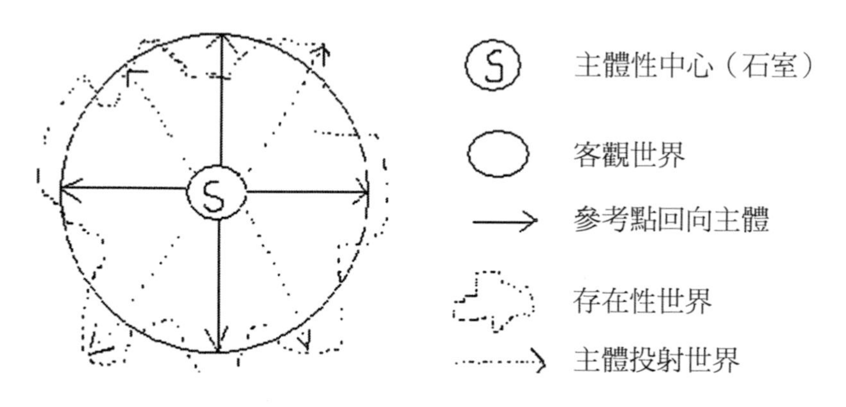

圖3-2-1　洛夫石室存在空間主體互動圖[34]

如圖所示，由石室一直向外延伸到當時社會環境，乃至於客觀世界與存在性世界，在在顯示出「存在空間」係由諸多「所在」組成，其強調的是「人的空間性」；其操作、創設實賴於主體人，唯有主體賦予價值內容之範圍才真實存在。空間受主體人的「扭曲」、「圈限」與價值觀之投射，因而主體人之信仰、意識、觀念、情感，必然構成了「存在空間」之「參考情境」。[35]

[34] 本圖由潘朝陽論述的圖示而延伸之新發想，參考潘朝陽〈現象學地理學——存在空間的一個詮釋〉《中國地理學會刊》第十九期（1991.7），頁76。

[35] 同上註，潘朝陽〈現象學地理學——存在空間的一個詮釋〉，頁77。

第三節　主客體倒置所呈現出來的外在環境疏離之景象

一、生存觀察的置換，找回事物本來的位置

也許常感外在空間與社會現實的壓迫、疏隔，以及人世價值的悖離，主體客體的生存空間已產生異化與調動，甚或有淩駕之勢；因而我們可看到當時表現在洛夫詩作上所產生的許多詩句意象倒置的景況。茲再整理成一個圖表如下：

詩題	主客體異位的詩句（意象倒置）	原詩行樣式及說明
1[36]	任一條黑色支流咆哮橫過他的脈管／我便怔住，我以目光掃過那座石壁／上面即鑿成兩道血槽	脈管流著黑色支流。
2	凡是敲門的，銅環仍應以昔日的煊耀	煊耀是出門去闖的，而非以「敲門」。（此詩亦含矛盾）
5	火柴以爆燃之姿擁抱住整個世界／焚城之前，一個暴徒在歡呼中誕生／雪季已至，向日葵扭轉脖子尋太陽的回聲／我再度看到，長廊的陰暗從門縫閃進／去追殺那盆爐火／／火在中央，蝙蝠將路燈吃了一層又一層／我們確為那間白白空下的房子傷透了心／某些衣裳發亮，某些臉在裡面腐爛／那麼多咳嗽，那麼多枯乾的手掌／握不住一點暖意	整個世界原應是抗拒火柴的燃燒，今卻主客易位為火柴擁抱住世界；再者，暴徒不可能在歡呼中誕生，每個嬰孩的出世不會有人預慶為暴徒的將來而興高采烈，除非這是一個混亂時局的社會。（此詩亦含矛盾）
6	不必在我的短髭裡去翻撥那句話／它已亡故／你的眼睛即是葬地／／有人試圖在我額上吸取初霽的晴光	話語、影像皆倒置為主動去翻撥與吸取。

[36] 數字表〈石室之死亡〉組詩之章節名；旁若有修辭術語，表示該詩亦蘊涵此現象。

詩題	主客體異位的詩句（意象倒置）	原詩行樣式及說明
9	從夾竹桃與鳳尾草病了的下午走出／從盲者的眼眶中走出	原本是盲者所見，現在主客易位，變成自瞳中出走。
11	棺材以虎虎的步子踢翻了滿街燈火	棺材是死亡具體的意象，「燈火」便是其生命的對照。原本該是未亡人在滿街通明燈火中移棺前進，現在卻反向由死亡踢著老虎的步子。老虎的意象來自「生風」，因為風會吹熄燈火，現在用了老虎的意象，便不用「吹熄」動作，改用「踢」；這一踢，更把死亡的力道強化出來，和生命的光明產生衝擊，進而將其「吞噬／滅」。
15	假如真有一顆麥子在磐石中哭泣／而且又為某一動作，或某一手勢所捏碎／我便會有一次被人咀嚼的經驗／我便會像冰山一樣發出冷冷的叫喊／「哦！糧食，你們乃被豐實的倉廩所謀殺」／／夏日的焦慮仍在冬日的額際緩緩爬行／緩緩通過兩壁間的目光，目光如葛藤／懸掛滿室，當各種顏色默不作地走近／當應該忘記的瑣事竟不能忘記而鬱鬱終日／我就被稱為沒有意義而且疲倦的東西	倉廩用來裝糧食，如今卻謀殺糧食，充滿弔詭／反諷的意味，也暗涉了社會虛假背德的一面。（此詩亦含矛盾）
19	給出喜悅，當岩石給出它粗糙的光	岩石因光照射而露出粗糙的表面。
21	當十字架第三次拒絕那杯刑前酒而扭斷了臂／我遂把光交給黑色	這兩句，用了新約的典故，光與黑正是正邪、生死的兩個對立。本是囚犯（我）拒絕十字架的最後的淨洗，而走入黑暗的世界；現在變成十字架主動拒絕那刑犯的最後告解與淨洗，轉向回去扭斷了手臂，為雙方／雙關的涵射。
22	猶之死亡緊握住守墓人腰上的一串鑰匙	死亡主動侵襲，而非人面臨死亡；鑰匙是開啟的象徵，如今被死亡握住，更添詭異氣氛。（此詩亦含矛盾）

詩題	主客體異位的詩句（意象倒置）	原詩行樣式及說明
23	失血的岩石亦將因盜取日光而遭鞭	岩石為日光所照而現出失血的色澤，如今卻因盜取日之光而遭鞭笞。
24	以眼珠換取名聲	名聲是眼珠去爭取的。
25	不論是誰的影子，都要被光雕鑿	人背向光源的地方會出現影子，現反說為光所雕鑿，暗指人世價值觀念，慢慢在變異。（此詩亦含矛盾）
25	最初的鏡面上，一撮黑髭粘住一片驚愕／而訕笑自其間躍起，猶如飢餓自穀倉躍起／領受者乃向室內的燭光借取鑰匙	本因驚愕使黑髭粘在嘴唇；穀糧填飽飢餓。
26	他們以火紅的眼球支持教會的脊樑／從不乞求，他們以薪俸收購天國的消息	本是天國消息需要薪餉才能得知，如今反說；而眼睛本是做為信仰的省視，如今卻成為支持教會的主力，充滿反諷氛圍。（此詩亦含反諷）
29	誰在田畝中遍植看不見的光輝	種植本應等待著收穫，心血本該有代價，如今卻遍植著「看不見的光輝」，暗指人世的徒勞。（此詩亦含矛盾）
30	如裸般被路人雕塑著	暗指赤裸裸地為路人的目光所投視，將動詞「看」倒置為「雕塑」，用得極妙。
30	你必將尋回那巍峩在飛翔之外	飛翔本該於巍峨中，如今卻要去尋回，且是「必要」的，充滿矛盾意味。（此詩亦含矛盾）
33	而我只是歷史中流浪許久的那滴淚／老找不到一付臉來安置	淚本應順臉龐滑下，現卻在歷史中流浪，找不到一張臉來安置。暗指人世的滄桑變化，情何以堪。
37	為何一枚釘子老繞著那幅遺像旋飛不已／為何我們的臉仍擱置在不該擱置的地方	遺像本應被釘子釘住，如今卻反向繞著遺像。遺像是時間的遺物，亦是對逝去人事的緬懷、紀念；臉亦是歲月的痕跡，如今為時間所棄，佔著空間在不該擱置的地方。

詩題	主客體異位的詩句（意象倒置）	原詩行樣式及說明
51	我為你瞳中之黑所焚	黑色代表沉默、無言與離去，有負面意涵；它不可能成為火焚燒，因而充滿矛盾的意涵。（此詩亦含矛盾）
54	燈下，假如你的話找不到那隻主要的唇	話語經由唇而出口，如今你的話找不到唇，除表達人與人對諾言的輕易發誓外，更暗指人世的紛擾喧囂，對照孤寂沉默的心靈。
56	獨有伊，沿著迴廊徐徐旋入你的眼睛	本是眼睛所看到的，現在由客體主動旋入。
56	伊的眼淚找不到挑釁的對象	眼淚在找對象時表示思念，現在指出對象對自己帶有「挑釁」，充滿矛盾意味，卻又加深了思念的力道。（此詩亦含矛盾）
57	錯就錯在所有的樹都要雕塑成灰／所有的鐵器都駭然於揮斧人的緘默／欲擰乾河川一樣他獰乾我們的汗線／一開始就把我們弄成這副等死的樣子／唯灰燼才是開始	灰燼不可能是開始，一如鐵器與樹不可能沉默對應外在的斲傷，必有其哀痛、哭喊才是。全詩充滿矛盾氛圍。（此詩亦含矛盾）
59	浪峰躍起抓住落日遂成另一種悲哀	原為落日照射在躍起的浪花上，現主客易位，更加強時間的無情；有趣的是，浪花起落其實比落日更快速、易逝。
60	正午，一匹牝獅在屋脊吃我們剩下的太陽	原是日光照射在屋脊的牝獅上。
60	刀光所及，太陽無言	原本太陽光芒無可匹比敵，如今為刀光所掩，因而無言。（此詩亦含矛盾）
〈天空的以及街上的〉	五月的大街上／月光在行人的背脊上／偷貼無字的標語／子彈們／在訕笑的風中／一邊旋行／一邊吻著天使	月光變成主動的行走，「行」的動作來自行人的轉渡；子彈訕笑著旋行且吻著天使，有反諷的意味。（此詩亦含反諷）
〈沙包刑場〉（西貢詩抄）	一顆顆頭顱從沙包上走了下來 俯耳地面／隱聞地球另一面有人在唱／自悼之輓歌／／浮貼在木樁上的那張告示隨風而去／一副好看的臉／自鏡中消失	頭顱從沙包上走下來，暗示身首異處；浮貼的死刑告示隨風而去，正暗示著那張曾存在拍攝的美好之臉，從此消失，不再自鏡面出現。

詩題	主客體異位的詩句（意象倒置）	原詩行樣式及說明
〈手術檯上的男子〉	他是一條把額角猛向岸上撞的船／桅頂上，那顆星頓然離了方位／退潮的灘上／天空側著身子行走／吐著白沫	背景天空本是被凝望的客體，現在卻側身行走且口吐白沫。
〈劇場天使〉	我不能以月亮或池水或一口經不起分析的唾液為自己打製一面鏡子	本是月亮投影在池水上，現變成其主動製造、臨照鏡子。
〈我的獸〉	看昨夜的月亮如何被海草們絞殺	海草搖曳的身形使其有如一把鋸子，將月亮遮蔽。
〈雪崩〉	河川死在奔流之上，牀褥找不到睡眠，歌聲找不到嘴唇	不說河流乾涸枯竭、不說無法睡眠與歌唱，全藉由客體來尋找主體；表達身／生在人世無奈的感受。
〈蝶〉	我哭著把春天的一隻腳／釘在牆上	春天變成主角動作的受詞，且被釘在牆上，有挽留、傷惜時間的意味。
〈投影〉	誰也不曾注意那幅畫像，她把春天鎖在睫毛裡	春天時節的憂愁，現在反說鎖在睫毛裡。
〈曉之外〉	掀開窗簾，晨色湧進如酒／太陽向壁鐘猛撲而去／一口咬住我們家的六點半	早晨背景變為主動，「咬住」襯托出太陽的躁急、快速。

倒置，就是中文修辭中之「倒裝」，但卻不盡相同。修辭學研究家黃慶萱將倒裝列在「形式」的設計中，示其為「特意顛倒文法上的順序的句子」，[37]而語法恰巧也是前文提及「置喻」的重心。一般句子若是「敘事句」，應是「起詞」——「述詞」——止詞或「主語」——「謂語」（此即「受詞」之意），但若語詞的次序跟上述不同，就被視為倒裝：

> 語言上天然就有倒裝的現象。……思想、語言、文辭三者，就其發生與內涵雙方面加以觀察，其間不無差異。就發生過程來看，先有思想，然後有語言文字。……思想是

[37] 黃慶萱《修辭學》（台北：三民，1979），頁21。

人類感受「天下事物之象」的刺激所產生的神經系統的活動。語言是宣達思想的。文辭，一方面是語言的紀錄，另一方面也可直接宣達思想。思想在先，語言文辭在後。就內容方面來看，思想遠比語言文辭龐雜。[38]

就黃慶萱的觀察，思想、語言及文字有歷程之先後，亦有其龐雜與精粹之處，無法用恆等符號加以連繫。語言介在思想與文字之間，通常我們說話有一定的習慣規則，但「當緊急或疏忽的時候，語言也可能把龐雜的思想逕行宣達，未能儘合邏輯的次序」（552-553），因而倒裝語顯然都受到「思想」秩序的影響而產生變化，語言先天就有倒裝的現象。倒裝在語言及文字上，因為思想的企圖而有了「加強」、「引人注意」、「變換平板文辭」、「去熟生新」[39]及「增強語勢」[40]的效用。在中國古詩詞中，最常見的倒裝，除了「隨語倒裝」顯露出說者的心境[41]而透現出當時語文的正則外，更重要一個因素，是為了配合音韻平仄關係或「語不驚人死不休」的人為「變言倒裝」，最出名的例子當屬杜甫：「鸚鵡啄餘香稻粒，鳳凰棲老碧梧枝」為倒裝而倒裝了。

現代詩沒有古詩詞押韻平仄的問題，就文字自由度來說，刻意在文字中尋求倒裝反更窘促呆板，創作者若刻意在此鑽研，恐怕還未將思想理出頭緒，便先以文辭阻礙了讀者的閱讀，造成晦澀難懂的現象。在筆者看來，洛夫倒置手法之運用，並非刻意

38 同上註，頁552。

39 黃永武《字句鍛鍊法》（台北：商務，1995），頁77。

40 同上註，頁77。

41 尤其在對話中，比如緊急時，我們不會先指出時間地點，再說明事故，而會先把緊迫的事理快速表達出來，例如「車禍！好多車輛追撞，在高速公路北上七十公里處——」

在「言辭」上做手腳，亦非「隨語倒裝」，而是有其思考層面之考量的。中國傳統的賓主法應用得極為廣泛，被注意的時代也很早，且持續被討論著，為一極重要的章法。它所講求的是一種賓主結構，關係稍遠的「賓」是為了烘托「主」（旨），先有主，方可去找賓來陪襯。例如劉基之〈蜀賈〉就是一種先賓後主的結構，林景亮《評註古文讀本》：「前半卻以賈人為士作陪，故亦為借賓定主法」，其命意乃在說明「士之無所不取」，作者以蜀賈作為襯托，把事件的荒謬、不合理凸顯出來：

> 採用這種結構方式，用於記事，可以引起閱讀興趣，全面瞭解事件的原委；用於議論，可以幫助讀者弄清客觀事物發展變化的前因後果，全面地認識事物，更好地對事物的本質作出正確判斷。[42]

若說賓主結構之章法是為了「幫助讀者弄清客觀事物發展變化的前因後果，全面地認識事物，更好地對事物的本質作出正確判斷」，那麼，「主客易位」恰是一種反向的思維，它藉故扭曲文法，倒放主語賓語的位置與結構關係，或所謂「扭斷文法的頸子」[43]來使我們重新省思周遭價值之變化而我們可還渾然不知的生活，把「現有既定熟悉的世界調整為不熟而顯現新鮮的經驗。進一步觀察，如此『倒錯』的世界反而更逼近心眼中的現實。」[44]人世間有些事實的真相早已被虛假的道德所掩蓋，荒謬

[42] 見向宏業、唐仲揚、成偉鈞主編《修辭通鑒》（北京：中國青年，1998），頁698。
[43] 劉正忠《軍旅詩人的異端性格——以五、六十年代的洛夫、商禽、瘂弦為主》（台北：國立台灣大學中國文學系博士論文，2001），頁244。
[44] 簡政珍〈洛夫作品的意象世界〉，《中外文學》第16卷1期（1987.6），頁8-41；別文見簡政珍《詩心與詩學》（台北：書林，1999），頁87。

的是，它們仍覆著純白潔淨的外衣！人心的主體，被物所役金錢所奴，人變成一個機器甚至符號、代詞。洛夫倒置的運用，是其視覺經驗的重整，亦是「語法上的要求造成語意的延伸，創作時藝術性上的考慮反而造成閱讀上特殊的美學效果」，[45]就生存性空間來詮釋，更是透過一種生存觀察的置換，意欲找到事物回到它本來的位置，不被扭曲、代換與淩駕。

二、「接受環境的制約」與「對待環境的制約」

「石室」反應出當時國共對抗的社會狀況，連藝術創作者也無法避免（「反共文藝的籬制」：如思想檢查與投入軍役等），其實創作人的身分和軍中紀律服從的性格是有所衝突的，表現在洛夫的身上，我們也可看到這種拉扯的矛盾。不管是二戰對當時世界造成的經濟、心靈的衝擊，亦或國共內戰所造成兩岸文化的「隔斷」及「虛位」，乃至創作者體會自身的孤寂、絕望與「禁錮」，進而向「現代主義」之存在主義或超現實主義「借了一些語言的策略」（因習西學的背景）等，在在都使身為「人」生存的尊嚴與價值，因紛擾的戰亂而受到扭曲、崩離與泯滅。

西方之科技文明、資本主義的高度開發，也使人的本位價值開始遺失。人在不斷被物化及支離的過程中，發現到自身存在與語言真性的危機，諸如布希亞、詹明信等許多文藝思想家對這些危機所展示之思索。依據唐君毅先生的看法，西方人文主義的興發有如下三個階段：文藝復興時代人文主義、浪漫主義的人文主義與現代的人文主義。[46]「人文主義地理學」是現代人文主義

---

[45] 同上註，簡政珍《詩心與詩學・洛夫的意象世界》，頁90。

[46] 唐君毅《人文精神之重建・人文主義之名義》（台北：台灣學生，1978），頁

的一環，主要即是要挖掘出人文主義精神對抗前時代「客觀主義的物理主義」與「科學的客觀主義」，它們將人澈底地「客觀化」、「機械化」而把「人」之主體及獨特性泯滅，導致「生活世界」（life world）的價值失落。[47]「人文主義」共同的關懷，乃在於重新肯定「人存在之尊嚴」；戰後，隨著「科學的客觀主義」的盛行，在強烈追尋「人文的主觀主義」的思潮下，後者開始對抗前者所帶來之物化洪流，反抗那些將「主體位格」的人予以抽離化、異位化，繁富日常生活的人文經驗被抽出，最後只剩下蒼白、僵死與虛無空洞之存在的「怪物」。

我們知道「地理學」是一門非常古老的知識，英文字「geography」為地理學中的地理之意，實源自古希臘由geo和graphy兩字根組成。前者指大地、土地，後者則指描述、敘述。給「大地本身」和「土地上面」的現象加以描述而形成的學問，就是地理。隨著歷史發展，地理的描述從簡扼敘說不斷進展而逐漸形成體系性的知識，即是我們稱為「地理學」的專業知識系統。[48]晚近的「人文主義」以現象學提出的「主體」在「生活世界」之方法（即：人文主義地理學），人方可望對其生存空間、生活環境以及其存在交感的「地方」發生真實性的「瞭解」（understanding），有「瞭解」才有「愛」，也就是才有「情意」。

人文主義地理學者結合現象學與存在哲學（如前文提及）的地理學「空間」研究觀點，強調人地互動並重視人之主體依其

590-605。

[47] 潘朝陽〈地理學與人文關懷〉，《人文及社會學刊教學通訊》第1卷第1期（1990.6），頁83。

[48] 潘朝陽〈文化地理觀點中的海洋與文化〉，《海洋文化學刊》創刊號（2005.12），頁280。

自由意志之創作而賦予空間意義。它不是單純地談自然的地理要素（自然地理關係），亦非僅僅談人與人的狀況（人際關係），而是「人地關係」。[49]人本主義地理學者潘桂成更指出，英文的Environment和Surrounding都明確地含有「環繞意義」的字根，因而環境——環繞著人的境，意味客體環境的動能，它不是純靜觀的（只包含「自然的地理要素」），尚包括「其他的人」、「自然類」及「人與自然互動後所產生的事件」（41）。

人受環境影響，或者順從環境，相對地，他也能改造環境，愚公移山雖是一則神話故事，卻也給我們許多啟示。我們常認為環繞我們的環境，如山川、房屋、石壁、桌木或陌生的人群，視為實存的客體（existing object），是一死寂的空間，乃因為我們從不把它們當作共存的生活世界之一部分——「生活客體」（living objects），因而對環境視而不見，無動於衷，甚至擅自破壞、不以愛護，怎能期望草木有情？然而，在洛夫生存性空間裡，我們卻常常看到這樣的句子：

> 枯葉愛火（《魔歌・大地之血》，頁123）
>
> 光在中央，蝙蝠將路燈吃了一層又一層（〈石室之死亡〉5）
>
> 廣場上，鴿子啄去了半個下午（《時間之傷・廣場》，頁89）

[49] 潘桂成〈人本主義地理學與形而上學之差異〉，《師大地理研究報告》223期（995.3），頁41。

枯葉畏火都來不及，如何能愛火？蝙蝠不過在燈下「環繞」，但是在作者眼中，卻像是想把路燈的光明「噬盡」。又如，原本是客體環境的「廣場下午」，怎麼被「人與自然互動後所產生的事件」所啄食而去？這一切都來自於作者覺有情的眼光，對環境的相存依的感動／感受，正如潘桂成所說的：

> 經驗中的「環境」，是一個非常複雜的東西，因為在人的周圍的「人、物、事」絕不單純，是很容易理解的。而這些「人、物、事」，可以統稱為「景」即境中之景，景境二字同音同義，而人所直接能「對待」的是「景」，境是全部的景所構成的範圍性概念。[50]

主體人和環境為相對之存在而非絕對之存在，並且不斷在變動之中，可說不只是「生活環境」，亦是「生命環境」；因為人脫離一環境，立即進入另一環境，永遠生活在環境中，「接受環境的制約，也對待環境的制約」（潘桂成，頁42）。人的生命會隨著時間的遷流而不斷發展，相對地，環境的屬性也依「人在變動的時空中」不斷更新（潘桂成，頁42）。茲根據這種互動觀念來表列洛夫某些詩文本如下：

接受環境的制約	對待環境的制約
我的面容展開如一株樹，樹在火中成長（〈石室之死亡〉1）	你必將尋回那巍峩在飛翔之外（〈石室之死亡〉30）
凡敲門的，銅環仍應以昔日的煊燿（〈石室之死亡〉2）	你猛力抛起那顆燐質的頭顱／便與太陽互接而俱焚（〈醒之外——悼麥克亞瑟將軍〉）

50 同上註，頁42。

我們確實為那間白白空下的房子傷透了心／某些衣裳發亮，某些臉在裡面腐爛（〈石室之死亡〉5）	我以目光掃過那座石壁／上面即鑿成兩道血槽（〈石室之死亡〉1）
有人試圖在我的額上吸取初霽的晴光，且又把我當作冰崖猛力敲碎（〈石室之死亡〉6）	無論誰以一拳石榴的傲慢招惹你／便憤然舉臂，暴力逆汗水而上（〈灰燼之外〉）
假如真有一顆麥子在磐石中哭泣／而且又為某一動作，或某一手勢所捏碎（〈石室之死亡〉15）	我多麼不信任這一片燃燒後的寧靜（〈石室之死亡〉30）
當死亡的步子將我屋頂上的一抹虹踢斷（〈石室之死亡〉24）	從灰燼中摸出千種冷中千種白的那隻手／舉起便成為一炸裂的太陽（〈石室之死亡〉57）
當一顆砲彈將一樹石榴剝成裸體／成噸的鋼鐵假我們的骨肉咆哮（〈石室之死亡〉37）	我是一隻舉螯而怒的蟹（〈石室之死亡〉59）
世界乃一斷臂的袖，你來是時已空無所有（〈石室之死亡〉53）	號角在風中，怒拳在桌上（〈石室之死亡〉64）

接受環境的制約，無非體認到自己命運的本質與人存在這世界中所必需面臨到的種種困境與難題。然而，在「怒拳」、「怒螯」、「憤然舉臂」的反制動作中，我們也看到詩人不服輸的主體人動能之狀態，非一昧屈就環境，而是有奮力一搏求再造、新生的力量。此一「再接觸」，都使人與環境產生「地理性的回歸」（the geographic return），據潘氏所言：

> 任何一次地理性的回歸皆使原有的環境內涵因人的價值意向的落實而有所改變，產生新的地理環境景觀，這些新的地理境景反映「人文化成」的效果，故為「文化景觀」（cultural landscape）。[51]

[51] 潘桂成〈「環境」在人本主義地理學的意義〉，《師大地理研究報告》28期（1998.5），頁50。

也就是說，任何文化景觀，對特定的文化人群而言，乃具有其獨特價值。若其對文化景觀抱有負價值，便會進尋求「再創構」新價值環境的意圖，這是文化與創作改革及再發展的動力。

三、倒置的詩行經常伴隨著弔詭式／反諷式的語言

在洛夫倒置的詩行中經常亦伴隨著弔詭式／反諷式的語言，此兩種手法相近，差別在於弔詭與矛盾的意蘊都在字面出現，而反諷則在文字背後。[52]例如前文提及的倒置手法中，多多少少都隱含著矛盾（弔詭）及反諷意涵：

> 誰在田畝中遍植看不見的光輝（〈死室之死亡〉29）
>
> 刀光所及，太陽無言（〈死室之死亡〉60）
>
> 凡是敲門的，銅環仍應以昔日的煊耀（〈死室之死亡〉2）
>
> 火柴以爆燃之姿擁抱住整個世界／焚城之前，一個暴徒在歡呼中誕生（〈死室之死亡〉5）
>
> 「哦！糧食，你們乃被豐實的倉廩所謀殺」（〈死室之死亡〉15）
>
> 不論是誰的影子，都要被光雕鑿（〈死室之死亡〉25）
>
> 猶之死亡緊握住守墓人腰上的一串鑰匙（〈死室之死亡〉22）
>
> 他們以火紅的眼球支持教會的脊樑／從不乞求，他們以薪俸收購天國的消息（〈死室之死亡〉26）

[52] 克利安思・布魯克斯〈反諷——一種結構原則〉，趙毅衡編選《新批評》（天津：百花文藝，2001），頁377。

伊的眼淚找不到挑釁的對象（〈死室之死亡〉56）

我為你瞳中之黑所焚（〈死室之死亡〉51）

你必將尋回那巍峩在飛翔之外（〈死室之死亡〉30）

錯就錯在所有的樹都要雕塑成灰／所有的鐵器都駭然於揮斧人的緘默／欲擰乾河川一樣他獰乾我們的汗線／一開始就把我們弄成這付等死的樣子／唯灰燼才是開始（〈死室之死亡〉57）

五月的大街上／月光在行人的背脊上／偷貼無字的標語／子彈們／在訕笑的風中／一邊旋行／一邊吻著天使（《無岸之河・天空的以及街上的》，頁29）

以第一例「誰在田畝中遍植看不見的光輝」來說，光對於明眼的人們怎會看不見？種植物本應等待著收穫，心血本該有代價，如今卻遍植著「看不見的光輝」，這應是暗指人世作為之徒勞。仔細想想，人生在世，不就有很多到頭來都是那般徒勞的事嗎？又如：「刀光所及，太陽無言」此句，刀因光芒而閃耀，如今太陽因刀光所及而無言，這即是極大的反諷與矛盾。繼之「凡是敲門的，銅環仍應以昔日的煊耀」一句，煊耀既然是「昔日的」，那麼還有何煊耀之可言，只有不斷苦苦的「敲門」罷了！

整個世界原應是抗拒火柴的燃燒，現在卻主客易位為火柴所擁抱；暴徒不可能在歡呼中誕生，每個嬰孩的出世不會有人預慶為暴徒的將來而興高采烈，除非這是一個是非顛倒、時局混亂的社會。再者，倉廩用來裝糧食，如今卻主動謀殺加害他人，充滿弔詭／反諷的意味，也暗涉了社會虛假背德的一面。緊接著的一則亦由光源談道德，人背向光源的地方會出影子，現在反說為光所雕鑿，這當然是暗指人世的價值觀念悄悄在變異。

第六例再次言及死亡問題。這回死亡主動侵襲，而非人面臨死亡；鑰匙是開啟的象徵，如今被死亡握住，更添詭異氣氛。宗教也是洛夫關注的焦點，「他們以火紅的眼球支持教會的脊樑／從不乞求，他們以薪俸收購天國的消息」本是天國消息需要薪餉才能得知，如今反說；再者，眼睛本是做為信仰的省視，如今卻成為支持教會的主力，這就充滿反諷氛圍。談及眼睛，七～八則更令人動容，「伊的眼淚找不到挑釁的對象」，眼淚在找對象時表思念，現在指出那對像是對自己帶有「挑釁」，充滿矛盾意味，卻又加深了思念的力道。再者，「我為你瞳中之黑所焚」黑色代表沉默、無言、離去，有負面意涵，不可能成為火焚燒，十足矛盾。

「你必將尋回那巍峩在飛翔之外」，飛翔本該於巍峨中，如今卻要去尋回，且是「必要」的，十足矛盾。矛盾語法通常隱含著反諷，最後二例可做為最好的說明。雖言「唯灰燼才是開始」，然而灰燼不可能是開始，而應是生命的終結，一如鐵器與樹不可能沉默對應外在的斲傷，必有其哀痛、哭喊才是，全詩意涵隱藏在字語的背後，並充滿矛盾的氛圍。最後，「月光在行人的背脊上」月光變成主動在行走，「行」的動作來自行人的轉渡；子彈訕笑著旋行且吻著天使，亦具反諷意味。

根據布魯克斯（Cleanth Brooks，1906-1994）在悖論語言（paradox）所提及，這種語言常欲透過事物的表像，把語言稍作扭曲，進而表達出其背後的真相。他說道：

可以說，悖論正合詩歌的用途，並且是詩歌不可避免的語言。科學家的真理要求其語言清除悖論的一切痕跡；很明顯，詩人要表達的真理只能用悖論語言。[53]

布氏以莎士比亞頭腦中舉行著草地滾球比賽為例，為了要使運動員能打出一個曲線，所以要把球變形，因此藝術的表現必然要拐彎抹角。洛夫善用這種扭曲球形的打法，把意象主客倒置，打破因果的循環性，甚或倒果為因，伴著極大反差的矛盾與反諷倒喻性的空間修辭，去呈現／揭示人世價值主客體悖離、空間場域錯置的景況，試著將其導回本位。此即誠如詩評家簡政珍所說的，洛夫「以主客地位的調整重現心靈中的世界」，[54]這不僅重現了心靈的視野，也由此定位書寫與空間、人與其互動的意義，以及人和創作者自己存在的價值。

《石室之死亡》既然是作者於「金門炮嗖嗖聲中完成」（張漢良語），因而「石室」顯然就是前線的碉堡。在這片暗無天的槍林彈雨中，引發了作者強烈思索生與死的感受，石（空間）竟然和近音的「死」（時間）搭上了線，在戰亂戎軍的時代，除了對自身渺小與瞬逝的感懷外，當然也會興起對家園的盼望。「家」的意象與開拓，一直是中外文學人創作的母題，也在許多研究論著中獲得充分的證實與關注。然而，家的概念不完全等同「懷鄉」，洛夫雖因軍旅特殊身分與經驗，隨軍隊渡過海峽到了台灣，在面對大陸母體文化突然的切斷，油生「永絕家園」之感，內心有著無限文化歷史情愁；但是那種文化情結落實在具體的空間建構，仍需要有堅固的磚瓦來承抗、保護。葉維廉在〈洛夫論〉一文中，針對這樣的時空狀況有十分精闢的見解：

---

53 見克利安思・布魯克斯（Cleanth Brooks）〈反諷——一種結構原則〉，收入趙毅衡編選《新批評》（天津：百花文藝，2001），頁354-355。

54 簡政珍《詩心與詩學・洛夫作品的意象世界》，頁89。

……是人被狠狠抛擲入破碎、氣脈中斷、陰影覆蓋的死滅的空間。這空間所具有的奇特的真實感，以洛夫和他同代詩人的際遇來看，自然與狂暴戰亂所導致與大陸母體文化切斷有關。所以，這個空間既是物理的空間，也是文化與內心的空間，帶著無限歷史的迴響。洛夫後來的詩的衍化，便是由這個空間的凝注開始（包括在這個空間中種種肌理的顫動），到從這個空間的突圍而出，從而對藝術與宇宙之間所建立的對應作出肯定。[55]

因而，「由這個空間的凝注開始」之「石室」，應是理解洛夫創作思考的核心與基礎。亨利・列斐伏爾（Henri Lefebvre，1901-1991）認為空間是物質性和社會性相重疊的存在，社會性維度的引入，更是空間生產理論中的決定因素。空間從來就不只是空間，它的建造、完成到使用，其背後都隱含著不同的意義生產方式和意識型態圖景。[56]列斐伏爾說：「空間，看起來好似均質的，看起來其純粹形式好似完全客觀的，然而一旦我們探知它，它其實是一個社會產物。」[57]「石室」做為一個冰冷戰前雕堡的象徵，從來就不是空洞的，必然蘊涵著某種意義。它是戰爭一個攻擊敵方的場域，亦是一個防守的基地，就創作者洛夫而言，它不僅是一塊冥思生死、體會人世價值的堡壘，更有一種防護似的「家」的概念，使其和外部社會的紛擾相對立，並取得了

---

[55] 葉維廉〈論夫論〉，收入蕭蕭主編《詩魔的蛻變：洛夫詩作評論集》（台北：詩之華，1991），頁4。

[56] 吳曉東〈貯滿記憶的空間形式——「陽台」與張愛玲小說的意義生產〉，樊善標等編《墨痕深處：文學・歷史・記憶論集》（香港：牛津，2008），頁412。

[57] 亨利・列斐伏爾〈空間政治學的反思〉，收入包亞明主編《現代性與空間生產》（上海：上海教育出版社，2003），頁62。亦收入夏鑄九、王志弘編譯的《空間的文化形式與社會理論讀本》（台北：明文，1993）

一定的距離。巴舍拉在《空間詩學》曾說：「家屋庇護著日夢，家屋保護著做夢者，家屋允許我們安詳入夢。」[58]又說「家屋為人抵禦天上的風暴和人生的風暴」（68）、「我們會回到家屋這種母性特質」（69）。這個「離堡」不僅有國家主義父權爭奪的象徵，還有對文化的主導，以及文化被斷然切割後的奮力撼回與延續，相對於存有者及詩意的觀點，更具有母性光輝之意蘊，讓「日夢者」得以在其中冥思、體會，並且以藝術的火光溫暖自己。

在這樣一個石室空間裡，受超現實主義影響並對其創作思維手法所著迷，洛夫利用破碎剪貼式的轉喻性的空間修辭、主客異位的人世價值與創作之思索，讓他無意識地借助這個石室空間所暗含的轉喻性修辭功能，來承載空間的微觀政治學問題與美學氛圍。這個空間如影隨形在他往後的創作與寤寐中，讓他夢迴中原的歷史和早年之記憶，這就交揉了生存際遇、文化情結與家國情恨，而且把內在的個性、記憶與外在這個石室及空間連結起來，一直延伸到了台灣。這樣一來，他所寫的空間是「根源於獨特的歷史性」[59]的，我們可以理解為「時間空間化」，在許多詩行裡，我們都可以看到他把時間壓縮在空間裡，好讓自己可以漫遊、品嚼與思索：

> 在泥中，我們喝自己的乳名慶祝佳節／這是青苔之滑，飛幡之舞，鮮花之冷／這是杏花村一塊斑斕的招牌／醉非醉，任李白仰泳於壺中的蒼穹／鐘聲未杳，我們仍住在死中（《石室之死亡》第61首）

---

[58] 巴舍拉著，龔卓軍、王靜慧譯《空間詩學》（台北：張老師，2003），頁68。

[59] 葉維廉〈論夫論〉，蕭蕭主編《詩魔的蛻變：洛夫詩作評論集》（台北：詩之華，1991），頁8。

三十初歲的洛夫作《石室之死亡》，便開始追尋自己的時空定位，李白、杜甫、李賀和王維都成了他抒懷的對象。「乳名」是小時候的召喚，杏花村是一個中國節日一個象徵，清明祭祖拜墳，有慎終追遠的感念，亦有著傳統世族的流芳記憶。「青苔之滑」暗示久未有人跡，而李白為一浪漫情懷的醉徒，借酒澆愁，涵涉思鄉之無能得解。整首詩後半段，充滿著無奈、滄桑之情，此應是他這個時節之狀態。但是「醉非醉」，這說明洛夫的頭腦是清醒的，他在心裡「虛構記憶」成一個資料夾，把許多文化鄉愁的歷史人物放進去，好和古人交遊。[60]為何不直接選擇回憶過去，而要虛構記憶，把自己及現代的人事和古時的人時物空交疊一起呢？那便是想「建立一個身分」（551），去化解泰迪文（Richard Terdiman）所說的「記憶危機」（memory crisis），[61]而這個記憶卻是個人不真實的記憶。自十九世紀末人們已經相信身分是流動的，不可能至始不變，因而「當記憶出現毛病時，我們可以選擇虛構一個過去亦即塑造一個身分來解決身分危機的問題」。[62]因而正當李白還在似醉非醉中，我們卻早已住在「死」中；「醉」與「死」的界線，在於能透過為現代人廣泛認同的詩人連結，為我們自身找到依靠，稍稍擺脫死亡的束縛。

洛夫除了有早期創作中不僅有虛構記憶的傾向，也常把「時間空間化」：

---

[60] 區仲桃〈記憶的詩學〉，樊善標等編《墨痕深處：文學‧歷史‧記憶論集》（香港：牛津，2008），頁542。區又提到此「虛構記憶」是「個人記憶跟歷史的混合物，是一種新的，但不真實的『個人記憶』」。同上註，頁542。

[61] 同上註，區仲桃〈記憶的詩學〉，頁547。

[62] 區仲桃〈記憶的詩學〉，頁547。亦可閱區所列之概念參考原文出處David Gross, *Lost Time: On Remembering and Forgetting in Late Modern Culture.* Massachusetts:University of Massachusetts Press, 2000. p.65-66.

為何一枚釘子老繞著那幅遺像旋飛不已／為何我們的臉仍擱置在不該擱置的地方（《石室之死亡》第37首）

而我只是歷史中流浪許久的那滴淚／老找不到一付臉來安置（《石室之死亡》第33首）

遺像是時間的遺物，亦是對逝去人事的緬懷、紀念，它本應被釘子釘住，如今卻在空間意義上反向繞著遺像旋轉；臉亦是歲月的痕跡，如今為時間所棄，佔著空間上在不該擱置的地方；淚本應順臉龐滑下，現在卻在歷史河流中流浪，找不到一張臉來安置——暗指不堪的人世滄桑變化。歷史明明在前卻無法鈎住，它在被空間化（釘、擱及安置）之後，一方面可以把記憶牢牢地釘在空間裡，使其穩固；另一方面也是一體的兩面，要打散時間以及歷史的縱深感——時間只剩「現時」。石室作為空間的物質體，為了隔絕時間的侵犯，因為「河川死」、「石崩」、「壁殘」、「石壁鑿成血槽」，連世界亦被火柴「以爆燃之姿擁抱住」，這些體現時空一體美學風格的傳統字眼，告訴了我們這一點：整個世紀似乎都在這種分崩離析中亟需重組！洛夫據此空間而望出去，盡是死亡的綿延意象，不僅和外界隔絕、和歷史／過去斷裂，亦不和未來產生聯繫。整個時間被凝結在這個密閉的石室空間裡，最後連僅存「現時」的這個石室空間也剝蝕，瓦解成了墳地、棺槨與灰燼。實際上，洛夫是在這「虛構記憶」與「時間空間化」裡不斷遊移、徬徨，其企圖很明顯地是要找出另一條可以「安置」歷史、自我記憶的道路。

四、超現實或縱的棄絕，還是文化擴散？

洛夫在許多篇文章中提及他創作《石室之死亡》這首長詩之語言與技巧的源由如下：

> [63]我也像許多其他現代詩人一樣，早年由於不滿「五四」以來白話詩語言的粗糙和散漫，以及那種有聞必錄，有感必發的表現方法，曾經一度效法唐僧玄奘，求經於異域，希望從西方文學中吸取營養。「或許性格使然」，一開始接觸西洋文學時，我即對浪漫主義的作品產生抗拒，以致後來對徐志摩的詩也產生了極壞的連鎖反應，從來沒有好好唸完他一首詩。當時令我著迷的反而是那些風格近乎晦澀，讀來似懂非懂，卻又驚喜於那種奇特的表現方式的現代詩，其中包括英國鄧約翰的詩，文字並不太艱澀，而他那種寓情於理的形而上手法頗具吸引力，讀來津津有味。

> 發現五四以來的白話詩不僅膚淺粗糙，完全不能表現現代人的精神狀態、情感和生活節奏，而且毫無原創性可言。胡適的白話詩運動革掉了許多格律與語言，同時也革掉了許中最本真的東西，因此詩人不得不扭過頭來，向最具前衛性與創造性的現代主義借火，從美學觀點到表達技巧，照單全收，其中超現實主義是一個最新奇、最神祕的藝術流派，但也是一個為冬烘頭腦害怕而嚴加抗拒的藝術流

[63] 洛夫等著〈西洋文學與中國現代詩〉（座談），《中外文學》10卷1期（1981.6），頁104。

派。[64]

從兩段文字我們不僅看出當時洛夫欲找尋適當語言來表現的思索，亦可窺出他和「超現主義」的因緣。由於對白話詩語言的不滿，以及對西方奇特表現方式的現代詩之喜好，洛夫開始釀化了自己密度高卻又極致變形的語式，「有了建構一個修正的、接近漢語特性的超現實主義的念頭」。[65]很顯然地，這對他而言可是一個空前的、原創性極強的藝術實驗，以及「前所未有的詞語喚醒了另一個詞語——生命」[66]之作，卻也使得他被目為「虛無」、[67]「沒有傳統的怪物」。他在一九七〇年更背負了「走火入魔」（余光中藍星詩社十七年的〈第十七個誕辰〉語）、「龍的傳人」、「逃避現實」、[68]「虛渺的境界」、[69]「毒瘤的

---

[64] 洛夫〈鏡中之象的背後——《洛夫詩歌全集》自序〉，《創世紀》第156期（2008.9），頁23-28。頁25。

[65] 同上註，頁26。

[66] 同上註，頁24。

[67] 「我認為〈石室之死亡〉是一首甚有份量的重要作品，然而由於某些段落處理的手法過於『晦澀』（除了「晦澀」之外，沒有別的形容詞，乃使許多讀者（本身即作者的讀者）無法作恰如其份的感受，這實在是非常可惜的。」

「洛夫先生是崇拜現代文學而唾棄傳統的。可是他對傳統瞭解得不夠，因而他的揚棄傳統相當武斷。如果他曾博覽古典，他也許會發現他所喜愛的虛無主義並不始於存在主義諸哲學家，甚至也不始於杜斯陀也夫斯基或屠格涅夫。」

「正因為超現實主義者否定經驗的統一與連貫，也否定了經驗的分享與傳達，乃使許多超現實主義的作品關閉在未經藝術處理的個人經驗之絕緣體中，其結果只是原封不動的經驗，或是發育不全的藝術原料，而非藝術。」

上引這三段引文點出了洛夫的「虛」學背景、晦澀和讀者及作者狀態，以及與傳統、古典之斷切問題。〈再見，虛無！〉（1961），《掌上雨》（時報版），頁165-78。但顯然地，餘氏執其（自己）一端以扣其（洛夫）一端，彼此思考面向難有交集。

[68] 唐文標《天國不是我們的・詩的沒落》（台北：聯經出版公司，1976），頁160。

[69] 同上註，頁169。

癥象」[70]總之，他是傳統文化繼承之叛徒。因為曾經宣揚一般人較難理解的「超現實」主義方式創作氛圍，一時之間責詈排山倒海而來，全集中在他身上。[71]然而，翻遍當時或當今論者對洛夫的評價，我們發覺它們依然繞著洛夫在西化與傳統之間，以及對超現實主義之吸收、影響，並表現在其創作上所造成晦澀的詩風。更有甚者，是其因逢戰亂而來台的身分、對家園的永絕故土的懷念，以及對歷史文化的斷隔所造成文化虛位的焦慮。論者常常抓住其時間點線，聚焦在他和當時超現實主義的關係，並多所負面的評價與連結。[72]這使得洛夫不得不在面對引介超現實主義與「忽略民族傳統精神」的詰質時，挺身站出為自己做呼籲及辯駁：

> 超現實主義極終的目的，也許在求取絕對的自由，因而自動性（automatism）成為一個超現實主義者的重要手段，最後的效果或在：「使無情世界化為有情世界」，「使有限經驗化為無限經驗」，「使不可能化為可能」，希望一切能在夢幻中得以證果。但不幸超現實主義犯了一個嚴重的錯誤，即過於依賴潛意識，過於依「自我」的絕對性，致形成有我無物的乖謬。[73]

[70] 同上註，唐文標《天國不是我們的・什麼時候什麼地方什麼人》，頁228。

[71] 唐文標、關傑明與顏元叔等都有此論調，可見現代詩論戰及七〇代年相關之鄉土文學論戰。

[72] 如唐文標、關傑明與顏元叔。張錯在台灣現代詩選中評介洛夫說：「時至今日，我們應感受到，洛夫所強調的超現實表現，是他的優點，也是他的缺點。」見《千曲之島》（台北：爾雅，1987），頁55。

[73] 見洛夫〈魔歌・序〉《魔歌》（台北：中外文學月刊社，1974）頁5；洛夫經常在訪談及寫雜言或習詩感言時，都會提及。見洛夫講，洪淑苓紀錄〈語言的魔力：談詩語言的特色〉，《國文天地》第7期（1985.12），頁34。

我對超現實主義者視為主要表現方法的「自動語言」，尤為不滿，但我卻永遠迷於一種經過修正後的超現實手法所處理的詩境……，這種詩境只有當我們把主體生命契入客體事物中時，始能掌握。[74]

對於曾經高舉超現實主義旗幟的他，其實他並非全不知道，因此也曾適時地對其「自動語言」與「過於依賴潛意識」做修正，並將其無法探索到現實本質的想法，改為「知性的超現實主義」：

最近文學藝術界舊調重彈，「民族性」又成了最熱門的話題。事實上這個問題自五四以來即在不斷地爭辯，但為何始終得不到結論？即使在討論會或筆戰中某方似已獲勝，但在實際創作上又是另一回事，足見這個問題決不是一個孤立的問題，民族性不僅要與時代性結合起來談，同時也不能忽略了作者個人的性向，包括他的氣質，見識，教育背景等因素。[75]

其次，近來我們常聽到許多海內外中國知識份子覺醒後的呼聲，這誠然是一種新氣象，但也有人重唱文學要為社會服務的高調，這種老掉牙的社會主義文學觀，變相的普羅思想，放在中國數千年的文學傳統中秤一秤，便顯得多麼不夠份量。[76]

---

[74] 同上註，見洛夫〈魔歌・序〉《魔歌》，頁5-6。

[75] 見洛夫〈略「民族性」「詩的語言」及「時代性」〉，《人與社會》第1卷2期（1973.6），頁53。

[76] 同上註，頁54。

「民族性」乃是針對當時的戰鬥文藝而發。在洛夫之思考中，詩不能變作工具，唯有共產黨才會把詩當作統戰與宣傳的工具，只求詩人為社會和家國服務，不管這會否葬送中國文學的前途。他表明不能因為別人穿西裝，我們就說他是西洋人，主要還是要看他的語言結構是否合乎中國習慣、心理、思想本質、精神傾向，以及用了西洋典故是想表現什麼東西。「如果一個詩人的思想本質與方法，他的心理情操是純民族的，但為了表現上的需要而借用西洋技巧，我們不能說他是西方的」。[77]

據張漢良研究，要談「超現實主義」對洛夫的接觸、傳入與影響，是有困難且沒多大意義的；[78]它畢竟是一種精神及方法，無法斷定於哪一年哪一刻被傳入。況且，洛夫在其創作《石室之死亡》時，還未積極去思索超現實主義之風格與語言技巧等種種，我們只能說那只是他「個性使然」、「閱讀經驗」與對前時代「語言的不滿」所表達出的手法。[79]那麼，我們一直繞在這一區塊打轉與史料「鑽研」到底是為了什麼？我們是否可改從「存在性的空間」、「地理的淵由及條件」來思索其創作方法與思維的另一個面向？洛夫所努力宣揚的形而上取向的超現實主義精神，在1960年代末期已形成風氣，他因而開始修正自己的言論，並加深自己對超現實主義的認知與功課；很可惜的卻是，論者大

---

[77] 同上註，頁53。

[78] 張漢良〈中國現代詩的超現實主義風潮：一個影響研究的做作〉，《中外文學》第10卷1期（1981.6），頁158；另見張漢良《比較文學理論與實踐》（台北：東大，1986），頁71。

[79] 洛夫在一九五九年開始發表《石室之死亡》（非正式書寫）時，尚未提出「超現實主義」等文字。正式提到超現實主義乃在1961年7月發表在《現代文學》九期上的〈「天狼星」論〉，乃至1964年10月9日完成了立場性論文〈詩人之鏡〉（隔年收入《石室之死亡》序文），並在序上說：「正確的說，超現實主義並不是一種美學或文學上的派別。在根本上它是對整個人類的生存所採取的一種形而上的態度」（見序，頁22）；亦可參考張漢良《比較文學理論與實踐》，頁67-77。

都反過來，定調其開始創作《石室之死亡》時，即有「超現實主義」傾向，認定其所有創作技法都跟超現實主義相關，並以晦澀文字語言來定咎其和傳統文化繼承的悖離與詰駁，這可確實有點詭異與「超現實」了。

吾人在研究詩歌時，常常過多關注歷史事件與運動的關係，乃至影響研究關注之具體歷史事實與抽象的歷史演化法則，想當然爾為文學詮釋與研究的一環；然而，不可否認地，有時一種思潮之發生是一種精神現象，乃對當時生存的環境產生的諸多感悟而投射出的心理模式。人為時空定位的原點（ordinating Point），人們在任一時間單元中僅能以特定的方向和距離來確定。段義孚即曾說明：

> 地方是一種特殊的物體，它並非像一般有價值的物品可以攜帶或搬動，但卻可以說是一個「價值的凝聚」，乃人類居停的所在。[80]

人們與生俱來的知覺與行為，會把環境的屬性變成經驗，再去建構新文化環境，這不是因為人們拋棄時間的觀念、斷絕歷史的脈絡，而是人們可以不需順從時間、歷史的宰執，透過概念化的歷程，把不同生存之空間定位並安置於某一空間層，進而再創構新而統一的空間概念。雖然洛夫的西化與超現實概念之吸收與創作被批評為「傳統」、「民族」之虛無與悖離；[81]但從文化

[80] 段義孚（Yi-fu Tuan）著，潘桂成譯《經驗透視中的空間和地方》（台北：國立編譯館，1998），頁10。

[81] 更多的批評是在唐文標與關傑明所造成的現代詩論戰而「建構起」的。當時他們除了一反前時代的晦澀風外，也因接踵而來的一連串政治外交事件以及在地詩人的崛起／覺醒，而造成對「本土」、「現實觀照」、「民族」、「傳統」與「國

擴散的角度來看，正因為洛夫、商禽，乃至瘂弦、張默，他們隨國軍來台灣，有意識或無意識地揭起超現實主義旗幟，並在日後造成相當規模的討論與震撼，此即是一種「文化的再創構」，就此一角度來看，他們不僅不是縱的棄絕，還是一種「融合後的延伸」繼承，一如艾略特在〈傳統與個人才具〉中所說的「新的秩序」，更是其所比喻的「白金絲」。[82]

艾略特的文論是放在「歷史的大傳統」中來論述的，而吾人可卻是在人文主義與文化地理學的論述中找到歸向及調合。文化地理學強調空間概念，而文化擴散現象就是文化體現在空間上的動線和擴延：

> ……文化是一個立體建構。因此，一個文化體從其發祥地或文化中心向外展開、擴散時，並不僅僅是文化之某一層面的進行擴散而已，而是以其建構的總體展開文化的擴散。……[83]

> 一個文化體離開其發祥或中心地，而跨越大海巨洋的浩瀚空間，終於抵達彼岸的新大陸，將原鄉的文化體在新地上建構起來，我們即可稱此現象為「遷移式文化擴散」。當這個文化體完成在新地上原鄉文化體的重建，並在這個新據點往外擴其文化體，如同墨汁從一個滴落點而向外圍輻

族」等議題的思考。參見葉石濤《台灣文學史綱》及彭瑞金《台灣新文學運動四十年》。另見簡政珍《台灣現當代詩美學》（台北：揚智，2004），頁6。

[82] 艾略特（T.S. Eliot）著，杜國清譯《艾略特文學評論選集》（台北：田園，1969），頁106-107。

[83] 潘朝陽〈文化地理觀點中的海洋與文化〉，《海洋文化學刊》創刊號（2005.12），頁289。

散時，即稱之為「膨脹式文化擴散」。[84]

不管人們是基於何種原因而被迫遷離還是主動擴散，他們所據有之新地域也因他們「遷移型擴散」而投入了更多的經驗與存在之思維而產生新的「文化景觀」。洛夫因對前地域時代的語言及思維表不滿，加上其個性、經驗及閱讀習慣而開始向西方習得新的語言技巧與表達方法，這些都可視為一個小小的「膨脹型擴散」。他對此來自外界的刺激以及新思潮新事物的汲取，並非照單全收；況且，他所創作的「超現實主義」風格，確曾為中國傳統文化經驗與西方現代主義的調合之後在新居地台灣產生影響與作用，此確可視為一種文學／文化地理「遷移」所帶來的結果（儘管台灣在日據時期即有水蔭萍等人提倡的超現實主義詩風，然而此為不同的時空環境與條件關係，容以後專文討論）。據此而言，任誰都難論定不斷融匯西方語言技法、修正超現實主義路線之創作是為一斷裂與隔絕傳統之作為。

[84] 同上註，頁289。

第四節　小結

葉維廉在評洛夫的《石室之死亡》一詩時曾說：

經這一番思索，我們可以說，「石室之死亡」的洛夫，確曾向西方的現代主義借了一些語言的策略，這包括近乎表現主義筆觸中緊張扭曲的語言；但這些語言策略的應用，不是虛幻現實的描摩，而是把中國現階段歷史由文化放逐，文化虛位（本身是西方霸權所造成的壓制）和政治社會情結所造成獨特的「孤絕」的複雜性中反映出來。從內容來看，「石」詩是早期詩中的「禁錮」意識深層的探索；從詩的藝術來看，則是一種抗衡「禁錮」的精神的騰升，一種死而後生通向文化再造的隧道。（22）

又言：

時間之傷有兩種，一是歷史的創傷，一是歲月的刻割。在洛夫和他同代人的身上，此時更每況愈烈。詩人愈來愈深入歷史文化的沉思，無疑是「隔斷」太久的關係；但由於年歲的增長，死亡的逼近，在孤絕中隔斷的人，此時會對失去的歷史文化空間和代表輝煌歷史文化的人物有特別的敏感，有特別深情的認同與思念；彷彿通過歷史尋索的行程——雖然是傷痛的行程——我們就可以抓住一些能穩住我們的存在或豐富我們的存在的東西。（44）

洛夫的文學背景及時代因素確曾造成他創作的「孤絕」，並從其「複雜性中反映出來」，但這絕不是想當然爾的問題；葉氏所謂的「『石』詩是早期詩中的『禁錮』意識深層的探索」，這個可一點都不虛假，此確為洛夫所處的地域、空間所帶動發展出來的生命思維。一代電影理論宗師巴贊（Andre Bazin，1918-1958）是首位在電影界指出蒙太奇的「破碎」觀念與分離、疏離及孤立之主題；[85]相對地，在詩歌創作的並置上，也凸顯了創作人共同的苦澀心靈。我們用超現實的標籤扣在洛夫與商禽身上太久了，以及腦海裡盤旋著他們隨國民政府來台的歷史背景，以致我們常忽略另一個更廣濶的探索角度——由他們所在的空間做延伸、開拓更深入的詩美學與心靈面向。

本章試圖尤其創作的技法（主客倒置與並置）來省視當時其「所在」所蘊造的空間美學與思索及時代環境扣和的狀態，還有論者舉揚超現實主義的旗幟與標籤對其詩美學與詩意象空間結構作應有的探索。於洛夫的創作裡，我們雖然可以感受到他對這塊土地的疏離感，卻也可以體悟到當時社會環境政治氣候對一個創作者的斲傷；但是，他仍深刻地和環境思辯，踏實地擁抱自己、擁抱生命，並且於其「所在」和世界用另一種方式來溝通，這可給我們與台灣早期（灰／白）的現代詩壇留下許多「血色」真誠的詩篇。和他同時期一同創立《創世紀》詩刊的瘂弦，其創作風貌又如何？是否也和洛夫一樣，對當時的環境有著深深的孤絕與疏離感受呢？這是我們下一章關心的問題。

[85] 巴贊著，崔君衍譯《電影是什麼？》（台北：遠流，1998），頁78。

第四章

瘂弦詩歌技巧與地方韻律的形式

第一節　瘂弦詩歌韻律所帶動的「地方芭蕾」特性

上古時期的希臘哲學中，首由柏拉圖〔Plato. 427？-347 B.C.〕所提出的理念（idea）概念，一直主導了西方世界思維有幾千年之久。蘇格拉底於《共和國》談到了「可見」和「可知」，「可知」永遠處在較高的層次，「可見」（感官）的充其量只是「現象在觀看者眼中的複製」，[1]可是「現象，或物體，也僅是『觀念』（idea）的複製品；觀念則存在於純粹智性的範疇，或說上帝的心智中，無法經由感官獲致」（13）。此觀念論訴求所有經驗事物都含攝在理念的規範中，其所關注的焦點是宇宙（「宇宙」可以指物質界、人類社會，或超自然的概念）。[2]十五世紀左右，文藝復興帶來人類一次革命的曙光，以主體性（subjectivity）[3]以及人類自身之理性思索與自律能力去建立普遍科學。直到笛卡兒（R.Descartes，1596-1650）的名言「我思，故我在」（I think, therefore I am）出現，西方才全然給主體確立了優先性，把所有科學的實證思維奠基於「我」、「思」之二元論中，而非僅僅只是一個理型邏各斯[4]的指導原則：

---

[1] 亞當・海若斯（Adams Hazard）著，傅士珍譯《西方文學理論四講》（台北：洪範，2000），頁13。

[2] 劉若愚著，杜國清譯《中國文學理論・形上理論》（台北：聯經1981），頁89。

[3] 文藝復興時期亦強調了「人的尊嚴」。見布洛克（Alan Bullock）著，董樂山譯《西方人文主義傳統》（台北：究竟，2000），頁260；呂健忠、李奭學編譯《西洋文學概論：上古迄文藝復興》（台北：書林，1990），頁149。

[4] 「logos」為一理念中心（logocentrism），在希臘語中是指「話」，在詮釋學中是用來詮釋聖經經典的，為《新約全書》裡表示「存在」的凝聚：「萬物始於『話』，由於『話』是一切事物的始源，所以『話』道出世界的存在，或說一切

> 笛卡兒的現代理性主義，導出心與物、意識與身體、精神與外界事物、思想存在等二性的概念。此一「嚴格的理性精神」（the spirit of strict reason）拓展了近代科學的視野；認為非心靈的實體都可化約為純機械的概念（位置、運動、衝力），每一事件都以計量的、機械的法則來說明。[5]

笛卡兒雖然確立了主體的本位思考與方法論，可卻又導致另一個問題，那即是科學對於生活失去了意義。理性主義雖然強調了主體，卻把主體視為一純粹意識（pure consicousness），主體的意識獨存於世界本身之中，人及其所處的環境本體是分離的；加上經驗主義又多將空間當成形式架構，將主體化歸至客體的層次，實際上是否認了主體的概念，成為「一些表達相應現象的外在工具」（陳文尚，136）。胡塞爾試圖解開這樣的糾結，提出了「生活世界」（Lebenswelt）與「理性」二概念作生命哲學的中心而加以化解，「他一方面承繼從希臘『理論』（筆者按：即理型）概念到近代『自律』概念的理性主義傳統；另一方面又試圖將經驗主義的想法整合到『生活世界』概念之中，重新建立一個新的整合的理性觀。」[6]胡氏認為理性是整合「生活世界」中

事物都是『話』的結果。即使寫出來的《聖經》，上帝的『話』也基本上是『說出來的』。因此人說的話比寫出的話更接近原始思想。」其實這種「言說」比「書寫」重要，它是一種語音中心論，也是邏各斯中心主義典型的特徵。見郭宏安、章國鋒、王逢振著《二十世紀西方文論研究》（北京：中國社會科學，1997），頁413；洪漢鼎在詮釋學史的早期發展中也提到：「世界與書相比，表明整個現象世界是一部由上帝的手所寫的書，個別的創造物是這書的符號和語詞」，愚人需有智慧的人讓他們能理解聖經真義，因而「教會成了聖經理解的保證」，以後的宗教改革即是在「反對這種教會傳統作為聖經解釋的原則和指南而發展起來的」。見洪漢鼎《詮釋學史・詮釋學的早期發展》（台北：桂冠，2003），頁35。

[5] 陳文尚〈存在空間的結構〉《地理彙刊》5期（1986.3），頁132。

[6] 同上註，頁133。

的各種經驗，諸如科學與生活、理論與實踐的重要手段。[7]胡氏提出的「生活世界」，一方面反對自然科學的偏頗、片面且脫離正軌的理性，認為這種理性絕對不是古典理性——一種超然冥想性的學問[8]；相反的，「整個自然科學實際上是為了滿足人類駕馭自然以利生存這個實用性的要求而設計出來的一套學問。」[9]客觀存在的概念近代通過伽利略的自然科學和笛卡爾的哲學而經歷了一種極端化和普遍的擴展。[10]伽利略把自然量化而轉化為一種數學性的多樣化構造，讓自然科學家以為自然是由數學程式體系構成的：

> 人類控制自然以發展生產的意義都沒有反省能力，這麼一套以最合理的手段來完成因未經反省而有著盲目性，不具合理性目標的學問，絕對沒有引領人類發展出一個合理的生存方式或歷史的能力。歐洲文化的危機，存在於以一種對人類歷史發展沒有任何指導作用的學問來做精神中軸。[11]

作為「日常生活世界」的生命世界是對比科學世界指出的世界，是未經抽象化以前的直接知覺世界，並且這個世界是以具體的人，一個擁有能知覺事物身體的人、有活動力及有情意反應的人作中心的世界。

[7] 同上註，頁133。
[8] 此種理性在實踐上具有著指引人類發展出一種完美之存在。
[9] 蔡美麗《胡塞爾・第八章「生命世界」之回索》（台北：東大，1990），頁137。
[10] 倪梁康《胡塞爾現象學概念通釋・第二章自然主義的錯誤解釋》（北京：三聯書店，1999），頁8；同上註，《胡塞爾現象學概念通釋・對生活世界的釋義》，頁273-276。
[11] 同前註，蔡美麗《胡塞爾・第八章「生命世界」之回索》，頁139。

因此，一般地說，我們的世界並非單只為孤立的人而存在的，卻是為整個人類社群而存在的，因為即使是最單純的知覺現象，都是透過社群化而形成。它是對所有人，所有實際地存在著的事物而這都是一種普遍性的界域，它是大家所有的世界……，妥切點說，每個個人都有他自己所經驗到的事物，那是說，假若我們把這些事物瞭解為對他而言，獨特地確實的事物，那些他看見的，透過視覺，他會得把它們經驗為存在並且那樣地存在著的事物。然而，每個個人都「知道」他活在與他的同類共有的界域之中。[12]

人對地方與世界的認識，是由自己的居地（家）到外域，從密聚的近點擴散到鬆落的遠處。這些路徑及地方，都是由人對其有獨特的認知意向，意向是一種循環性（circularity），[13]不是一種機械性的往前，而是物我互為主體的感知，以下筆者想以瘂弦詩作〈一般之歌〉來做細部論述：

鐵蒺藜那廂是國民小學，再遠一些是鋸木廠
隔壁是蘇阿姨的園子；種植萵苣，玉蜀黍
三棵楓樹左邊還有一些別的
再下去是郵政局，網球場，而一直向西則是車站

——《瘂弦詩集》，頁219

---

[12] Paul Ricoeur. *Husserl:an analysis of his phenomenology.Trans.* Edward G. Ballard and Lester E. Embree. Evanston :Northwestern UP, 1967. pp.163-4；另見蔡美麗《胡塞爾‧第八章「生命世界」之回索》，頁145。

[13] 季鐵男編《建築現象學導論》（台北：桂冠，1992），頁429。

瘂弦一開始就將四周的地理景色描寫得十分清楚，先以自己為定點，向遠方眺望，「鐵蒺藜那廂是國民小學，再遠一些是鋸木廠」，這是一種空間的近處向遠推移，再來提及了有親屬／親悉關係的蘇阿姨，她家種植著萵苣與玉蜀黍。接下來作者知道有三棵楓樹，卻憶不起左邊還有些什麼，但這些確曾在他記憶與經驗中存在，只是他已無法準確地描述出來。段義孚在《經驗透視中的空間和地方》談到「人的空間經驗與關係」時說到：「嚐、嗅、皮膚的感覺、及聽，不能單獨使人體會到一外在的空間世界的存在。但當其與具有空間感的視覺及觸覺合起來時，其本質上之非距離感卻大大地強化了我們對世界的空間及幾何意識」（11）。又說，「人類空間感的構成，必須依賴實有的景觀，其他的感官機能可以增強視覺空間的感受」（15），可是這些交融在心中的景物在瘂弦詩中卻是帶著深沉悲哀的：

> 至於悲哀或正躲在靠近鐵道的甚麼地方
> 總是這個樣子的
> 五月已至
> 而安安靜靜接受這些不許吵鬧
>
> ——〈一般之歌〉《瘂弦詩集》，頁219-220

這樣平常的景像在提供方位之位置關係後，卻陡然引起詩人的「悲哀」情懷，一種存在主義式的喟歎與感傷。「鐵道」有離別與旅程的徵象，卻也寄寓了歲月的易逝與無常，更是一種存在空間的預設、幻定及流動。存在主義與現象學哲學大師海德格說，人的存在都是「被拋擲」於生存（pre-existing）的人為環境裡：亦即此在（Dasein；即「在那裡」being there與「在世存有」being-in-the-world）讓吾人驚覺自己其實是置身於預先界定的空間中，既如此，我們就別無選擇只有想辦法去適應之途；此即為人類相對於世界的心境，亦是被投擲於世間之狀態的鮮活與深刻經驗。我們是一步步地走向死亡，不管是生老病死的歲月流轉，還是海德格在談「棲居」時所說的「終有一死者存在」。[14] 面對這些，我們也只能「安安靜靜接受這些不許吵鬧」，因為：

> 五時三刻一列貨車駛過
>
> ——〈一般之歌〉《瘂弦詩集》，頁220

「貨車」駛過，使得剛才「鐵道」的哀傷有了鋪陳、交待。「五時三刻」，帶著一種生命「不得不」的履約與慣例性重複，為了淡化這種無奈的生存困境，瘂弦經常以「甜的語言」[15]來化解這苦愁。確切地說，這即為那種空間和身體的韻律性在詩行中所帶動的芭蕾體勢，在某種姿態（gestures）與行為（movenmets）結合後而在空間裡透過節奏所呈現出來的景觀，進而由這樣的體會與感覺／感知透出生命／生存的狀態。

> 河在橋墩下打了個美麗的結又去遠了
>
> ——〈一般之歌〉《瘂弦詩集》，頁220

[14] 海德格是這般解釋此一現象的：「終有一死者在棲居之際根據他們在物和位置那裡的逗留而經受著諸空間。而且，只是因為終有一死者依其本質經受著諸空間，他們才能穿行於諸空間中。但在行走中我並不放棄那種停留。毋寧說，我們始終是這樣的逗留而已經承受著諸空間」。見〈築‧居‧思〉，收入馬丁‧海德格著《海德格爾選集》（上海：上海三聯，1996），頁1200。

[15] 此為張默語，參見張默等主編《中國當代十大詩人選集》（台北：源成，1977），頁261；其實早在張默之前，阮囊更早點出瘂弦詩很「甜」的特質，見余光中《左手的繆思‧詩話瘂弦》（台北：文星，1963），頁75。

「橋」是作為河岸人世碌碌的涉渡，也是生死的仲介，更是語言的真理顯露無隱藏（alétheia），因而當海德格說語言乃「存在之屋」（Language is the house of Being）時，他是有其深刻觀察的。再者，「橋」做為語言／天地的媒介，乃在於天、地、神、人這「四重」集結的世界：

> 橋是這樣一種物。由於位置把一個場地安置在諸空間中，它便讓天、地、神、人之純一性進入這個場地中。位置在雙重意義上為四重整體設置空門。位置允納四重整體，位置安置四重整體。這兩者，即作為允納的設置空間和作為安置的設置空間，乃是四重整體的一個庇護之所，或者如同一個詞所說的，是一個Huis，一座住房（Haus）。這個位置上的這種物為人的逗留提供住所。這種物乃是住所，但未必是狹義上的居家住房。[16]

換言之，「橋」在展現物與世界之基本結構關係之後，它使世界顯現並制約（condition）了人類；它並非物質的概念，而是「一種對物的集結意義之解釋能力」。[17]「四重」的集結缺一不可，也由此，海氏說：「物協同世界來拜訪人類（Things visit mortals with a world）」，因為「當我們瞭解它們（物）的訊息時，我們就獲得了存在的位足點」;[18]因而語言作為橋的隱喻，以及詩做為創作的模式，它們都有助於把人類歸屬於大地，並且幫助人們「瞭解」（understanding）、領悟自己的生存／存在和

[16] 同前註，海德格著〈築・居・思〉，收入《海德格爾選集》，頁1201。
[17] 同前註，海德格著〈住所的概念〉，收入季鐵男編《建築現象學導論》，頁204。
[18] 同上註，頁204。

世界（與他者同在）的關係：

當草與草從此地出發去佔領遠處的那座場
死人們從不東張西望

——〈一般之歌〉《瘂弦詩集》，頁220

在我們瞭解了「生」可是漸漸邁入死的歷程時，那麼我們便應該對它有所「反省」；當我理解到「死人們從不東張西望」而生死、語言及象徵人世之橋，由雜草們佔據並牽繫住墓場，我們已從物返回到自己那裡，並且沒有放棄「生」之逗留：

而主要的是
那邊露臺上
一個男孩在吃著桃子
五月已至
不管永恆在誰家樑上做巢
安安靜靜接受這些不許吵鬧

——〈一般之歌〉《瘂弦詩集》，頁220

詩裡提到之「逗留」即已揭示了人的存在。從墓地的空間轉換到此「露臺」，亦是一種人與位置的關聯；「男孩在吃著桃子」是一種生命的對照，透過並置的手法，將此生死困頓及感受表述出來。「五月」對比永恆的宇宙是如此地渺小；然而，誰又能違逆？成人也應如「孩子」般，「不許吵鬧」，生命與存在狀態無非如此，「永恆」不會在人世間築構任何窩巢。但是，人們可透過其所佔據之位置而體會到人與諸空間之關聯，若人們能依據自己的棲居之「地」，從根本上思考到棲居之所的價值，這彿彷就會有「一道光線」[19]落到作為存在的位置上。

人的存在有其空間性，「家」之概念亦然。然而，若以此具體的家的存在來談這群戰後初期來臺的詩人，會比僅談抽象的記憶與懷鄉來得踏實些。我們試著來看幾首瘂弦的詩對「家」所描述的狀態：

無人能挽救他於發電廠的後邊
於妻，於風，於晚餐後之喋喋
於秋日長滿狗尾草的院子

無人能挽救他於下班之後
於妹妹的來信，於絲絨披肩，於Cod Gream
於斜靠廊下搓臉的全部扭曲之中
並無意願領兵攻打匈牙利
抑或趕一個晚上寫疊紅皮小冊子
在黑夜與黎明焊接的那當口
亦從未想及所謂之「也許」

所以海喲，睡罷

若是她突然哭了
若是她堅持說那樣子是不好的
若是她又提起早年與他表兄的事

[19] 同前註，海德格著《海德格選集》，頁1201。

你就睡吧，睡你的罷

渾圓的海喲

——〈庭院〉《瘂弦詩集》，頁215

庭院不同於「後院」私密與暗面，是一個住家的正前位置，中國人喜歡在庭院種植些樹木、花草，以取清雅之興致，讓居家有修養生息的地方。歐陽修有「庭院深深深幾許」詞句，這是一種深度感，和西方那種羅馬式的強硬建築大有不同。建築學家蔣豐年在第一屆建築現象學研討會中曾說道：

> 深度感不只是外表，而且是心，我們住在裡面，心也會很沉定，這是中國建築表現的精神，又如「柳暗花明」除了樹木的隔絕作用之外，再走進去又見到一座樓閣，又是一個生養遊息的地方。[20]

就是這樣周遭環境的深度感，常引發主人對生命深的感懷，在「秋日長滿狗尾草的院子」中，我們知道這院子的主人疏於葺理以致於雜草／思絮叢生，「挽救」一語，似乎有欲想整頓生命的頹勢日復日的「喋喋」與「歪斜」。不過，既然臉已扭曲、變形，時間（黑夜與黎明）在意識中便渾渾然成了機械式的「焊接」，因而生命再度（如梅洛龐蒂所言的「可見與不可見」的關係）由「可見」（the visible）[21]的視覺大海，推向其不可見的部分，那種人存在式如海潮的悲鳴。

---

[20] 同前註，季鐵男編《建築現象學導論》，頁426-427。

[21] 此為梅洛龐蒂概念。見莫里斯・梅洛龐蒂著，薑志輝譯《知覺現象學》（北京：商務，2005），頁271及龔卓軍《身體部署：梅洛龐蒂與現象學之後》（台北：心靈工坊文化，2006），頁28-67。

「院子」有「圍合」的本質，這與中國傳統社會有本質上的共同取向，一種屏障與阻隔，相較於西方是以「門」來做區隔，中國卻是由牆來做邊界；因而「庭院」一分為二（內、外），就齊美爾之說法，牆是死的，門是活的。[22]也因這個特點，中國的「院子」的指向是由「外→內」，不同於西方的庭院的「內→外」，從而強化了「牆」的概念。於此，我們窺探到了瘂弦創作中空間的思維與運用，以及種種意象鋪陳中，涵蘊的生命體驗與存在景觀反映之情狀。

瘂弦對生命現象之深刻觀察與生存命題的觀照，一直是他詩作魅力獨特的地方，其對時間意識的模糊與淡調處理，有時反而更襯托出主體「生存」在客觀在「場景」交置中的無奈與辛酸。我們繼續跟著他往德惠街走，同他一樣，再度觀察與直覺聚落在詩中的人物身（體）上：

> 她沿著德惠街向南走
> 九月之後她似乎很不歡喜
> 戰前她愛過一個人
> 其餘的情形就不大熟悉
>
> 或河或星或夜晚
> 或花束或吉他或春天
> 或不知該誰負責的、不十分確定的某種過錯
> 或別的一些什麼

[22] 同前註，季鐵男編《建築現象學導論》，頁298。

——而這些差不多無法構成一首歌曲

雖則她正沿著德惠街向南走且

偶然也抬頭

看那成排的牙膏廣告一眼

——〈復活節〉《瘂弦詩集》，頁217

這首詩是瘂弦的封筆之件，原名為〈德惠街〉在一九六五年五月號的《創世紀》上頭，後來於收入《瘂弦詩集》（1961）與《瘂弦自選集》（1977）時，改標題為〈復活節〉，其中所蘊含之前後時空辯證的關係，實頗耐人尋味然。然而，不管是充滿著時間與「救贖」的概念，還是由身體出發，向南而行所展現的景觀意識，在在說明這首詩的豐富性蘊含。瘂弦停筆的緣由，[23]一如這首詩的改題，只能從語言中去探測，無法獲得親口說明。

「或河或星或夜晚／或花束或吉他或春天」又把時間輕輕的點出，卻在物件或事件的意象中，再悄悄放下，因為「不大熟悉」，所以要「構成一首歌曲」便有其難度。在花束、吉他間，我們知道這是一個青春、年少之往事記憶，而從九月初秋的感懷時節與「她似乎很不歡喜／戰前她愛過一個人」，吾人便可窺見，詩人今昔內心世界之不堪。然而，主角似乎一逕地往南走去，究竟要向哪兒去啊？似乎也沒什麼動機，而路上也無什麼東西值得她欣喜與注意，除了「偶爾也抬頭／看那成排的牙膏廣告一眼」。這麼一來，我們不禁要問，「牙膏廣告」是當時場景所有，還是作者有意藉它來傳達什麼？

[23] 他在〈序〉中說：「五十五年以後，因著種種緣由，停筆至今」見《瘂弦詩集》（台北：洪範，1981），頁1。

惠街既然為詩中人活動的主要場景，那麼，當時的德惠街是怎樣的一個樣貌？湯熙勇在《台北市地名與路街沿革史》中說：「戰後本街更名為『德惠街』。民國61年向東拓延，民國70年，完成新生北路至松江路間改善工程，自此德惠街乃成為中山北路與松江路之聯絡幹道。」，[24]可見當時的德惠街其實和現今之德惠街是不同的。[25]而德惠街的東西向，更和詩中人的向南行產生齟齬。詩評家王正良曾考證諸多資料，將「德惠街」與「雙城街」、「農安街」三街列入六〇年代同屬「中山區」的文化指涉，而這一帶恰好因美軍之駐紮而帶動起「觀光、異國風味及其依附的情色產業」[26]這是一條龍蛇雜處、燈紅酒綠的地段。王做了如下的結論：

> 擴大德惠街的時代暗示，詩中人或被觀望的「成排」的牙膏廣告，就有可能是特種女子的影射，其一是詩中人做為特種女子的生活自剖，復活節變成了脫離此空間囚禁的寄託，又或是無奈的反諷，復活節並不屬於「她」，世界冷眼看她，她也無「愛」可付出；其二，詩中人做為過客，偶然看見「成排」不像微笑的微笑，思索特種女子的處境，難免無言以對，這是誰的過錯，如何重生？或亦偶然墮落於此情色的召喚，忘卻生命課題之嚴肅，這也可能是瘂弦青春歲月遭受引誘與推卻之間的拉扯與震撼。[27]

---

[24] 見龍應台編《台北市地名與路街沿革史》（台北：北市文獻會，2002），頁226。

[25] 王正良〈盤點時間，論瘂弦〈復活節〉〉，《台灣詩學學刊》第7期（2006.5），頁7-29。

[26] 同上註，頁7-29。

[27] 同上註，頁7-29。

王正良緊扣「復活節」的詩題名，而在時間救贖中不斷延伸、探索，導引出諸多文化指涉與詩中人／詩人的身分對應關係，用筆力深，頗有灼見。然而，若詩人原題為〈德惠街〉，而未更題為〈復活節〉，又當如何詮解？據「擴大德惠街的時代暗示」來尋求詩創作的空間的準確性，表面似乎有科學驗證的效果，然而卻消解了詩中所蘊含的「距離」要素。我們應當回復其語境（context）之脈絡找線索，若詩行中未提供完備構形，不妨就任其留白，由想像力去填充，讓其展開更多層次的意義，以避開過度詮釋之憾。筆者認為，「牙膏」廣告露出「微笑」的齒白，來彰顯廣告的效益，這樣的笑是沒有「深度感」的；而詩中女子似乎就是在這樣「虛假」、不踏實的情愛街道中穿梭、遊盪。她所見所感都因她的「身體——主體」的流動不斷伸展，街道像她的觸角或肢體延伸探觸出去，去意識、辨清更明晰的時空位置。

詩人寫出的「德惠街」，未必就是實指的德惠街，它也許只是一個「場所」的象徵；因而，細究「德惠街」的時空變遷，或其周圍是否真如詩句中所述，對我們釐析詩人對時空生命之體會恐也無太多實質上的幫助。詩人瘂弦雖是以一本詩創作屹立詩壇，可是評論之文章卻不下數千篇，可見其詩作魅力與影響力。然而，瘂弦也好，洛夫也罷，類軍中詩人的群像總被後來的詮釋者添入許多文化歷史、個體記憶的情愁，[28]這當然有所關係，但也因而疏忽了另一至要面向：他們生存空間的遷居與總體生命（世界）的情狀。「主體／身體」與「景觀」之間的關係，是在

[28] 見蕭蕭主編《詩儒的創作：瘂弦詩作評論集》（台北：文史哲出版社，1994）及蕭蕭主編《詩魔的蛻變：洛夫詩作評論集》（台北：詩之華，1991），一共就有四十多篇。

諸多詮解中值得我們去拓展、思索與觀照的。我們要問，在這樣的場所裡，抒情主體體會到了什麼？場景和主體的關係是怎樣的，而主體又如何與客體環境產生互動，感知生命、激撞出生命情懷？

街道是由家屋延伸出來，人體親身體驗的一部分，而人對街道的情感，如段義孚在〈地方的塑造〉所說的，無法隨時間而擴大到整個鄰近地區。[29]筆者曾因這首詩，多次親身往返於德惠街上，這是一次不同時空下，創作者與詮釋者的身體體驗與街道空間之旅。德惠街現為一不長的小街，若不過新生高架橋，兩端各緊鄰中山北路與新生北路，除了中山北路交口醒目的大同大學及延伸的幾間飯店外，它幾乎和台北市其他街道沒有太多不同的地方，若當時是由於美軍之駐守而帶動週邊之生活娛樂圈，現今可讓人感受到鉛華落盡的落寞。詩中的女主角，在復活時節沿著德惠街向南方走，內心卻充滿對事物的疏離感受，雖然親切的經驗難以表達但不是不能表達。現代地理學之思想，不把身體看做物質實體，它是有意識的，而非為外在原因而作用。在移動時受到身體的連結引導，這些鏈結經由身體和熟悉世界之間穿行的知情線索而形成。「身體──主體透過行動而學習，反覆的移動被納入前反思的理解。身體本身就有力量能發動有所引導的移動，先於認知，或者不需要認知。」[30]

在這首詩中，我們看到抒情主體在一個西方「復活」的節日當中，卻漸漸消沉下去，無法「構成」任何一首歌曲，實際上，歌曲可是一種心靈的樂章，比起圖畫或文字，「音樂能喚起某

---

[29] 同前註，季鐵男編《建築現象學導論》，頁179。

[30] 皮特（Richard Peet）著〈存在主義、現象學與人文主義地理學〉，收入王志弘等譯《現代地理思想‧》（台北：群學，2005），頁91。

種感覺」[31]是一種韻律，一如西蒙（David Seamon）指出的「地方芭蕾」（place ballet）一般，[32]為一種導引自身日常活動之節奏，聚集在一個地方而產生地方感，「個體的參與者，以他們自己活動的步調——如停止休息，匆忙或優閒的走動，使用同一個空間，非刻意地創造了一個大的場所……可能在各種尺度的室內或戶外中發生，如休息室、辦公室、村內的廣場，或任何其他的情境地點。」[33]

瘂弦的詩的地景／場景常是一種對生存的無奈與困境的呈現，表達出疏離、異化的沉默感受，卻又用充滿韻律語言，有著民謠的迭宕風格，來消弭這種對立、緊張關係，呈現出一種獨特的韻味，也激宕出由身體芭蕾（body ballet）與日常時空動作（time-space routine），在支持性的物質環境互動中所融會在一起的「地方芭蕾」。我們試著再以這首多數熟知的作品〈深淵〉來探尋這種現象與解答：

而我們為去年的燈蛾立碑。我們活著。
我們用鐵絲網煮熟麥子。我們活著。
穿過廣告牌悲哀的韻律，穿過水門汀骯髒的陰影，
穿過從肋骨的牢獄中釋放的靈魂，
哈裡路亞！我們活著。走路、咳嗽、辯論，

[31] 段義孚著，潘桂成譯《經驗透視中的空間和地方・地方的親切經驗》（台北：國立編譯館，1998），頁10。

[32] 此為西蒙（David Seamon）之想法，引自皮特（Richard Peet）著〈存在主義、現象學與人文主義地理學〉，王志弘等譯《現代地理思想》，頁91及鄧景衡〈空間韻律的追尋：地方芭蕾的變奏與生活、工藝的轉型〉，《中國文化大學地理學系地理研究報》第12期（1999.5），頁65-106與鄧景衡〈生活、工藝、地方性〉，《空間》第110、111及112期（1998），頁63-72、113-122及115-126。

[33] 同上註，王志弘等譯《現代地理思想》，頁384。

厚著臉皮占地球的一部分。

沒有什麼現在正在死去，

今天的雲抄襲昨天的雲。

〈深淵〉《瘂弦詩集》，頁241-242

「我們」是眾多身體芭蕾與日常時空的慣例、日常生活動能中，許多人在分享的空間中而成「地方芭蕾」之主體人，而「我們活著。走路、咳嗽、辯論」，這些都是地方經驗的基本部分，沒有了這些，就會減損人類生活的意義，可見地方芭蕾的基石是在時間與空間中規律性運作。我們的身體具有意向能力，可以清楚「知悉」人類生活的日常空間，[34]例如我們走路，如果前方坡度斜、陡，身體又處在衰弱時候，自然前進就吃力，反之則不一樣；又如我們在家裡，要取東西，我們知道其位置所在，但無法精確地描述出來，我們感受到它們的存在，它們不是客觀、孤立、幾何的空間。[35]由此可見身體容納了複雜的行為，延伸跨越廣大的時間和空間，從家屋到廣場，乃至街道、村落、市鎮。

接下來我想以〈如歌的行板〉來交待這種律韻／動作（語言）、身體／主體與地景／空間的關係。韻律以音樂記譜的方式，藉由空間體驗內容轉換成的符號組成表示（如圖4-1-1），其中有人的行動方式與體驗模式，還有相對應的空間環境（亦即對象）的元素，這些都是我們前文所提及的地方芭蕾中「身體／主體」意象投射、時間及客體／空間互動的狀態：

[34] 同上註，頁91。

[35] 同前註，陳文尚〈存在空間的結構〉，《地理彙刊》，頁139。

行動方式與體驗：

行走（散步、溜狗）	>
駐足	⊥
吃、嗅、喝東西（酒、茶、花、藥）	Ψ
視覺／感官（看人、閱讀書報、著裝）	Θ
認識	†
旋轉	∞
飄	§
思考	Ò
天氣	≀ ≀
戰爭	₩
醫護	┼
買賣	$

對象：

點狀空間（元素）　•

線狀空間（元素）　＿

面狀空間（元素）　○　□

彎曲弧形　⌒⌒　◡

方向：→

圖4-1-1　空間體驗符號試例[36]

[36] 為方便閱讀起見，本圖表獨立編排成一頁。本圖表得自東海大學建築研究陳貴林碩士論文的啟發，並因應瘂弦詩作內容的動作做適時幅度的修改，特此註明。見《地方體驗與環境韻律——人在赤山中的環境意識探討》，1992年6月；以及陳貴林〈地方體驗與環境韻律〉，《建築現象學導論　第四篇第三章》（台北：桂冠，1992），頁388。

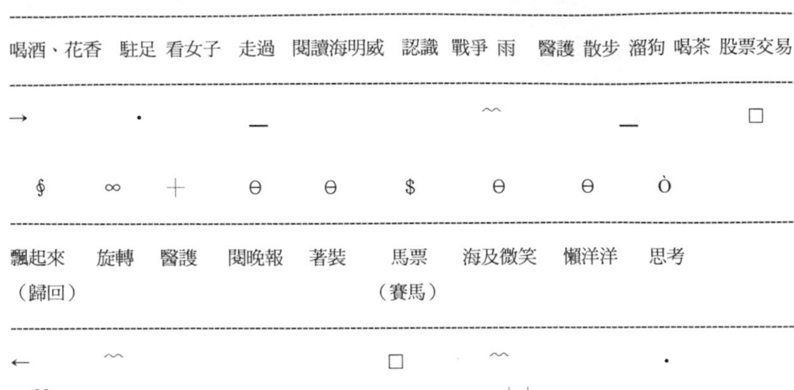

圖4-1-2 「如歌的行板」空間體驗的韻律圖示[37]

如這首詩的題目，像歌的旋律般，在生活與生存的空間／景觀中往復迴盪（repetition）。[38]我們在這首詩中，看到瘂弦如歌的行板之動能狀態，若以時間來看，從暗示「溫柔」之昨夜與今晨工作之自信的「肯定」開始，便展開了一天的活動樣貌：喝茶、喝酒、正正經經看、閱讀、散步、溜狗、微笑、博奕、時（著）裝、買賣、打針、吃藥、繼承、死亡和思考等等，其中空間的型態能在詩作中精確辨出的則有：酒坊、報攤、廣場、跑馬場、證交所、醫護所、百貨場、稅務所／戶政所、海洋、陽臺、山上與田裡等等，其中還有牽扯到戰爭與死亡，信仰與邪魔問題。

台灣地理學學者鄧景衡在研究這種韻律時，提出「身體芭蕾」與「地方芭蕾」需相結合的特性：

37 同上註，陳貴林〈地方體驗與環境韻律〉，《建築現象學導論　第四篇第三章》，頁389。

38 Laurence Perrine, *Sense and sound*. New York :Harcourt Brace Jovanovich, 1982. pp.155-171.

> 大衛・西蒙承接身體芭蕾而提出的地方芭蕾（place-ballets）之概念，特性是建立在人們活動空間與時間的接續，在同一地方個人的時空途徑（Time Space Routines）是定期的與地點會合，此種定期相遇具長久重複性，看似不經意的「偶然」相遇，相遇地點卻具有多種特性：連續性、獨特性、熟悉性、歸屬性，街角、大樹下、公園涼亭、河堤碼頭、車站、市場、廟口、廣場，這些民眾自然而然時常聚集的場所就是最易產生地方芭蕾之處。將工作、生活、工作場域與勞動者操作、時空途徑與地方芭蕾的關係結合起來看，身體芭蕾的運動應放在地方芭蕾的脈絡之上始能凸顯其工作場域的特性。[39]

這種發現「身體芭蕾的運動應放在地方芭蕾的脈絡之上」的韻律，是基於創作者的自覺和自主空間意識，而感受到這地方魅力，是人與物相契運作與地方空間、歷史記憶的親密結合，假使這種關係破裂或處於極端疏離狀態，是無法產生如此的韻奏。然而，這種結合所產生的生活韻律，若為機械、機器所替代，成為科技與工業體系的附庸，或為資本現代化社會的快速、大量、省時、效率以及切割的輸送鏈所操控，就會成僵化、鎖合的樣態，以往美好的經驗不見了，人們只能在懷舊的翅羽中追尋，充溢著鄉愁／傳統回歸、歷史擬仿物與手工藝的符號。在瘂弦詩中，我們大量看到他對「現代文明」所帶來的心靈壓迫有所批判，在「斷柱集」一輯中大量呈現，「從感覺出發」一輯裡也是。茲舉「斷柱集」裡的一詩作〈在中國街上〉來做說明：

---

[39] 鄧景衡〈空間韻律的追尋：地方芭蕾的變奏與生活、工藝的轉型〉，《中國文化大學地理學系地理研究報》第12期（1999.5），頁71。

夢和月光的吸墨紙
詩人穿燈草絨的衣服
公共電話接不到女媧那裡去
思想走著甲骨文的路
陪繆斯吃鼎中煮熟的小麥
三明治和牛排遂寂寥了
詩人穿燈草絨的衣服

塵埃中黃帝喊
無軌電車使我們的鳳輦銹了
既然有煤氣燈、霓虹燈
我們的老太陽便不再借給我們使用
且回憶和蚩尤的那場鏖戰
且回憶嫘祖美麗的繅絲歌
且回憶詩人不穿燈草絨的衣服

沒有議會也沒有發生過甚麼事情
仲尼也沒有考慮到李耳的版稅
飛機呼嘯著掠過一排煙柳
學潮沖激著剝蝕的宮牆
沒有咖啡，李太白居然能寫詩，且不鬧革命
更甭說燈草絨的衣服

惠特曼的集子竟不從敦煌來
大郵船說四海以外還有四海
地下道的乞兒伸出黑缽

水手和穿得很少的女子調情
以及向左：交通紅燈；向右：交通紅燈
以及詩人穿燈草絨的衣服

金雞納的廣告貼在神農氏的臉上
春天一來就爭論星際旅行
汽笛絞殺工人，民主小冊子，巴士站，律師，電椅
在城門上找不到示眾的首級
伏羲的八卦也沒趕上諾貝爾獎金
曲阜縣的紫柏要作鐵路枕木
要穿就穿燈草絨的衣服

夢和月光的吸墨紙
詩人穿燈草絨的衣服
人家說根本沒有龍這種生物
且陪繆斯吃鼎中煮熟的小麥
且思想走著甲骨文的路
且等待性感電影的散場
且穿燈草絨的衣服

——〈在中國街上〉《瘂弦詩集》，頁95

文明機械的入侵，不僅使人們精神生活與心靈受影響，原有的純樸空間遭到破壞，更有甚者，那種傳統地方的空間韻律（如「夢和月光的吸墨紙／詩人穿燈草絨的衣服」），早被商業資本主義時代的科技肢解、淘空了；在中國「街上」，已看不到人們身體芭蕾和地方芭蕾結合起的韻律，他們那種純然又有情的生活

空間與樣態，只留在腦海裡（「且回憶和蚩尤的那場鏖戰／且回憶嫘祖美麗的繅絲歌／且回憶詩人不穿燈草絨的衣服」）代之而起的是冰冷的消費、制式的交易，線性的操作及分工表像之內有更多的對立（「汽笛絞殺工人，民主小冊子，巴士站，律師，電椅」）；在身體受到機器節奏及專分工所宰製，當然就失去了自由進入「空間」的可能，左右見肘（「以及向左：交通紅燈；向右：交通紅燈」）。在現代化「殖民」的「中國」街上都如此了，更不用提「巴黎」、「倫敦」或「芝加哥」了。

這與他所創作的詩行與真實生活／身體之韻律性乃一體二面：他以藝術結合這雙面性（日常生活的開放與封閉之雙面性現象），將身體處於必然和偶然的交替，以其註解了生活與藝術交切的圓心；藝術／詩美學乃靖定苦難、期許美好的一種方式，它最終要納入生活層面，與生活的物質與精神取向相溶合。據此，我們才能在瘂弦詩藝術的感悟與生活碰撞的交會裡，重新認識了自己：認識了身體／肢體的律動，認識了生命如呼息波起的意義與價值，而詩歌最珍貴的原／元素就是這種韻律與脈動。

第二節　主體、身體、「戲劇性」肢體及「悲／喜劇」

一、戲劇→動作→肢體→韻律

瘂弦詩的「戲劇性」與對戲劇的領悟，不僅來自他的豐富的舞臺經驗，更重要的是他曾實際參與話劇的演出。[40]相對於詩僅只用到「獨白體」以及敘述技巧，戲劇可是一連串的「動作」（acts）所組成。希臘最早探索戲劇原理之書非亞裡斯多德的《詩學》莫屬。這篇論著雖以《詩學》命名，主要探討的卻是「悲劇」這個文類的構成。亞氏在此書中不斷反覆申言悲戲有六大要素，[41]其中最重要的一項便是情節（plot），而情節是由一連串「動作」（acts）所組成。他這麼說：

> 悲劇為對於一個動作之模擬，其動作為嚴肅，且一定之長度與自身之完整；在語言上，繫快適之詞，並分別插入各種之裝飾；為表演而敘述之形式；時而引發哀憐與恐懼之情緒。
>
> Tragedy, then, is an imitation of an action that is serious, complete, and of certain magnitude; in language embellished

---

[40] 瘂弦曾演出過話劇「國父傳」之國父而獲得1965年第二屆話劇金鼎獎全國最佳男演員獎。

[41] 六個要素分別為：情節（plot）、人物（character）、思想〔thought（objects of imitation）〕、語法（diction）、音樂〔melody（means of imitation）〕，以及場景〔scenery（manner of imitation）〕。

with each kind of artistic ornament…in the form of action, not of narrative; through pity and fear effecting the proper purgation [catharsis] of these emotions.[42]

從「in the form of action」我們知道，戲劇是一種表演（performance）的形式，而非透過「敘事」來完成；有趣的是，這「戲劇中所完成之動作」卻要通過「故事」來完成。[43]荷馬的史詩（epic）是一種融合敘事與主體抒情特點的詩，[44]它可算是西方把詩和敘事關係拉近，最早接觸、結合的一個源頭及典範；然而它是敘事體的詩，和戲劇性的詩有別。[45]據此，本以抒情為主體，單一視野，統一的風格來解讀這個世界之詩體，我們若添入了戲劇（或敘事）的成分，便有了「客觀／客體」的元素，[46]若再加上「表演」及「舞臺」（scenery）的肢體「動作」，便展現出了和傳統抒情不同的風格與模式，這類風格與模式，和朱

---

[42] 中譯部分取自亞裡斯多德（Aristotle）著，姚一葦譯註《詩學箋註‧第六章》（台北：中華書局，1993），頁67；英文翻譯取自布徹（S. H. Butcher，1850-1910），見Francis Fergusson Intro.& Trans. S.H Butcher. *Aristotle's Poetics* (New York: Hill and Wang, 1961) p.7.

[43] 同上註，亞裡斯多德（Aristotle）著，姚一葦譯註《詩學箋註》，頁67。由此點，我們也可看出敘事文類之廣泛應用。

[44] 艾略特（T. S. Eliot）也談及現代最佳的詩都是戲劇性的，以及「劇詩（dramatic verse）」的概念及情況。艾略特認為最偉大的詩都應有戲劇性表現，「認為戲劇和詩是兩種不同的東西這種想、法是不對的」（62）、「使作品最富戲劇性的東西也就是使作品最接近於詩的東西」（63）以及「所有的詩指向戲劇而所有的戲劇指向詩」（62）。譯文見杜國清《艾略特文學評論選集‧劇詩對答》（台北：田園，1968），頁53-70。

[45] 即使是「詩人對著別人說話的聲音是敘事詩中支配的聲音……在荷馬的作品中也常常可以聽到戲劇的聲音」艾略特在〈詩的三種聲音〉中詳細論及了抒性詩的第一種聲音、敘事詩的第二種聲音以及屬於戲劇性之詩的第三種聲音；通常的劇詩都會融匯此三種聲音，它可是最難表現與令人懾服的。參見艾略特〈詩的三種聲音〉，杜國清譯《艾略特文學評論選集》，頁126-135。

[46] 迪倫馬特（Friedrich Dürrenmatt）著，童道明主編《戲劇美學‧戲劇問題》（台北：洪葉，1993），頁41-68。

光潛在《詩論》中區分出中西詩學起源的「表現」與「再現」兩種型態，恰好匯合起來。「表現」是種言志，人生有感情，必需「發言為詩」；而「再現」是一種模擬（mimesis；imitatipn），透過造形藝術，具有外傾（extroversion）效果：

> 他們（按：指西方）的文藝神亞皮羅（按：阿波羅）以靜觀默索為至高理想的，他們的眼睛老是朝著外面看，最使他們感覺興趣的是浮世的一切形形色色。他們所謂「模仿」似像造形藝術一般偏重外界事物的印象。他們在悲劇中，雖然也涉及內心的衝突，但是著重點不在此，而在人與神的掙紮。在他們看，詩的主要功用在「再現」外界事物的印象。[47]

然而，朱氏也承認它們不是截然二分的，只是著意之點不同。[48]因而我們發覺到，有戲劇性抒情的詩或是敘事詩，必包涵著「表現」內在的情感以及「再現」外來的印象，互相地融合成了一個新的「類」文類型態；[49]亦即，這種「模擬」戲劇是西化的，卻由中國傳統的抒情來完成，換句話說，在創作者以一己抒情之餘，也加入了「外在」的空間，並由肢體／身體／動作，在虛擬的舞臺／詩行中擺動、演出，十足呈現了空間與身體

---

[47] 朱光潛著《詩論・詩的源流》（台北：中正，1993），頁7。

[48] 劉若愚在《中國文學理論》，提及了中國的有四個方向，除了與朱光潛雷同的「表現論／決定論」外，尚有「形上論」、「技巧論」、「審美論」、「實用論」。他認為中國文學原理，以前二項為主，其中「形上論」及「表現論」和西方「模仿論」雖然不盡相同，但有類似的思維；而此五類有著階段性發展與相互影響及綜合關係，尤其越到晚近越形「喧嘩」、顯著。見劉若愚著，杜國清譯《中國文學理論・第二章與第七章》（台北：聯經1981），頁27-128及253-298。朱氏在此只談到中國文學之「表現」，似有不足。

[49] 台灣現代詩似尚未有人去做區分辨別與細部研究。

的層次。悲劇（或統稱藝術）所帶來的「淨化」（Catharsis）[50]效果，晚近已由德國戲劇家布萊希特（Bertolt Brecht，1898-1956），提出「隔離」效果來「平衡」。布氏認為藝術所帶給人的淨化效果，有時過於虛假，「模仿」只讓人看到現實，並未看清現實；寓言或神話都是不真實的，卻讓我們更認清現實，所以他倡導人和事物的間離（距離），反對把「共鳴」當成文藝的唯一道路，[51]古今中外我們可以舉出很多出色作品，如古希臘亞裡斯多芬尼的喜劇、伊索寓言、塞萬提斯的《唐吉訶德》、卡夫卡、意識流小說等都不以「共鳴」為中心。因而，這兩個「調和」的距離（蘊戲劇元素之詩、間離之閱讀），恰可提供我們從另一個角度體會詩學、韻律與空間的關係。

我們試著來看幾首瘂弦詩作的韻律與空間擺動的關係：

在夜晚
很多黑十字架的夜晚
病鐘樓，死了的兩姊妹：時針和分針
僵冷的臂膀，畫著最後的V

V？只有死，黑色的勝利
這是荒年。很多母親在喊魂
孩子們的夭亡，十五歲的小白楊
昨天的裙子今天不能再穿

[50] Catharsis原是醫學用語，意為「求得平衡」，見余匡複《論希萊希特的非亞裡士多德美學思想》（台北：淡江大學，2002），頁24。
[51] 同上註，頁33。

破酒囊，大馬士革刀的刺穿
號角沉默，火把沉默
有人躺在擊裂的雕盾上
婦人們的呻吟，殘旗包裹著嬰兒

踩過很多田野，蕎麥花的枯萎
在滑鐵盧，黏上一些帶血的眼珠
銅馬刺，驃騎的幽怨
戰神在擦他的靴子

很多黑十字架，沒有名字
食屍鳥的冷宴，淒涼的剝啄
病鐘樓，死了的姐兒倆
僵冷的臂膀，畫著最後的V

——〈戰神〉《瘂弦詩集》，頁48

在早晨
當地球使一朵中國菊
看見一片美洲的天空
我乃憶起
昨天，昨天我用過的那個名字

穿過甬道的紫褐色
有人在芭樂樹上
曬她們草一般
溼濡的靈魂

而鄰居的老唱機的磨坊
（奧芬・巴哈趕著驢子）
也開始磨那些陳年的瞿麥

這樣我便憶起
昨天的昨天的昨天
我用過的那個名字
面向著海，坐在露臺上，穿著絲絨睡衣
把你給我的愛情像秋扇似的摺疊起來
且試圖使自己返回到
銀匙柄上的花式底
那麼一種古典

而這是早晨
當地球使一片美洲的天空
看見一朵小小的中國菊
讀著從省城送來的新聞紙
頓覺上帝好久沒有到過這裏了

——〈早晨——在露臺上〉《瘂弦詩集》，頁36

這兩首詩一首以晚上起頭，一首以早晨為開端，首尾卻都以相同的韻奏及文字結束，在往復的詩行律動中，蘊含著身體在生存空間裡的蹤影，我們試著將這兩首詩的首尾段各獨立出來：

（首）病鐘樓，死了的兩姊妹：時針和分針
僵冷的臂膀，畫著最後的V

（尾）很多黑十字架，沒有名字
食屍鳥的冷宴，淒涼的剝啄
病鐘樓，死了的姐兒倆
僵冷的臂膀，畫著最後的V　　〈戰神〉

（首）在早晨
當地球使一朵中國菊
看見一片美洲的天空
我乃憶起
昨天，昨天我用過的那個名字

（尾）而這是早晨
當地球使一片美洲的天空
看見一朵小小的中國菊
讀著從省城送來的新聞紙
頓覺上帝好久沒有到過這裏了　　〈早晨——在露臺上〉

這二首詩首尾韻奏相同，猶如身體／主體在特定的空間裡的出發，在感受、體會到生命種種存在後，又回到特定空間裡的狀態，更像我們打開音樂盒，從上緊發條，到匣上的舞者停止轉動，又回到原始安靜卻餘音迴繞的狀態。在音韻與動作的「起程→歸回」間，已經是「見山又是山」，這時我們回到了最溫暖的地方／家，哪怕曾遇到／看盡人世的種種險阻、困境與疏離（主題），我們終於找到親密的存在安頓方式，以迎接新的人生。

翻開瘂弦的詩集，幾乎三分之二以上詩，都有這樣的韻奏，而又以首尾段相呼應為多。瘂弦善用這樣的律動與身體及空間的關係，把芭蕾舞姿似的旋動放入詩行的內外空間。詩歌本是富有音樂性的篇章，它的音樂性主要是通過語言的韻律來形成；詩的語言比我們口語更強調韻律，若再配合我們肢體／主體在詩行的空間裡旋動，那麼詩的音樂性、肢體性及空間性，便在「視覺」的地貌與所在織就了一幅幅飽滿「聽覺」的風景。

瘂弦還有些詩，會把時間蘊含在空間中，由空間中的主體／身體來帶動，一樣有著迴覆如肢體在場所擺動、往返的韻奏與旋律：

> 誰在遠方哭泣了
> 為甚麼那麼傷心呀
> 騎上金馬看看去
> 那是昔日
>
> 誰在遠方哭泣了
> 為甚麼那麼傷心呀
> 騎上灰馬看看去
> 那是明日
>
> 誰甚遠方哭泣了
> 為什麼那麼傷心呀
> 騎上白馬看看去
> 那是戀
>
> 誰在遠方哭泣了
> 為甚麼那麼傷心呀

騎上黑馬看看去

那是死

——〈歌〉《瘂弦詩集》，頁19

抒情主體騎著象徵生命與旅程的馬，在人生的道路上，四段式的循迴返覆，只為探尋到底誰在前方「哭泣」。前方是一種時間思維也是空間概念，如同前文提及的「向前」、「向上」在中國文化觀念裡，配合身體／肉身的經驗，都具有正面的意涵；[52] 馬匹的顏色也因附著人世價值觀感而變化，通常暖色系帶給人溫暖的感覺，冷色則通常和死、舊與過去等負面感受產生關聯。中國詩缺乏時態變化，經常賦予詩一個無時間性且普遍特質，而時態是「建立掌握情境（situation）或說過的事件（event talked）與說出的時間（time of utterance）之關係的語意學的範疇。」[53] 因而，其時態與空間往往而是蘊合在一起，較不易被我們發覺。據此，「時間」經常被具象化為移動物，有時我們靜止，「他」向我們走來，有時「他」不是自己過來，而是我們去涉渡。[54]瘂弦這首詩除了後三段是隨時間進展前進外，第一段的「昔日／過往」，竟也涵攝在前方的路途裡，這點十分有趣，亦是觀察瘂弦

52 試舉二例：一是生時我們身體是柔軟的、直立的，死時是倒落、僵硬；老子《道德經》談及「木強則兵」、「柔弱勝剛強」即是此理。二為微笑時，因我感官唇形向上，因而Cheer up便比smile更展現豐富的譬喻的空間方位性（上下二維高度而非水準），而此是奠基在我們的肉體性經驗與社會基礎上（快樂是寬廣的）。見雷可夫（George Lakoff）和詹森（Mark Johnson）著、周世箴譯《我們賴以生存的譬喻》（台北：聯經，2006），頁27-41。

53 Elizabeth Closs Traugott, "On the Expression of Spatio-temporal Relations in Language," in *Universals of Human Language Vol3*. Ed. Joseph H. Greenberg, Charles A. Ferguson, and Edith Moravcsik (Stanford: Standford University Press, 1978) pp.369-400；本文引自劉若愚著，陳淑敏譯〈中國詩中的時間、空間與自我〉，《書目季刊》第21卷第3期（1987.12），頁13。

54 同上註，劉若愚著，陳淑敏譯〈中國詩中的時間、空間與自我〉，頁15。

「時空觀」一個不可忽略之處。不過，我們卻看到詩人對人存在的困境有深沉的省思：騎著馬向「前」，繞在空間的跑馬場裡，不斷揮鞭騁馳、擺動，越往前去，越發覺生命的耗損與消盡。這與唐朝詩人陳子昂形成對照，陳子昂的〈登幽州台歌〉的「古人」是在前方，未來在「後方」，[55]時間都被具象化為「前」、「後」等方位概念與譬喻，而他的登臺、面對天地宇宙突然感到自身的渺小，在在都點明「悠悠」時間空間化的「長度」、「深度」之關係與狀態。

「騎馳」與「追尋」的隱喻與中世紀亞瑟王的故事有異曲同工之妙。騎士拼命去尋找聖杯，卻總是徒勞無功，直到身骨如燈油枯竭，方甘罷休。值得一提的是，這首詩點出瘂弦創作一個非常重要的題旨：「人生是一個旅程」，這暗含時間與空間的隱喻，是瘂弦創作的主題。不管我們賦予較悲觀形容如：泥濘、崎嶇、艱辛，或是較正面的暗示如：柳暗花明、光明正途、康莊大道等等，在在顯示我們將「人生」與「路途」結合的隱喻意味。人生既然是一個旅程，交通工具的選擇便決定了旅程（目的地）的成功（到達）與否，這些在第二章「三詩人存在空間鳥瞰」中，我們已做了圖示及詳細的說明，在此不再贅述。

這裡要補充的是，選擇「馬匹」自然無法與飛行的速度相比，然而馬匹有它旅行的樂趣、方法與快活，卻也有「自身」貼近的磨難與困境（如泥濘、胡同、繞死路等），但至少是自己所駕馭的，也沒偏離方向。今作者將「人生」和「旅程」結合，再加入「戀／愛」的整體相合（因為「旅行」譬喻群無法靠單一整

[55] 劉若愚提供一個角度解釋：「詩人的意思是說他轉身朝過去移動，所以古人應是在他前面，而將來之人應是在他後面」見劉若愚著，陳淑敏譯〈中國詩中的時間、空間與自我〉，頁18。

體呼應意象（single consistent image）統合」），[56]駕馭者便在「時間」、「旅程」、「生命」、「愛戀」結合「空間」的種種姿態中，伸展肢體與踏越路徑，一逕往前方馳騁著。然而，結果往往令人感歎；人生雖有其美好的一面，但總是有著淡淡化不去的哀愁。

二、從「人生是一旅程」（悲劇）到「人生是一舞臺」（喜劇）的荒謬情境

「時間」這個移動物，對我們來說是「歲月如梭」、「光陰溜走」，但是在瘂弦詩中具體化為主體將其「跨越／經過」，並有著馴馭的思維，這樣的思維「語言雖甜」，底子卻十分強悍。把時間含攝在空間，由空間中的肢體與運動／動作來完成，在瘂弦的詩中不少，尤其這圓形場、類競技「舞臺⟷生命」相互作用的隱喻，更值得我們關注。「空間」被具體再放大，撐起很大的角色。「人生是一趟旅程」，也是「一場表演的過程」，這樣譬喻可以在他〈馬戲的小丑〉與〈坤伶〉中看到。前者有戲劇性的效果，後者更突顯了一種表演唐突的情境，而這類譬喻修辭與語言運用模式，讓我們感到有如馬戲團動物的走火秀般新鮮、獨特：

> 在純粹悲哀的草帽下
> 仕女們笑著
> 顫動著摺扇上的中國塔

---

[56] 同前註。見《我們賴以生存的譬喻》，頁79。

仕女們笑著

笑我在長頸鹿與羚羊間

夾雜的那些甚麼

在患盲腸炎的繩索下

看我像一枚陰鬱的釘子

仍會跟走索的人親嘴

仍落下

仍拒絕我的一丁點兒春天

——〈馬戲的小丑〉《瘂弦詩集》，頁152

十六歲她的名字便流落在城裡

一種淒然的韻律

那杏仁色的雙臂應由宦官來守衛

小小的髫兒啊清朝人為她心碎

是玉堂春吧

（夜夜滿園子嗑瓜子兒的臉！）

「哭啊……」

雙手放在枷裡的她

有人說

在佳木斯曾跟一個白俄軍官混過

一種淒然的韻律

每個婦人詛咒她在每個城裡

——〈坤伶〉《瘂弦詩集》，頁149

「仕女們」觀眾的笑，對照舞臺上小丑的「純粹悲哀」，可令我們感到一種人生的荒謬。作者企圖打破舞臺與空間的界線，讓觀眾躍／進入；人生由是從一動態時空相合的「旅程」，轉換成以空間為主的「人生是一舞臺」。有舞臺才有戲劇性的演出，舞臺是構成戲劇一個不可分割的部分，含蘊著空間思維；戲劇性與動作亦是抽離主觀抒情，達到一定的客觀距離空間，使其間人物得以自由展現。舞臺／空間裡的主體／小丑，引發席座上的觀眾騷動；而他「在患盲腸炎的繩索下」走索，於「陰鬱的釘子」地上特技、搏命演出，卻是要使人「發笑」的，這就反襯出生命存在的荒謬與困境！我們看到瘂弦所呈現出來的生命況味，與其說是「悲劇」，不如說是帶著喜劇式（comic）的氛圍來得貼切，喜劇演員經常利用誇張肢體／身體語言，來呈現／拋出所面對的生命諸多問題與困惑，其深層意義是嚴肅的，這就巧妙地呼應了瘂弦的詩。

馬戲是西方娛樂的一個表演項目，而「醜」角是啞劇演員的前身，西方啞劇的傳統應該算是一個丑角的傳統，其特點即在滑稽招笑，但它不同於爆笑劇，不管是卓別林或馬歇・馬叟，都在歡笑之餘，蘊含著深刻的思想，因為真正可笑的也許正是我們觀者自己。小丑運用身體的語言，自然比說話的語言更富張力，馬森在〈滑稽・還是無言之詩〉一篇探討啞劇的文章中曾這樣說過：

> 在人類還沒有產生口頭語言的時候，便只有身體的語言。在人們碰到語言不通的異國或異地人的時候，也只有一種法子來表達情意，就是用臉上的表情、用手上的手勢，用所有你可以利用自身上的一切，來達到溝通的目的。然而人類自有了口頭的語言以後，身體的語言反倒退化了。有些人只能喋喋不休地說些空話，身體則僵直如枯木，這不能說不是人類的一大損失。[57]

當今物質文明過度發展所造成我們「肢體」語言退化的現象，可就造成我們對自己身體語言的表達與別人身體語言溝通的障礙。詩人創造一個舞臺，藉由這個舞臺上的「醜」角，除了引領我們發噱，可也喚醒我們要注意到這種身體語言的本能：「通言他身體的語言，我們瞭解到他（或者說一個人）的慾望、希求、哀傷、歡愉、徬徨、沮喪、虛榮、吝嗇等等七情六慾，使我們在人與人之間的溝通上獲得了在文學、語言、圖畫、音樂以外的另一種媒介，大大地擴展了我們感覺的領域。」（馬森，1985：160）。啞劇裡的小丑所能用的只是無聲的語言（純粹的身體），用以展現，延伸人生的「荒謬」（甚或悲劇），這是瘂弦善用詩中語言旋律外的另一種「無言／無聲之詩」。

相較於〈馬戲的小丑〉的唐突、滑稽，〈坤伶〉一開始即以「劇中劇」的方式（玉堂春）來展開三層（玉堂春、表演者、閱讀者）指涉，如同筆者曾在另一篇文章所提及，「這首詩讓我們分不清舞臺表演者與抒情主體所敘述的故事中人有何不同，很隱微地，我們感受到詩人想傳達出，這「玉堂春」（蘇三起

---

[57] 馬森《馬森戲劇集·滑稽·還是無言之詩》（台北：爾雅，1985），頁159-160。

解）的悽涼故事和卸妝後的那『小小的髻兒』之女子是相近甚至是等同的，有同樣的『一種淒然的韻律』。」[58]〈坤伶〉是戲劇效果十足的一首詩，雖然只有十六行，然而一開始即從一個懸宕（suspense）的情境切入，女子的身世和觀者及讀者都有關聯，她的肢體牽著吾人身體在舞臺上演出。舞臺是有邊界的，雷可夫和詹森在《我們賴以生存的譬喻》一書中，將其引申為「容器」，此容器裡的事件、行為、活動、情況，便被譬喻概念化為事物、物質。以特技表演的場地來說，這比賽被目為連續事件，在特定的空間／場域裡，容器物件內有參與者（表演者）與觀賞者，有開始與結束，更重要的是有「跑的活動」。[59]而我們視野是一容器，它來自眼睛的投注，由它來界定活動的場域，人類最慣於畫邊界，卻也經常「出入」、重圍、打破疆界。最後，身體和眼睛一樣，亦是一「容器」，汗水流出，和空氣吸入，在出、入間，很顯然地，我們將身體當成了以表層為界限的實存物（physical objects that are bounded by surfaces），而眼睛是情感的容器，蓄藏著淚水與生命的喜怒愛樂，我們說「眼睛水汪汪」、「眼中仍存死懼」、「含情脈脈」、「帶著深情愛意」等等，在在顯示文化已將肉身的經驗轉換成表達人與人溝通的符碼，需要它時，它就會表現（洩）出來，透過戲劇之滌洗、淨化（catharsis）作用，以達到昇華的層次。

瑞士戲劇家迪倫馬特（Friedrich Dürrenmatt，1921-）曾說過「悲劇是克服距離」，而喜劇是「創作距離」，[60]這個觀察十分

[58] 劉志宏〈特技家族與馬戲班：零雨、夏宇的空間詩學探究〉，發表於台北教育大學至善樓B1「華人女性詩學」學術研討會，2008年9月27日。頁6。

[59] 參見《我們賴以生存的譬喻・第六章》，頁56-57。

[60] 迪倫馬特（Friedrich Dürrenmatt）著，童道明主編《戲劇美學・戲劇問題》（台北：洪葉，1993），頁61。

有趣。悲劇一般來說它是相當嚴肅的一種藝術表達類型，它是以一個有形的世界為前提的，而喜劇呢？他說到：「是以一個無形的、正在變化、正在崩潰中的世界，就像我們今天這個黏成一團的世界為前提的」（頁59）。也就是說，透過悲劇的滌洗作用使我們達到流通昇華，將原本設定的有形世界打消；而喜劇恰好相反，它將這「無形的、正在變化、正在崩潰中的世界」重新組創一個向度與存在性，並且「給雜亂無章的東西以形式」（頁61）。喜劇充滿「即興奇想」，劇作家以此生活著，並以「當前的事情」為素材，他們「如炮彈掉入世界，掀起一個彈坑，遂使眼前的現象變得滑稽可笑，但因此也變得清晰可見」（頁61）。

英國現代劇場大師彼得・布魯克（Peter Brook）也曾在《空的空間》提及創作中之「當前」意涵。他的「當下劇場」思維是一種拋棄傳統的僵化劇場形式，背景減到最簡單的模式，幾乎是沒有佈景了，想讓觀眾不要意識到舞臺劇多餘的佈景之存在而得以進入自由想像的世界；導演把演員放在舞臺上，讓他們能盡情表達，不受限於劇中人物的種種年齡、家庭及社會條件等種種包袱，以「當下」自己的反應及生活經驗去表演，並和觀眾互動，於是乎演員的空間便和觀眾的空間相撞擊，「它是觀眾的會面之處，它是演員與觀眾的會面之處，所以它必須建造成演員與空間，觀眾與空間之間的會面之處」，[61]這樣一來藝術和真實的分野已被打破，一種新的生活／表演空間思維概念即可產生。電影的例子中，賈克・大地（Jacques Tati）的電影承襲了卓別林表演手法，卻又有更細緻的表現，堪稱五六〇年代的卓別林，他的這些類喜劇不同於卓氏的誇張肢體的演出，而有著法式的優雅情操，加上導演刻意降低

[61] 彼得・布魯克著，耿一偉譯《空的空間・附錄：劇場就是生命》（台北：中正文化，2008），頁183。

語言的溝通能力（這有其表達用意：一為質疑文明機械對原始純美生活的淩駕，二為人與人之間溝通的困難），因而導致身體更需要有點瘋癲式的顫動；[62]於是肢體／身體宛如骨牌在電影所呈現的空間中移動／漂泊，無定點的碰撞，又像語言所發出的聲音在其間迴盪，更似流動的旋律（即身體／肢體於空間展現、舞動所造成的），在銀幕與觀眾的座椅間盤旋、圍繞。

三、戲劇→芭蕾舞蹈→韻律與張力

艾略特也曾在芭蕾舞中看到戲劇的關係，又在戲劇裡強調語言的音樂及律動性，在在說明有戲劇性的詩和行動、芭蕾與韻律間密不可分的關係。為方便下文之論，筆者先將艾氏論點中「戲劇向芭蕾之師法」之重點整理如下，並在右欄做備註，然後再詳述劇詩中的音樂性與（芭蕾）韻律之間的關係與狀態：

戲劇向芭蕾之師法	備註
我們所期待於演劇的所有要素似乎在芭蕾舞中都有	戲劇中的律動／行動關係。
假如戲劇，尤其是詩劇有將來的話，那豈不是在芭蕾舞所暗示的方向裡？	向芭蕾的韻律及力美取經。
芭蕾所以有價值是因為它本身在無意識中和恆久的形式發生了關係	戲劇所展現的行動、聲音與生命，宛若舞蹈的優美旋律形式。
芭蕾是一種肉體訓練的方式，一種建立在傳統上，象徵的，具有高度技能的運動方式。[63]	戲劇同芭蕾舞般，都有主體／身體運動的空間（客體）狀態。

[62] 〈台灣電影文化協會序文：有形的身體與無形的空間，或其相反……〉，《彼得・布魯克與賈克・大地回顧展》電影小冊（2009.9.8-9.13於台中萬代福戲院散發），頁2。

[63] 以上所引皆出自艾略特（T.S. Eliot）〈劇詩對答〉。參見杜國清譯《艾略特文學評論選集》（台北：田園，1968），頁53-78

在劇詩中的音樂性與韻律，由於劇詩強調的是一種「行動」、舞臺上的「肉體練訓的方式」，因而劇詩中的音樂性，便不會只停留在字句、辭藻的運用上，而是一種「有效的節奏」：

> 發明一種適合於劇場的韻文媒體，一種我們能夠聽到現代人活生生的語言，劇中人能夠不用豪言壯語表現更純粹的詩而且能夠傳達最普遍的資訊而無荒謬之處那那種媒體，我們還有一種距離。（頁93）

艾氏所談的音樂及律動性，不在字詞本身及刻意追求的「韻式」（一行一行）或「無韻」之形式，而是在詩語言（有戲劇性）的生命狀態，那種我們和日常生活結合成之「精巧」語言：

音樂不是離開意義而存在的東西。
詩中所發生的革命都有回到日常語言的傾向，有時候自我標榜這種傾向。
詩人的任務是在於探求韻文的慣用法和白話文的慣用法之關係所建立起來的習慣在音樂上的可能性。
詩人的工作也許太接近於類似音樂的東西：結果可能產生矯揉造作的後果
不論詩在音樂上精巧化的方向走得多遠，總有一天，詩再被喚回到日用語言的時候一定會來到的。[64]

也因戲劇的行動與衝突，在在導引著一種緊張的氣氛及特殊情景，即是「張力」。他說道：「我們需要在更短的時間之內更強烈的刺激。」[65]這和艾倫・退特（Allen Tate，1899-1979）在提及的張力（Tension in Poetry）及布魯克斯（Cleanth Brooks，

[64] 以上所引之言皆出自艾略特（T.S. Eliot）〈詩的音樂性〉。參見杜國清譯《艾略特文學評論選集》，頁79-96。

[65] 同上註，頁70。

1906-1994）的悖論語言論點（Paradox）所造成的內延、反諷與反差之詩歌特徵，有異曲同工之妙。退特說：「一首詩突出的性質就是詩的整體效果，而這整體就是意義構造的產物，考察和評價值這個整體構造正是批評家的任務。」[66]這種重視詩歌內部矛盾的統一性，和劇劇性的詩中自「開端」（exposition）乃至「發展」（complication）迄「高潮」（climax）到「落幕」（denouement），其所要求的無非亦是這種理念，試著在懸宕與反轉（reversal）中，達到認清（recognition）事實真相、戲劇性的反諷（tragic irony）與自我道途的歸向。

綜觀前文，我們知曉有戲劇性／戲劇感的詩或者是劇詩，和身體的行動及日常生活動與詩意結合的芭蕾韻動，是若合一契的，如此展現出詩的另一個深層的面向與根本原理；而在空間論述中，談到的「地方／場所芭蕾」恰好也突顯了這種主體／身體，在場域中與空間／客體的關係、狀態，並展示出生命與環境／生存的依存、律動關係。這裡，生存空間與戲劇裡展開的詮釋模式，豐富了我們對詩的閱讀與理解。

是的，「舞者和舞蹈叫人怎能分別？」[67]因為舞姿已和舞蹈融為一體，作為劇詩「動作」的有機體，瘂弦的詩迄今在我們面前踴動，我們身體與生活無時都充滿著這樣的韻律性。透過詩，透過藝術，我們得以再次發現；並以「永恆」的芭蕾舞姿，在生活的場域與空間裡盡興伸展、舞躍。

---

[66] 艾倫・退特（Allen Tate）〈論詩的張力〉略特，趙毅衡主編《新批評文集》（天津：百花文藝，2001），頁121。

[67] 此為葉慈（W. B. Yeats）〈在學童當中〉（Among School Children）一詩最末一行；見葉慈著，楊牧譯《葉慈詩選》（台北：洪範，1999），頁165。

第三節　遠遊、異域與想像

瘂弦在「斷柱集」中寫了許多篇「海外」的作品，這些作品質量可觀，與其說是「異地」或「異域」，不如說是「異國」更為貼切，因為詩人是以國界概念來劃分的；再者，與其說是充滿著「異國風情畫」，不如說是「異國文化之旅」，因為裡頭鮮少有浪漫感傷的情懷。弔詭的是，瘂弦在寫這些詩時，並未真正出過國，這是葉珊（楊牧）在《深淵》後記中說的：「瘂弦寫斷柱集還沒到過外國，但他寫的芝加哥是『真』的芝加哥：不是攝影或測量，而是繪畫，是心靈的力量所完成的繪畫。」[68]這令我們感到好奇，為何從未出過國的年輕詩人，會在日後留下我們省思的「跨國界」作品。為了探討這些源由與關係，我們試圖把「斷柱集」中的作品整理、耙梳一番：

歐洲	希臘、羅馬（義大利）、巴黎（法國）、倫敦（英國）、西班牙、那不勒斯（按：拿坡裡；義大利）、佛羅稜斯（按：翡冷翠；義大利）	在藍緞子的風中／甚至連悲哀也是借來的（佛羅稜斯，頁219）[69] 當手鐲碎落，楠呻吟／蓆褥間有著小小的地震；而當跣足的耶穌穿過濃霧／去典當他唯一的血袍／我再也抓不緊別的東西／除了你茶色的雙乳／你唇間的刺蘼花猶埋怨於膽怯的採摘／弗琴尼亞啊，六點以前我們將死去／當整個倫敦躲在假髮下，等待黑奴的食盤／用辨士播種也可收穫麥子（倫敦，頁117）

[68] 葉珊〈《深淵》後記〉見《瘂弦詩集》（台北：洪範，1986）。
[69] 此欄括弧內的地名（城市名）即是詩的篇名，頁數皆出自1986年洪範版本《瘂弦詩集》。

歐洲		城堞上譜上一些青苔／一個希臘向我走來（希臘，頁108） 傑帕斯河也哭泣了一個下午；從頹倒石像的盲瞳裡長出來／結著又瘦又澀的棗子；斷柱上多了一些青苔／今天的春天是多麼寂寞呀（羅馬，頁110） 妳唇間軟軟的絲絨鞋／踐踏過我的眼睛。在黃昏，黃昏六點鐘／當一顆殞星把我擊昏，巴黎便進入／一個猥瑣的屬於床笫的年代；當眼睛習慣於午夜的罌粟／及鞋底的絲質天空；當血管如菟絲子／從你膝間向南方纏繞／去年的雪可曾記得那些粗暴的腳印？（巴黎，頁114） 牛角使一刻成為一生；一顆星走過河流（西班牙，頁131） 被鋼鐵肢解了的，這城市中／一些石膏做成的女子／不知為甚麼，她們總愛那樣／微笑；在鋼骨水泥比晚禱詞還重要的年代／越過砲衣的鼠灰色，神將瞧見／孩子們可能的父親，垂著頭；那些包裹在絲綢衫中／用銀匙敲擊杯沿呼喚黑僕的／為鼻煙弄蒼白了的生涯；神將瞧見，他們以槍刺在自己影子上／劃著十字，劃著那不勒斯／比毒玫瑰更壞的／更壞的未來（那不勒斯，頁125）
美洲	芝加哥（美國）	在芝加哥我們將用按鈕戀愛，乘機器鳥踏青／自廣告牌上採雛菊，在鐵路橋下／鋪設淒涼的文化；煤油與你的放蕩緊緊膠著；一邊想在我的老家鄉／該有隻狐立在著坡上；是的，在芝加哥／唯蝴蝶不是鋼鐵；在公園的人造松下，是誰的絲絨披肩／拯救了這粗糙的，不識字的城市……（芝加哥，頁121）

亞洲	印度、阿拉伯、在中國街上、耶路撒冷（以色列）、巴比倫（伊拉克）	你心裡有很多梵，很多涅槃（印度，頁134） 每匹草葉中住著基督，在南方／罪者脫去一日聖潔的生活／去溺那硫磺火湖／去食那萬蛇之蛇／每匹草葉中住著基督，在南方（耶路撒冷，頁99） 遠遠的小城裡藏有很多死亡（阿拉伯，頁102）

這樣的神遊或想像書寫，主要聚焦於歐美亞三大洲，尤以歐亞為最多，而且是以「城市」來定調的，城市象徵著文明的發展與進化，卻也暗喻著人性的墮落與隳敗（退化）。裡頭探討的議題及主題相當多，但主要卻是在這兩大版塊的激撞上：屬於西方的歐美，以及由作者所居的東方地域：「亞洲」。瘂弦用心經營這樣的環境與地域狀況，是五六〇時代的氛圍的具體反映；亦即在地域投射關係中，彰顯了世界與時代的影像，而這種氛圍造成他獨特的「神遊」書寫。如前文提及，瘂弦擅／擅長應用張力、反差與暗諷的手法，將不同國度與地域的文化片斷、深層精神內裡及不同生活態度與地理情調呈現出來。這樣的對照性饒富意味，是以此地為中心，輻射出去，在兩地→兩國→兩大洲，甚至兩個世界當中，造成相互彰映。橫亙其間的衝突張力，像引爆火線一般，在紙頁的溝塹中燃點開來。以〈在中國的街上〉下引這段為例：

夢和月光的吸墨紙

詩人穿燈草絨的衣服

公用電話接不到女媧那裡去

思想走著甲骨文的路
陪繆斯吃鼎中煮熟的小麥
三明治和牛排遂寂寥了
詩人穿燈草絨的衣服

——《瘂弦詩集》，頁95

整首詩（包括上引這小段）都沉浸在東西文明衝突的焦慮與彷徨中。「三明治／牛排」與「小麥」、「公用電話」與「女媧」、「繆思」與「甲骨文」俱是東西不同文化的象徵，而西方文明在科技高度發展中卻產生了沉淪與道德崩離的問題，緊接著墮落、罪惡、信仰闕如、政治腐敗與人性異化等問題接踵而來。這兩股勢力一直在詩中糾纏，這樣跳躍的時空性顯得很超現實，卻又很生活與現實。

人類的物質生活不斷在提升，但精神世界總被感官、物慾所佔據與俘擄：「煤油與你的放蕩緊緊膠著」（芝加哥）、「當血管如菟絲子／從你膝間向南方纏繞」（巴黎）、「蓐褥間有著小小的地震」（倫敦），由這樣胯腿間所構圍成的世界卻恰恰呼應了〈深淵〉裡的「凹陷」：

旗袍叉從某種小腿間擺蕩；且渴望人去讀她，
去進入她體內工作。而除了死與這個
沒有麼是一定的。生存是風，生存是打穀場的聲音，
生存是，向她們——愛被人膈肢的——
倒出整個夏季的慾望。

——《瘂弦詩集》，頁242-243

人似乎是沒有希望的，僅能「在鐵路橋下／鋪設淒涼的文化」（頁121），或期待另一種救贖。東方的世界，在詩人心目中，雖是傳統守舊，卻隱含著一股足可抗衡的神祕力量。巴比倫象徵古文明發源地及世界上第一個城市，印度是佛教的發源地，也有著「馬額馬」偉大的靈魂，而耶路撒冷更是三教（猶太教、基督教及伊斯蘭教）融匯的聖城。這股宗教與「十字架」力量，衝破工業文明冷漠機械的圍牆，拉其一把，有新生的力量，「楊柳們流了很多汁液，果子們亦已成熟」（〈印度〉，《瘂弦詩集》頁137）。

瘂弦用想像與意向，穿過不同版塊，去捕捉不同時空下人們的感官世界，是十分傳神的，難怪余光中讚譽曰：「瘂弦對於異國有一種真誠的神往，因而他的作品往往能攫住該地的精神。」[70]這比走馬看花之觀光客，到了當地，看了許多，卻什麼也沒看到好得太多了。這種文字地圖之指引，比一般實際地圖之指南，更讓我們知曉不同國度的文化情狀。在當時那種高壓環境裡，世界的動盪與急遽變化、島內白色恐怖的餘緒仍有，台灣經濟也正邁向另一軌道，而「詩人把脈搏接向世界的決心是相當堅決的」。[71]這樣「探索寬廣的社會各個層面的問題，並且極力從人類的生存現實中剝離出生命的深藏意義」[72]是把苦難的遙想，一體同悲，把全世界人類苦難的靈魂，透過想像的越域，加在自己身上。雖是想像，面對也未曾到過詩人書寫國度的讀者而言，在資訊發達的國外地理的認知裡，詩人補足了讀者心靈圖像之闕

---

70 餘光中《左手的謬思・簡介四位詩人》（台北：時報，1980），頁75。

71 劉正忠《軍旅詩人的異端性格——以五、六十年代的洛夫、商禽、瘂弦為主》（台北：國立台灣大學中國文學系博士論文，2001），頁115。

72 林貞吟〈為城市塑像——論瘂弦詩〈在中國街上〉、〈巴黎〉、〈芝加哥〉之藝術技巧（下）〉，《中國語文》第543期，2002.9，頁65。

如。所有「表像」都指向「同一性」的深層裡部，同一性超越了表像的層次。痖弦的「斷柱集」書寫了不少的國度，在種種人文地景的顯現背後，正召示著「不顯現」的部分，誠如索科羅斯基（Robert Sokolowski）在《現象學十四講》（Introducton To Phenomenology）裡所說的：「即使那個事物沒有顯現，我們還是意向著它本身，我們以同一性方式意向著它」（65），因而「不顯現」的部分反更重要與令人尋味，因為「認真地思考事物的不在場狀態，而使得它能釐清直觀的意涵」。[73]於此，痖弦神遊不同國度地景文化的想像書寫，更讓我們觸貼到那個／這個時代／歷史的圖像，為藝術生命與空間詩學留下強而有力的註記。

然而，我們拿home對照homeless或與旅行travel、journey及voyage等三個字對比時，就在空間上產生一種緊張關係，一如潘朝陽所說的：「這三個英文字原意是旅行，也就是離家出門在外，所謂的旅行通過這三個字來看，往往是孤獨的旅人票泊或浪跡天涯而已，在這個地方就有一種對反的意思。若家是代表好、幸福、光明，而出行在外則代表危險、寂寞、黑暗等等。」[74]段義孚也曾用旅行travel的另外一個近親的字travail來對照這個字本身的意義，即旅行好像是一個很艱辛的工作，如一孕婦生產時胎兒從產道出生，對「兩人」來講都是非常辛苦的，因而它和另一個希臘字nostalgia（鄉愁），又得到了表裡互用的暗涉角度，暗寓著天涯遊魂的失落旅人想尋求回家，歸返最衷心等盼之屋。

---

[73] 索科羅斯基（Robert Sokolowski）著，李維倫譯《現象學十四講》（台北：心靈工坊，2005），頁61。

[74] 潘朝陽等著，蔣宜芳紀錄〈《空間、地域與文化》跨學科座談會「空間、地域與文化專輯」（上）〉，《中國文哲研究通訊》第10卷4期（2000.12），頁65-113。

第四節　小結

法國哲學家梅洛・龐蒂是在胡塞爾之後，關注到把其「生活世界」與「主體／身體」結合，乃至知覺——感覺的反應、身體層次中意識發展與意義根源的問題。他在《知覺現象學》中，試圖把人的處境視為存在世界中的意義：

> 人存在世上，「身體」的空間性，就是「情境」的空間性。這個「情境」，也正指出人與世界的關係，是一個「動態的辯證」關係，故在這個「動態的辯證」關係裡，「身體」具有主動的「創新性」，使得「身體／主體」不斷的與現存的世界，形構為具有一個內在性的關係，進而使「空間是存在的，存在是空間的」。一方面，情境乃是身體的空間性，故情境的變化，即空間的變化。這是因為「情境」本兼含人的「身體」及世界的「空間」，故「情境」的變化，也會影響到「空間」的變化。[75]

又言及：

> 「身體／主體」所扮演的角色，是非常的重要，因為唯有「身體／主體」的存在，「情境」的存在才有可能，而空間的存有意義才得以開顯……世界有許多的場域，而這個

[75] 同前註，莫里斯・梅洛龐蒂著，薑志輝譯《知覺現象學・論身體與空間》，頁34。

世界本身即是一個眾場域中之境域，而任何場域，皆是空間性的一個部分。而「身體／主體」使得境域的建構成為可能，也就是說「身體／主體」使得空間的意義可以開顯出來。[76]

梅氏認為只有透過世界才能瞭解自己，也由於「身體」，我們才能夠對世界開放，「身體是我們與世界最原始的接觸點或第一接觸點。因此，身體並非只為一客體，而為一知覺主體，係我們進入『生活世界』的通道。」[77]知覺不只預設感官性的身體存在，也預設了意識的存在。根本上，凡人的知覺一定含有思想成分，而一切思想也必定帶有某種形式的知覺成分，思想與知覺二者合一，使「主體」與「身體」內在彼此息息相關。因此，可以說「我就是我的身體」。正由於身體經常地把自身投射到世界之中，所以身體是一主體。就主體的根源來說，主體不是「純思想主體」（pure thinking subject），而係一感官性的身體。只有當我們把主體理解為一感官性的身體時，我們才能夠使空間主體的本來的面目復現，如果把主體理解為「純思想主體」，則並不佔有空間，當然「存在空間」（existential space）也就不存在了。梅氏認為身體的主要功能在於「行動」（to act），而非「認知」（to know）。只有通過身體的行動，才能夠擁有世界，而我們也只有在行動中方能體現身體的空間性。如果沒有身體的話，根本不可能有任何空間之存在。

梅氏要我們須放棄笛卡兒的「我思，故我在」，而代之以「我在，故我思」，只有如此理解，「存在空間」才可能存有

---

[76] 同上註，頁36。

[77] 同前註,，陳文尚〈存在空間的結構〉，頁134。

（being）。「我在」代表了感官性身體存在的優先性，才有進一步的「我思」行動。總而言之，「身體／主體」的觀念確認，「存在空間」才有了根源，方保證了「存在空間」的「在世存有」。如何才可能進一步探問「存在空間」的結構。再者，將地表的景觀視為「身體／主體」的行動形式加以理解，即「身體→主體→景觀」此一模式的揭露，才能將地理學擴展到一新的研究領域。

如果人類對世界之取向就像意識與身體的關係，那麼在人身上必有一種精神的與身體的合一，這種結合也必能在人的一切行動中顯現。也即是說，意識必須有某種程度的具體存在，而身體必須有某種程度的精神存在，呈現「身體的兩面性」。準此而言，人即非一物，亦非如理性主義者所認為的純意識存在，而是一種特殊的存有，兼具意識與身體兩面。本章探討了瘂弦那種「韻律式」的節奏與歌謠風，由「主體／身體」及至用「肢體」去感受自己的「行動」和時間、空間之結合運作確實展現了「地方芭蕾」的特性，亦即是他「從『感覺』出發」留下的知覺／意識之餘韻。他的「劇戲性」的表現風格，舞臺空間的虛實交錯「悲劇」投映，還有他所拉出的類喜劇的「距離」和張力，全都由他的詩歌／歌謠式的韻奏所帶動並嵌合在一起，而這些他所帶動的在空間裡迴盪的韻律，更進而具體地和詩作合而為一，撞繫我們的心靈。

不過，我們雖看到詩人用身體來感受空間，將空間變成一種居所的空間（inhabited space），而非僅是幾何的空間（geometrical space）；然而詩人卻和著人群有一定的距離感的，沒有那麼貼切地融合在一起，猶如班雅明所謂的漫遊者（flâneur）、觀看者，仍無法那麼貼切地將他所見的人群一樣把空間塑造成「家」或「居所」，[78]地方的認同似未能被貼切地併入與當地人群的認同之中。或許這就是在當時的政治環境底下，瘂弦用韻奏的詩學所埋下的隱喻線索。當今我們在文中用「感知」與「身體」去體悟瘂弦走過的空間與「道路」，漸漸找到他潛在深藏的苦楚，和寂清的餘音。

曾和瘂弦一同服役，一同「走過超現實日子」的商禽[79]，他是否和瘂弦一樣，有著埋設的隱喻、寓意線索？這個筆者會在下一章仔細加以探究。

[78] 如〈復活節〉（原名〈德惠街〉）所抒寫的街道觀看，以及「無法構成一首歌曲」的辛酸。

[79] 他們針對這段日子各曾寫過一首詩回贈：瘂弦的詩題為〈給超現實主義者——紀念與商禽在一起的日子〉，商禽的則為〈透支的足印——紀念和瘂弦在左營的那些時光〉。分別收錄在《夢或者黎明及其他》（台北：書林，1988），頁39-41與《瘂弦詩集》（台北：洪範，1988），頁181-185。

第五章

商禽的散文式變形寓言與殼巢意象

第一節　變形、寓言與祖靈

若洛夫在石室、瘂弦於深淵裡想望，那麼，商禽便是在屋中流浪，把光陰都拋擲在自己圍設的屋中，例如他的〈事件〉就是這樣的境況：

> 一整天我在我的小屋中流浪，用髮行走。長腳蜈蚣。我用眼行走；有幾公克的燐為此付出代價。我用腦行走。閉眼，一塊磚在腦中運行，被阻於一扇竹門：然後運轉於四壁；在玻璃瓦下因發現這個問題而停住：檢束室是沒有頭骨蓋的思想；陽光——整個太陽的行為都是對蜘蛛的模仿。
>
> ——《夢或者黎明及其他》，頁51-52

詩人讓自己變形為一隻蜈蚣，「沒有頭骨蓋」，並且在「小屋中流浪」、「用眼行走」，幾乎是從二十世紀初卡夫卡（Franz Kafka，1883-1924）的《變形記》爬出來似的，散發著濃厚的存在主義式的思維和氣味。《變形記》裡的主角薩摩箚醒來發現自己變成一隻大蟲，卡夫卡是這樣敘述這隻大蟲的：

> 堅硬鐵甲一般的背朝下，仰臥在那裡。抬起頭來一看，褐色的肚皮，被分作好幾段弓形的條子，硬繃繃地鼓著。綿被被拖在那裡鼓著的肚皮，快要滑下去了。比起偌大的身軀來，細小得可憐兮兮的許多腳，顯得特別脆

弱無力。[1]

這可是一種存在的荒謬，人似乎和動物一樣，早已脫離了「人」的本位，只剩下軀體。人與人無法溝通，充滿著焦慮，即便是面對最親近的家人也一樣。這是我們這一代的精神狀況與存在悲劇：割裂、分離，語言只是剩下的一種單純的媒介，失去了實質內涵，一旦語言失去意義與溝通能力時，人將墮入永遠孤寂的世界中。誠如卡繆（Albert Camus，1913-1960）在評卡夫卡時所說的：

> 「蛻變」，確是描繪出代表一種明知的倫理學，恐怖的想像。但它又是輕易地感到自己成了動物，是人類所經驗的，無法測度的那麼極大的驚愕之產物。在這根本的二義之中，有著卡夫卡的祕密。自然的東西與異常的東西，個人與普遍的東西，悲劇性的東西與日常性的東西，荒謬與邏輯，這些之間的不斷的擺動，在他的作品中隨處可見，而且引起共鳴涵義。要理解荒謬的作品，就非得對這些謬說一一顧到，非得加強去看這些矛盾不可。[2]

因而要理解其作品的意涵，除了能對其文字作出仔細的解釋之外，我們更要去把握其象徵的手法與內涵，因為「沒有比『象徵』再難理解的東西了」（《蛻變》，頁321）。榮格說過，「明顯的意識和有目的的創作態度是詩人的主觀幻想，他的作品會產生某種超出他的意識範圍之外的象徵性。這象徵性會更難加

---

1 卡夫卡（Franz Kafka，1883-1924）著，金溟若譯《蛻變》（台北：志文，2005），頁1。

2 卡繆（Albert Camus，1913~1960）所作〈附錄　法蘭茲・卡夫卡作品上的希望與荒謬〉，附收於卡夫卡著，金溟若譯《蛻變》後頭，頁231。

以把握」，[3]由於讀者很難擺脫時代意識的鎖連以探求到隱伏在詩人作品背後的象徵，因而「象徵就是對超出我們目前理解力水準之外的意義的模仿」（容格，頁95）。在商禽的創作中，我們發現到高度（及難度？）象徵性的元素：「變形」與「面具」，也發現了生存的困境與難題。卡夫卡同沙特及卡繆一樣，喜歡透過神話題材來表達他對人類，尤其是這個世紀的心靈感受。「變形」是神話思維的一種概念，這種思維是神話中重要的「支配法則」和「典型特點」。[4]透過變形，吾人讓身體超越了時空宇宙的限制，在精神意志裡延伸，從物質的軀形提昇到精神境界之努力。依據樂蘅軍之說法是：

> 唯有在變幻形體的流動存在樣式中，他才能馳騁於時空的囹圄之外；才能鞭撻現實，使生命超離現實固定公式，把僅僅個體的形象存在，歸原到生命本質的普遍存在——形象只是生命此一時的寄寓，形象的變故，卻襯托出生命本質是無往而不存，無形而不宜的。這就是一切宇宙萬物變形的一個祕密的熱望。[5]

變形所表現的，不單只是形體的轉換，[6]更重要的是，變形否定生命僅止於肉體的毀亡即止息的抗辯。我們發覺，變形不只

[3] C·G·容格〈論分析心理學與詩的關係〉，收入葉舒憲編《神話——原型批評》（西安：陝西師範大學，1987），頁95。

[4] 凱西勒（Ernst Cassirer）著，甘陽（譯）《人論·神話與宗教》（台北：桂冠，1997），頁121。

[5] 樂蘅軍〈中國原始變形神話試探〉，陳師慧樺、古添洪編著《從比較神話到文學》（台北：東大，1983），頁150。

[6] 李維史特（Claude Levi-Strauss）著，李幼蒸譯《野性的思維·轉換系統》（台北：聯經，1989），頁95。

在初民神話中被用來表達人類樸實心靈的深沉信念，更是藝術家創作的靈感泉源與生命詠歎。對商禽來說，與其論者不斷呼喊其超現實的靈魄，嘖其瑰奇的想像世界，不如說商禽是用這樣一種變形的思維，讓他作品有豐富、躍動起來。商禽作品中，透過變形成動物的詩作，幾乎佔滿全篇，甚至連其筆名都是一隻鳥類，其於詩壇並素有「變調之鳥」之稱。[7]附簡表將其重要詩作之「變形記」整理如下：

詩作	變形的動物	註記
〈長頸鹿〉	長頸鹿	
〈火雞〉	火雞	
〈鴿子〉	鴿子	以手象喻
〈阿米巴弟弟〉	阿米巴	
〈事件〉	蜘蛛	
〈溺酒的天使〉	天使	醉者與天使對話
〈行徑〉	無意識之身體遊走狀態	夢遊

綜觀表記，除了化身為「天使」的對話、以及「夢遊者」之無意識身體遊走外，我們可以發覺商禽喜歡以動物做為變形的指涉對象，運用象喻的語言修辭技巧，從甲投射到乙，將自已變形／化裝為一隻隻奇特的動物。只是，為何變成動物？這個值得探討。在神話世界裡，人神獸經常是混而為一，是個生命的基本概念，神是獸與人的構成，一方面是期望借助其威猛之力，一方面得以從「自然質性和控制力量中掙脫出來」，讓自我意識充分獲得：

[7] 見李英豪〈變調的鳥——論商禽的詩〉，商禽《夢或黎明及其他‧附錄》（台北：書林，1988），頁165-176。

> 就變形神話看，它通過一些變形事件，而呈露若干人生的意義，或藉著變形事件，以觀照生存的真實景況；例如生活中一些基本的處身安危的恐懼和希望，以及對生死的解說，就是變形神話所表現的最核心的意念。（樂蘅軍，頁158）

誠然，大多數變形神話都包含著特殊事件才發生的，尤其是對生命死亡的恐懼，必須透過變形的轉化來代替「死亡」。商禽變形詩作中，經常將死亡化裝，以夢遊者的形態表現出來，〈行徑〉就是一個典型的例子。主角怪異的行徑「晚上起來砌牆」是白天意識的延伸，無意識的動作，讓他「看不見自己的世界」。現實的世界裡，「日夜折籬笆的艱辛」，使他有所體悟；這「籬笆」是實際的困境，亦是人生的樊籠，在這初春夜鶯美麗吟唱的三月。生活中，我們受縛於人事種種牽制與社會政治的擺弄，在夢裡，我們把不願意彰顯究明的意識化裝起來，擁有想像的美好。有趣的是，商禽不圖清醒、不求沉睡，而是利用這「半夢半醒」的地帶，一如〈躍場〉裡的那塊陡坡道路的轉彎處空間，以其做為仲介的領域，讓生命可以在轉圜與緩衝的地帶，思索及調整歸向。

也就是因為生命／生活的顛躓、困頓，手套開始和鴿子有了換喻與調撥；阿米巴弟弟，「既像浣熊又像穿山甲」，可愛單純之餘，身體充滿武力與防禦。更不用提〈長頸鹿〉對「歲月的瞭望」與〈火雞〉向著虛無示威與抗議；牠們拉著頸項，收縮鼻上的「肉綏」，奇形怪狀／徑，頗令人驚異，就連天使也是個溺酒者，充滿「人性」，處在「半醉半醒」之樣態。神話變形的題材，本身即意味著對現實拘囿的突破和征服，讓「當前危機和困境立即喪失它的作用和意義」（樂蘅軍，175-176）。商禽詩作產生自台灣社會權威的五六〇年代，以藝術的幻覺、費解的象徵，來衝破社會言論與政治的高壓，這都是別具用心的。本來是受主宰的客體生命，如今透過轉換，得以將困境化解，克服形體（空間思維）以及生命／時間／歲月的限制，有能力來改變命運。雖是神話變形的思維，然而誠如樂蘅軍所說的，「以變形來解人生危境的心理，已沉澱在人類意識中，所以神話時代以後，變形的心理摩擬，還是生動地時常在文明人的意念中出現。」[8]由這個角度來理解商禽的「超現實」思維，更可體會到我們文明人處境中之的悲劇。在這樣分段長句的劇詩安排裡，神話的時間和空間經常混同，而空間的方位觀念經常承載起時間的職能。葉舒憲在〈神話思維的空間觀的起源〉一文中引用到謝林《先驗唯心論體系》時提到：

> 現代的心理學研究表明，在個體心理發生過程中，時間意識的形成晚於空間意識。由於空間意識以視覺表像為基礎的，要比看不見、摸不著的時間抽象更具體一些，所以最初的時間觀念總是同具體的空間表像相聯系的。……時間觀念的發生是外在的直觀的空間表像內化的結果。
>
> ——《中國神話哲學》，頁204

空間既然涵攝著時間，空間勢必在變形神話中擔起重要的「角色」，它束縛了藝術家的形體，卻又讓他的心靈得以解放。神話大師坎伯（Joseph Campbell，1904-1987）說的：「神話是

---

[8] 樂蘅軍〈中國原始變形神話試探〉，陳師慧樺、古添洪編著《從比較神話到文學》（台北：東大，1983），頁178。

眾人的夢，夢是私人的神話」[9]可在商禽的詩作及特質上，得到了真切的體現。夢，對創作者或一般人來說，就是一個奇特的空間場域，我們無法證實其存在，卻又無法將其與真實的生活空間疊置。對商禽來說，夢比現實還重要，初集《夢或者黎明》的夢囈魘語，即揭示他對夢的癖好與依戀——還有恐懼與無助，那是一種黎明遲遲無法到來、卻又不願被「打醒」的多重心思。夢不僅是一個重要的創作空間，更是心靈的展演場。筆者無意著墨於「夢的解析」，也不欲將論述中心放在現實與虛幻間的指涉距離、關係，而是想透過商禽對夢的關照，來省視其詩作中的神話／夢幻元素與成份，進而試著以這樣的思維，來推敲商禽詩作的彈力、魅惑與情狀。

奚密在〈「變調」與「全視」：商禽的世界〉一文中觸及到商禽詩作中「夢」與「黎明」的關係時說：

> 光明或白日通常象徵生命、希望、正義等意義，而黑暗或夜恰恰相反，象徵死亡、絕望、邪惡等。但在商禽詩中，這兩個象徵逆轉過來；黑夜不再是反面的，而代表了詩人所追求的心靈的解放和自由。[10]

奚密從商禽的黎明去渴望，觀察到其「日夜顛倒」的錯位、對立，以夢的包裹，來象徵紛擾「黎明」人世的質疑和抗議，見地頗深。在〈溫暖的黑暗〉一首詩，我們也可看到如此的想法與意念：

---

[9] 坎伯（Joseph Campbell，1904-1987）著，李子寧譯《神話的智慧》（台北：立緒，2002），頁20。

[10] 奚密〈「變調」與「全視」：商禽的世界〉，商禽著《商禽世紀詩選・引言》（台北：爾雅，2000），頁11。

就這樣，在感覺中緩慢而實際超光的速度中上昇。就這樣一個人看見他消逝了的年華，三十歲、二十歲、十八歲、十七歲……淺海中的藻草似的，顏彩繽紛，忽明忽暗的，一一再現，直到儘屬於我們一己的最初——那極其溫暖的黑暗。

——《夢或者黎明及其他》，頁18

相對於白日的冷酷，黑暗是溫暖；於白日象徵永恆、再生／重生的「太陽」，經常是不見蹤跡的，所以「他們」在眺望歲月，儘管日復一日引頸「鵠望」，可是卻在無意中拉長了頸項；日光彷彿不會再來似的，早已學會了和黑暗相處，並從它們身上取得互慰的溫暖，「直到儘屬於我們一己的最初——那極其溫暖的黑暗」。商禽不追日，也從來就不嚮往追日英雄的行蹟，因為人世的磨難、顛沛、權勢與充滿樊界，「陽光——整個太陽的行為都是對蜘蛛的模仿」。和「追逐」相反，商禽逃亡、背叛，且多利用太陽落山後的「夜裡」。職此，對陽光的渴求似乎是多餘的，轉而向夢與黑暗[11]這類不為人世所器重與認同的「邊緣」事物，尋求溫暖與慰藉。表現在人生的追求上，似乎從殘留破缺的日影轉移到〈水葫蘆〉底的「月」及〈阿米巴弟弟〉身上了：

拉著我草綠色衣角的小孩，哭打著從樓梯上退下來的阿米巴弟弟，對他的邀請我支吾地拒絕了。這簡直是一隻嗥月的獸，他的頸子說：為什麼不到樓上我的家去？那時你看見梯子，又細又長，你在城裡有一個窩和一些星子嗎？

——《夢或者黎明及其他》，頁136

[11] 還有小孩、動物、影子等……等等。

〈阿米巴弟弟〉這首詩的原始的意象乃胎自米羅一九二六年的名畫「吠月之犬」，根據奚密的考證，紀弦在一九四二年也寫過一首同名的詩，此詩恰巧是商禽最喜歡的一首。[12]這幅造形藝術，不只催生了紀弦詩作〈吠月之犬〉的文字想像，更影響了商禽〈阿米巴弟弟〉與了陳黎〈吠月之犬〉的「拜月」創作系譜。[13]月亮神話，在各國的「童年」時期都有大量的這種神話，中國自當不例外，根據李達三的研究；中國神話「月亮出現的次數之多，也真夠讓人變成『月狂』（moonstruck）」。[14]李氏歸結月亮神話的三個特性，一是循環（circularity），二是家族（community），三是延續（continuity），筆者將其論點整理如下：

循環（circularity）	圓形的象徵，完整無缺，和睦一致，以及生命在初萌芽的胎兒期形成的形態；圓形象徵表現得最明顯的就是中國宴席的圓桌與供桌。
家族（community）	大日子時，家人從四面八方回來團圓、團聚時，都聚在圓桌前。
延續（continuity）	月亮是用來度量（measure）時間；其週期近似人的出生、成長、衰老與消逝；永恆性的週而復始，不會有最後的結局，即使全人類被消滅時。

此三C環環相扣，都扣著月亮特性與人世的照映；月亮雖然是夜間的光明，卻和太陽有著相同的生命力道。米羅的畫牽引著當時流度來台的作家群的敏感神經帶，不管是現代主義式或存在主義式對人性與自我疏離的鄉愁，還是言論箝制的白色年代對文

---

12 〈讀紀弦的詩，並致他八十歲大壽〉，引自奚密〈「變調」與「全視」：商禽的世界〉，商禽著《商禽世紀詩選・引言》（台北：爾雅，2000），頁11-30。

13 這在奚密文章有詳細敘述，在此不贅。參見奚密〈從現代到當代——從米羅的〈吠月的犬〉談起〉，《中外文學》第23卷，第3期，1994.8。頁6-13。

14 李達三〈新月正話〉，陳師慧樺、古添洪編著《從比較神話到文學》（台北：東大，1983），頁322；另見陳師慧樺〈從神話的觀點看現代詩〉，陳師慧樺、古添洪編著《從比較神話到文學》（台北：東大，1983），頁332-357。

化及故園情的愁，抑或陳黎「抽離各自的原始脈絡而拼貼成一幅矯飾主義（mannerism）式的異國情調莫名鄉愁」[15]（有著後現代文字的拼貼風），在在都顯示人世對月亮之「圓」之渴望與召喚。米羅的畫被三位「在地」作家所「變形」，並透過「犬」來吠，因為知道追已追不上了，心雖有餘而力已顯不足，箇中滋味，未經歷時代辛酸者，想必難以體會。

至於為何吠月的不是狼或者其他動物呢？吠月為何不吠星星？而畫作和詩之間又存在怎樣藝術與思維的轉換空間？這幾個問題頗令人思索，我們得花點時間來探求解答。首先，我們先來看看「原畫」和三位作家所呈現的「詩行」中的差異：

	米羅（畫）	紀弦（詩）〈吠月之犬〉	商禽（詩）〈阿米巴弟弟〉	陳黎（詩）〈吠月之犬〉
月亮	V	V	V	V
犬	V	V	V	V
梯子	V		V	
列車		V（由梯子變為列車）		V（延用列車）
星星			V	
月臺				V
人物		少女	弟弟	老鴇
歌聲		V		V

自上表中，我們看到不管是米羅影響了詩人的思考，或是在詩作與詩作之間、畫作與詩作之間的影響，我們看到不同作家展現出來的月亮追尋。這是一次視覺藝術的「翻譯」，「以文字再現視覺藝術，化形象為文字，改寫形象符號的指涉符碼，並借用

[15] 路況〈永恆回歸的懷舊之旅——評陳黎詩集《親密書》〉，《現代詩》第19期（1993.2），頁19-22。

西方超現實畫派拼貼表面上無關連的形象的非理性邏輯為文字的構成文法。」[16]然而，超現實主義的挪用及標籤在這些詩人身上已成常態，我們有否關注到超現實和神話、心理學之間連結的可能，在變形和扭曲拼貼的意象及語法底下，那原始心靈的脈動與感性的邏輯，[17]而非潛意識夢的解析與自動書寫與否的探討，那早在容格筆下證實為失妥的鋪排。[18]再者，藝詩融匯（如題詩）的傳統，中國自古以來即有，古添洪在〈論「藝詩」的詩學基礎及其中英傳統〉對其這樣定義：「所謂「藝詩」，乃是筆者對」ekphrastic poetry」的暫時中譯，並循其較窄的定義，用以指陳那些源於繪畫、雕塑等藝術作品而產生的詩篇。」[19]這種將「視覺藝術嵌入語言藝術之際」（古添洪，91），「視覺藝術」已化為一種「語言藝術」，過程中充滿著張力與越界對話，亦是一種空間的移轉，並進而將「空間藝術」吸納於詩藝之「瞬間」，使得詩篇「提高到一個冥思的高峰，深化並強化了其周遭的抒情或敘事」。[20]亦即空間藝術如繪畫的「靜止性」和「語言藝術」的「時間」凝匯，詩行所呈現出來的意象空間滲著「時間之流」，最終達到了「『時間』與『空間』、『靜止』與『流動』兩模稜之境地」（古添洪，91）。

---

[16] 劉紀蕙〈超現實的視覺翻譯〉《孤兒・女神・負面書寫》（台北：立緒，2000），頁290。

[17] 同前註。凱西勒著，甘陽（譯）《人論・神話與宗教》（台北：桂冠，1997），頁107-160。

[18] C・G・容格〈論分析心理學與詩的關係〉，葉舒憲編《神話——原型批評》（西安：陝西師範大學，1987），頁81-102。

[19] 古添洪〈論「藝詩」的詩學基礎及其中英傳統〉，劉紀蕙編《框架內外：藝術.文類與符號疆界》（台北：立緒，1999），頁88。

[20] 參閱Mary Caws, *The Art of Interference*（Cambridge: Polity, 1989）p.448. 文字引自古添洪〈論「藝詩」的詩學基礎及其中英傳統〉，劉紀蕙編《框架內外：藝術.文類與符號疆界》，頁88。

最早探討當代「吠月之犬」藝詩仲介的奚密也留意到這個問題。我們分析商禽的「構圖」，他是三個詩人當中，和米羅原畫的「設計」最像的了：月亮、犬、梯子，還在圍在月亮周圍的星星：

> 鳴雞，軟暖之星何處？請留住夢
> 吠狗，
> 請息止來自樓層間的自鳴鐘的
> 時間之爭辯
> 請飲用死去的時間
> 月光，請將這旋轉梯之「不及」撤走
> 將等待撤走
> 請留住夢，
> 風，請將我歌走
>
> ——〈逢單日之歌〉《夢或者黎明及其他》，頁94

二首「吠月之犬」都有星星的蹤跡，一個是「一窩星」，一個是「軟暖之星」，讓月亮不致因而形影孤單，也多多少少反射我們自己盼待的心境；而〈逢單日之歌〉還出現了「鷄鳴」、「鐘鳴」和「風」，聲音的意象更形飽滿，補填了詩作每個空隙。聲音浸入到原始神話的「跫音」中，取代了追逐的步履，一如奚密所說：「時間的流動（火車的前進、月的圓缺）固然無法遏止且構成人生必要的背景，但是孤單淒厲的犬吠足以衝擊改變其所在的短暫的空間。」[21]詩裡的時間，一如前文提及月亮的測量特性，都被空間化了，而平面意象的畫作與詩歌營造出來的空

[21] 奚密著《現當代詩文錄》（台北：聯合文學，1998），頁20。

間想像，亦因聲音的介入，更加襯出其當下的感受。商禽擅用敘事性的故事交待，更推升「動作」的態勢，透過阿米巴弟弟的變異、場景設定，把神話故事中的神髓展現出來。商禽的詩，從沒有交待什麼，他經常將場景架設在那，「拉著我草綠色衣角的小孩……」，彷彿神話變形中，毫無因果關係、沒有任何過程的描述，就已蛻形在那兒了。這在傳達一個基本的信念——「變異」，樂蘅軍對此「信念」有如下這樣的說明：

> 與其看它們是誤解的科學（錯誤的生物學），或粗糙的哲學（以簡陋的思想來討論生命的起源），毋寧說，它們只是鄰近於神話的自信為真的幻想，因為在那些獨斷的聯想裡表現出來的，是對人類自己幻覺的信心，而不是理智的因果關係的尋繹，並不是從事概念的說明。[22]

人世間，真真假假，真亦假來假亦真，反而是讓我們「對人類自己幻覺」產生了「信心」，我們像誇父一樣在追尋，也嚮往著「千里共嬋娟」的團圓人生。

「犬」的問題，我們得回到月亮身上，據筆者讀詩和神話的筆記與觀察，這和圖騰信仰有很至切的關係，何以如此？我們先從嫦娥奔月的故事來做個省視：

> 嫦娥，羿妻也，西王母不死藥服之，奔月。將往，枚占於有黃，有黃占之，曰：「吉，翩翩歸妹，獨將西行，逢天晦芒，毋驚毋恐，後且大昌。」嫦娥遂託身於月，是為

[22] 樂蘅軍〈中國原始變形神話試探〉，陳師慧樺、古添洪編著《從比較神話到文學》，頁170。

蟾蜍。

——《問經堂叢書經典集林》輯《靈憲》，頁2-3

這一個我們熟知的故事，從典籍中，我們知曉嫦娥和后羿婚定，卻又因羿射十日得罪天帝，連帶影響她無法上天，加之他和宓妃的曖昧關係，逼使嫦娥偷竊西王母的靈藥，踏上奔月的旅程。針對「偷靈藥」事件，袁珂有過這樣的解釋：「竊藥奔月的情節可能是為求長生而不擇手段的統治階級自私心理在神話上的反映。」[23]在「奔月後化為蟾蜍」也有這樣的觀察：

> 這是懲罰施之於一個偶有小錯的婦女，未免是太重了；說明隨著封建社會的鞏固，封建君主們對婦女的壓力也就更重，這當然是不公平的。如果，說化蟾蜍還有一點來自民間的天真爛縵的幻想，則蟾蜍擣藥就該是封建君主們的惡毒的詛咒了。[24]

袁珂站在中國傳統封建的角度，剖析古神話的意涵，見解十分精闢。他搜集史獻的工夫，也為中國神話學研究奠定基礎。然而，是否神話思維中，每件事情都與此扯上關係，倒是一個見人見智的問題。晚近神話學研究，已多重角度扇開，如弗萊（Northrop Frye，1912-1991）、弗雷澤（James George Frazer，1854-1941）、坎伯（Joseph Campbell）、李維史陀（Claude Levi-Strauss，1908-2009），並關注到原始心靈和現代心靈的交會與感受。

23 袁珂《古神話選釋》（台北：長安，1982），頁282。
24 同上註，頁283。

榮格在〈論分析心理學與詩的關係〉中對藝術進行心理學研究的可行性提出質疑，並以這樣的角度對佛洛德派精神分析學作批評，他說道：

> 由於這種分析與藝術品本身並無關聯，卻像一隻鼴鼠那樣竭力使自己儘快隱匿在土壤之中，所以它最終總是在把整個人類聯結在一起的大地中壽終正寢。因而，其解釋就會像人們每在諮詢室中所聽到的內容一樣單調乏味。[25]

榮格不同意弗氏將藝術品的闡發導到純粹的醫療方法上，以病理的或其他診斷取代了正常功能的心理構成物。他強調藝術作品的特殊意義在於超越個人的界限，把握了創作心理活動中的非自覺性「異己的」意志，因而提出創作的集體無意識狀態、作家的「自主情結」概念與「象徵」意涵，依靠著原始意象與古老原型、神話心靈，那集體「一千個人的聲音，可以使人心醉神迷，為之傾倒」（101），而藝術的功能也就是「從無意識深淵中把浸透著古人類深沉情感的原型重新發掘出來」：

> 每一個意象中都凝著一些人類心理和人類命運的因素，滲透著我們祖先歷史大致按照同樣的方式無數重複產生的歡樂與悲傷的殘留物。它就像心理中一條深深的河床，起先生活之水在其中流淌得既寬且淺，突然間漲起成為一股巨流。……每當這一神話的情境再出現之際，總伴隨有特別的情感強度，就好像我們心中以前從未發過聲響的琴弦被

[25] C・G・容格〈論分析心理學與詩的關係〉，收入葉舒憲編《神話——原型批評》，頁86。

撥動，或者有如我們從未察覺到的力量頓然勃發。[26]

榮格不像弗氏將文藝創作的心理解釋為官能或病理相關的情態，亦不把父母的遺傳及戀父／戀母的情緒列為單一的藝術探討，因為「所有這些不僅在每個神經病患者而且在每一個正常人那裡都可以說是同樣的，所以以此來判別藝術作品就得不到什麼特殊的東西」（85）。

回到「吠月」的集體無意識心靈上，我們要探討的是作家群創造的這些意象背後那個原始且有力的原型支撐力量；那麼，對「吠月／追月」的探討，就變得有意義而非心理的單純意象分析了。我們要問，究竟是什麼讓嫦娥想回歸到月亮去呢？除了一些神話故事或者後來傳說的附會外，一定有什麼關係吧！嫦娥偷靈藥，化為蟾蜍是為變形，她既有我們先前提及的否定死亡，更有了它處理／逃避外在危機困境的用意。弔詭的是，他偷得了不死藥，卻要證實自己的不死：

> 吃了不死藥的嫦娥現在成為一個展示的樣品，她必須證實不死，或仍舊是死亡，這就是嫦娥被賦予的真正困境和危機所在。它的癥結在：由於不死藥的緣故，嫦娥已經命定不能去證明「死亡」，然而要相對的證明死亡，則是一件更加困難而可說絕對不可能的事；因為「相信」不死是容易的，「證實」不死，就超出人類所能。[27]

---

[26] C・G・容格〈論分析心理學與詩的關係〉，收入葉舒憲編《神話——原型批評》，頁100。

[27] 樂蘅軍〈中國原始變形神話試探〉，陳師慧樺、古添洪編著《比較神話與文學》，頁179-180。

不過，這已「暗暗滲進了懷疑論的陰影」（樂蘅軍，180），不再單純地直接呈述信仰故事，而「摻有文明人的悲劇感了」（樂蘅軍，182）；亦證明瞭人類得將對死亡的恐懼，投射在嫦娥身上的運用法則，以及赤裸之苦痛情結。落在「吠月之犬」這群作家身上的圖像，[28]亦可表現神話所呈現出來對的死亡與生存所懷抱的恐懼，他們以「犬」取代蟾蜍的變形，雖只能「吠」，以聲音「擊打了鍍鎳的月亮」，可卻又卻彈回現實的土地，「吞噬了少女們的歌」，無法真正做到「回歸」；但那種人世團圓嚮往與生存苦難「共嬋娟」之想「望」，是古今相同而無一人能免的。聲音的聽覺被擺置在意象的空間裡，這就擴大畫面的空間性；我們彷彿聽到鏗鏘的彈動淒音，像喬哀思在《都柏林・阿拉比》小說中人物一樣，主人翁因追求堅貞的愛情而來到城鎮商展，看到市集裡唯利是圖、庸俗粗鄙年輕男女，「幻想的破滅而產生了自我的認識」，[29]最後一個人踽踽走在燈火闌珊、人影稀疏的街道上：

……走過夜市的中央，我讓口袋裡的那兩枚便士落在那六枚便士上面。我聽見有個人從看臺的一端叫說，要關燈了。現在大廳的上半部分完全黑暗了。

……Then I turned away slowly and walked down the middle of the bazaar. I allowed two pennies to fall against the

[28] 關於陳黎、紀弦的部分，由於牽涉時代的細部比較與本論述的主題，故無法詳敘；詳細亦可參閱奚密之文章及敝人之碩士論文。奚密〈從現代到當代——從米羅的〈吠月的犬〉談起〉，《中外文學》第23卷，第3期（1994.8），頁6-13；劉志宏《島嶼敘事與邊緣書寫》（台中：私立靜宜大學中國文學系碩士論文，2002），頁6-30。

[29] 喬哀思（James Joyce）等著，朱乃長評注《英美短篇小說賞析》（台北：書林，2007），頁150。

sixpence in my pocket. I heard a voice call from one end of the gallery that the light was out. The upper part of the hall was now completely dark.

我抬頭凝望著那片黑暗，覺得自己就像是一頭被虛榮驅使而受到嘲弄的野獸，而我的眼睛則因為惱恨與憤怒變得酸溜溜起來。[30]

Gazing up into the darkness I saw myself as a creature driven and derided by vanity; and my eyes burned with anguish and anger.

吠聲不僅因擊打了「鍍鎳的月亮」而彈撞回地面、相互碰撞之響聲迴旋於深夜寂寥的街道上，更撞擊到我們深沉之內在／存在心靈，久久不能平息。雖然樂蘅軍並未觸及嫦娥奔月化為蟾蜍的因果關係，但我們知曉，這是一種遠古的呼喚之回歸，回到那祖先、原始譜存的心靈世界。

凱西勒在《人論・神話與宗教》裡說到，「在圖騰崇拜中人並不只是把自己看作某種動物的後代；一條現存的、同時也是遺傳學的紐帶的全部和社會存在與他的圖騰祖先聯結起來。」[31]圖騰崇拜的社會中，植物圖騰和動物圖騰是並肩而立的，而祖靈的崇拜，這更反映了國家全部的宗教和社會生活。由於儒家的深遠影響，國人非常重視慎終追遠與祖先祭祀的觀念，《論語・學而篇》說：「慎終追遠，民德歸厚」，這不僅強調了一種死者為大

30 英文部分出自喬哀思（Joyce James）著《都柏林人（英文版）》（Dubliners），Robert Scholes and A. Walton Litz（編）（台北：書林，1985），頁35。；中文見志文出版的〈都柏林人〉，喬埃斯著，杜若洲譯《都柏林人》（台北，志文，2000），頁52。

31 凱西勒著，甘陽譯《人論》，頁123。

與我們生者的關係，更喚醒大家要效法祖先的懿行美德以促進善良風俗，這都帶有濃厚的文化精神與道德之約束力：

> 他們不是孤立的；他們的歡樂是被整個自然感覺到並且被他們的祖先分享的。空間與時間突然消失了；過去變為現在，人類的黃金時代回來了。（凱西勒，141）

商禽利用神話的變形，打破了有限存在的藩籬、海峽空間的文化阻隔、親人與長輩的懷想距離，進而去把握無限、想像語言所蘊含的生命意義，破除對死亡的恐懼——這些都展現了詩人對生命之不可征服的堅定信念。也因此，外在「禁忌」體系如此健全發展，幾乎將人的生活凝結為完全消極的狀態，無法吃喝，不能停走，甚至說話的詞語都有未知的危險威脅，可詩人依舊用他神話變形的力量去扭轉，通過詩歌對自己和自己生命做出評判、自我認識與體會，進而將數理空間延伸出去，以寓言式、宇宙的神話式做出對空間的解釋。

商禽和紀弦一樣，把時間空間化，[32]而商禽和時間對抗、與死亡對抗，紀弦則以純抒主體來呈現吠犬的存在嗚嗚，一如他在〈狼之獨步〉裡的「長嗥」；列車象徵生命／時間於一廣袤空間流動之情景，而不斷奔行的列車聲響，不僅和吠聲在靜夜裡綰合成無聲的「鏗鏘」力量，在它的快速馳掠人世象徵意義下，取代了犬的「追逐」，而疊隱在它身上，由它帶出「追」的動能狀態，甚或火車可能由犬變形而來，取代了「犬」之吠叫，長路無盡地帶著月臺上分分合合的乘客，日復一日地追「月」。這

[32] 商禽的時間空間化和洛夫空間化稍有不同，洛夫的時間空間化是充滿記憶與文化感傷的！

是多麼深沉的集體（無意識）「追尋」！商禽保留梯子的形象／影像，為的是要攀住上方／高度的星子，這和他在〈梯〉中表現的手法是一樣的，然而這「荒唐的想法」最後都只能「俯首在書桌上嘆息了」，流露出人類社會環境裡個人存在的荒謬與幻無。這樣的危境處理，與五、六〇年代的政治氣候當然不無關係，我們似乎也可在他們語彙、文法、情節與意象裡，找到逃離現實思想箝制與宣洩的管道。然而，不管變形犬也好，狼也罷，對圓月的吠嗥、拜月／逐月的信仰，似乎就是詩人的第二身（persona），[33]面對無垠的夜幕，渺小的我們也只能用「歌聲／吠聲」來聊以安慰，並證明自己的存在意義，儘管最後我們還是被「它們」所噬嚙、所吞沒！

---

[33] 但我們也要記住榮格的話，認為「人格」與「面具」並不等同。他在《原型與集體潛意識》說到，「人們與其人格面具合而為一（如教授與他的教科書，歌唱家與他的聲音）就會有危險」，以及「誇張地說，人格面具實際上並非戴面具的本人，但其他人，甚至自己都會認為那個面具就是自己」。參見C・G・容格〈集體無意識的概念〉，葉舒憲編《神話——原型批評》，頁103-116。

第二節　門鎖住，或者勿將頭手伸出：商禽的屋窗

商禽散文式的分段新詩創作，是否和變形情境的創造思維有關，值得再進一步追究；而他被註冊的商標——超現實主義者，在前文的探討中，放到神話變形的心理層面來理解，反更能解啟標籤，瞭解作者「超」現實之義涵與文化寓意。這樣的創作技巧與思考，引起我們對商禽生命的狀態與空間想像追索的企圖，本節即要來耙梳這個問題。

商禽總習慣待在自己的房門內，我們看到的經常是鎖與天空，鎖代表著「房門／大門」的無法進出，天空則是由臉和「窗」所構成的仰望角度。還是再借用之前討論的〈鎖〉來稍做說明：

> 這晚，我住的那一帶的路燈又準時在午夜停電了。
>
> 當我在掏鑰匙的時候，好心的計程車司機趁倒車之便把車頭對準我的身後，強烈的燈光將一個中年人濃黑的身影毫不留情的投射在鐵門上，直到我從一串鑰匙中選出了正確的那一支對準我心臟的部位插進去，好心的計程車司機才把車開走。
> 我也才終於將插在我心臟中的鑰匙輕輕的轉動了一下「卡」，隨即把這段靈巧的金屬從心中拔出來順勢一推斷然的走了進去。

沒多久我便習慣了其中的黑暗

——〈鎖〉《商禽世紀詩選》，頁60

我們看到抒情主體把住宅／建物和自己（人類）身軀等同起來，而他日夜插轉的竟是自己心臟這樣一個令人心驚的景像，令人更詫異的是，車燈如聚焦／探照燈將他無情打亮，讓他把「習慣」已久的黑暗，高度的反差，如同人類膚層被異物插進又旋出的感受。這首詩讓我們不僅看到抒情主體存在／生活的煩苦，也看到都市物質文明的疏離和冷漠，更重要的是，戲劇化的機械操作結果，人的情緒／情感收縮與宣洩一同機器的開／闔。在開／闔中，我們窺視到存在的質地，因為作者已從不能適應光亮，到將自己鎖在屋內；鎖離不開鑰匙，弔詭的是，詩中人的反向路徑，反而讓他在打開鎖之後，進入了一片黑暗；[34]此黑暗不是在外頭，是屋中的世界。

商禽的屋宇經常籠罩在一片黑暗之中，他坐在裡頭冥想、思索，有時他和建物融為一體，有時他卻企圖想逃離它們／他們：

出竅而去。我的魂魄。

邂逅過各種各樣的願望，恐懼與憂傷；我的魂魄，自夢的鬧市冶遊歸來，瞥見躺在床上的，被人改造得已經不成人形了的，自己的身軀體；不出所料，開始時，我確被他們的惡劇怔住了；然而，即使被塞以利刃的，我自己的雙手，不能嚇阻我，自己的魂魄，飄過去，打窗外沁入的花

[34] 像個「芝麻,開門！」的意象，不禁使我們暗中低迴：生命，要多久才能解啟一個封閉的靈魂與困頓，以撫慰我們裡爾克式的心靈！見巴舍拉（Gason Bachelard）著，龔卓軍、王靜慧譯《空間詩學・抽屜・箱匣與衣櫥》，頁161。

香那樣……

——〈醒〉《夢或者黎明及其他》，頁131

說是「出竅而去」，想藉此來擺脫生命的束縛，實則更像是一個「夢魘」，被囹圄的靈魂依舊為身軀所綑綁！我們不得不為此捏一把冷汗，因為這種自我監禁的生活足以把人逼瘋的！鮑勒諾夫在〈生活空間〉提到住宅與身體的空間關係時說：

> 對於人來說，住宅是安全的和和平的區域，但是如果人把自己關鎖在他的住宅之內以逃避外部空間的危險，那麼他是會枯萎下去的；他的住宅立刻就變成一個牢獄，他必需走到世界中去以辦理他事務和實現他的生活使命。安全和危險都是屬於人的，因此，生活空間的兩個領域也都是屬於人的，因為生活是在外部空間與內部空間的聯繫，需要在他四周的住宅牆壁上打開一些地方。人需要一個門，由這個門，他可以走出去，需要一個窗戶外，通過這個窗戶，他至少可以看見外部世界。[35]

幸虧商禽還有窗戶，「窗戶」這個空間景觀佔了商禽不少詩作的主要場景，因為既然無法拒絕與外在世界溝通，也不在乎「外部空間與內部空間的聯繫」，惟一可「瞻望」的就是冀望有一扇不眠的「窗」了！在〈夢或者黎明〉、〈逃亡的天空〉、〈遙遠的催眠〉、〈梯〉、〈飛行垃圾〉、〈長頸鹿〉、〈飛行魚〉、……等我們發現到窗子的蹤蹤：

[35] 鮑勒諾夫書《現代性中的審美精神・生活空間》（上海，學林：1997）。

那個年輕的獄卒發覺囚犯們每次體格檢查時身長的逐月增加都是在脖子之後，他報告典獄長說：「長官，窗子太高了！」而他得到的回答卻是：「不，他們瞻望歲月。」

——〈長頸鹿〉《夢或者黎明及其他》，頁33

化身「長頸鹿」這個喻隱所要辯證的，絕不是窗子「高低」的問題，亦不是脖子的「長短」，而是這窗子被用來觀望歲月，辨明自己的籍貫和生存價值的意義。商禽需要住宅的庇護、需要窗的安慰，但也因這樣不斷對自己的叮嚀：「（請勿將頭手伸出窗外）」這可使他自己和外在世界經常用「窗」來拉提距離。鮑勒諾夫點明有三個概念可以表徵出住宅保護線之外的世界特徵，似乎當我們離開了住宅的庇護時，便將跨入了一個敵對的世界，儘管一開始我們仍然是在友好的領居中，在被信任的關係、職責及友誼等領域裡：

寬廣	是狹窄的對比／廣闊的空間鼓舞人的精神，使他心曠神怡，但是，廣濶空間的雄渾崇高也會使人倍感到壓力。[36]
生疏	人感到無依無靠／他處在被敵對世界中，並且，生疏感可能壓迫著他。[37]
距離	當每天生活的單調性使人的生活窒息時，距離就在向人招手。對遠處地方的渴望是一切浪漫主義基本的渴望，浪漫主義以奇異的幻想使通向遙遠地方的道路成為回到被忘記了的本原的道路。[38]

這三個概念「結構完整」地體現在商禽身上，寬、高、距離、長短……等單位的換算，都相應到內心的孤寂、人與人之溝

[36] 根據鮑勒諾夫書寫的〈生活空間〉一文中探討的「生活距離」所整理。鮑勒諾夫《現代性中的審美精神‧生活空間》（上海，學林：1997），頁1038。

[37] 同上註，頁1038。

[38] 同上註，頁1039。

通渺茫，以及身為人無奈的狀態。對商禽來說，門是一屋宇[39]的出口（由內而視之），以現代文明的角度來看，卻更像是「被編了碼」的建物，並且會對抒情主體「我」展開窺視與攻擊：

忽然，這些有號碼的屋宇
再一次浸在清酒般的澄明中
假日的營區闃區啞一如庭院
啊，劫後的宮闈
俯伏於辦公桌上的
我是唯一的被害者

韓信化石有隻眼該是睜著的
祇閉了隻眼　我還沒有死透
除非你肯將這穿胸的利器
拔出
好狠！這特級高粱一般的匕首

好陰毒！你這宇宙的刺客
快四十了　還來窺探我
一年一度地　總是穿窗而出
來時揭起的那幃幔　啊
如今已是藍布窗簾了
怎麼還不將它放下……

——〈秋〉《夢或者黎明及其他》，頁114

---

[39] 當我們稱喚為屋宇時，是有「家」的概念，有人的情緒涵蘊其中，而非像只指稱「建物」這詞彙般，僅冰冷地當做我們看到或供肉身居住的遮蔽狀態。

商禽差一點「兵此一生」的軍旅生涯，使他對生命的苦悶與戍守的孤寂有深刻的體會；「有號碼的屋宇」想必是營房，服役之人由於地形氣候的關係，尤其在冬天，在休息及無聊時，經常是幾碟小菜、一壺酒，便小酌起來了。詩中人飲酒精濃度頗高的「高粱」，除了點出詩題季節的相應外，更暗示了留守人面對平日偌大空間部隊威震與槍砲的聲喧，如今不見的空蕩蕩空寂的心靈：「假日的營區闃區啞一如庭院」。我們常說「酒入愁腸」、「喝酒誤事」，但對抒情主體來說，它恰好可以讓現在的自己保持「澄明」狀態，以看得見外在「窺視」的一切。他眼睛像韓信化石死後卻還睜著，這「死不透」之身，是為了對抗這不速之客的侵襲。

第二節後半段，把插在胸前已久的「匕首」和「特級高粱」涵涉起來，實為一絕，更可看出商禽豐富的想像力與創造力。他請求這「窺視者」將其拔出，則又充滿了弔詭的懸疑氣氛；這把匕首可能來自韓信身世／身上的互涉，更可能是充滿善意的、想解救他自己的「自己」。「好陰毒！你這宇宙的刺客／快四十了還來窺探我」，這四十是指喻商禽他自己，也突顯出這個「宇宙的刺客」的神祕性，將它再拉到一個生命敵對／友善的象喻／象徵層次。

我們觀察到商禽喜歡用「刺客」、「匕首」等意象，以及他們所展開的敵對／捍衛意涵。這些語彙跟他軍旅生涯的感受有不可切割的關係。人的創作絕大部分會受其成長背景、求學狀態與生命經驗所影響；更貼切地說，我們所用的意象、比喻與字詞，必需由自己生命深刻的體會與認知——宇宙與自我的關係——才能記錄真實的片段，展現獨到卻又為我們感知的體驗，方以足感動讀者，或穿越時空和不知名的心靈不斷交流。有時商禽不再與它們／自己對抗，不推窗，向黑冷的夜長哮，反將室內的燈熄去，以更黑的「黯」來應付，如下列這首〈應〉詩：

用不著推窗而起
向冷冷的黑
拋出我長長的嘶喊

熄去室內的燈
應之以方方的黯

——《夢或者黎明及其他》，頁113

有時，他幻想有一把梯子在從窗外移動著，似乎在等待著什麼：

是不是他在構圖時做了錯誤的決策；他把魚頭朝向畫面中的窗戶。外面或許有一支梯子，誰曉得。

——〈飛行魚〉《商禽世紀詩選》，頁111

這梯子和前文探討變形神話「吠月之犬」中的梯子造形，頗有異曲同工之妙，存有一種象徵及追尋的意圖，卻常又因為詩人的「閒置」而遭人搬走，例如他的〈梯〉是這樣寫著：

一日午後，坐在書桌前，我正感百無聊賴，用手攀著桌的下沿，身子向後仰著。這時，一個景象忽然出現在眼前；在櫻樹的濃密的葉叢掩照之後，我已看不見那個佈滿水漬與裂痕的小屋，只能從樹梢上沿望見——啊，那一把竹梯還放在那裡，那高出小屋的一部分，正投空地沒緣由地豎在那裡。那時，天空藍得像海；這時，正有朵白雲一片帆似地打梯端緩緩航過。同時，一個念頭在我腦中出現，我說：「鬼曉得！我怎麼會有這樣荒唐的想法呢？」我正在自責時，同事陳君不知何時已站在我身後說：

「怎麼？又在想誰啦。」

「鬼曉得！」我說，同時把手向那梯和那朵雲一指「囉，你看。」剛好這時——忽然那梯移動起來——大概是有人來搬走。

「等一等！等一等！」他一面狂呼，不顧一切的跨過我的桌子，從窗口衝出去而跌倒在地下了，可仍然不住的狂呼著：「等一等！等……一……等——」而我也只好俯首在書桌上嘆息了。

——《夢或者黎明及其他》，頁145

他的幻想被同事陳君打斷，只是回答「囉，你看」像魔力一般，梯子宛如雲朵一樣挪動起來；雲朵的掠逝是自然瞬息萬變的現象，而梯子被「搬走」則是非同小可的事。他的俯首嘆息想必有種原因的，詩人雖寫得隱晦，我們卻可看出其中窗子與人「活動／行動」之間的情狀。商禽善於鋪排故事情境，將讀者引入他所架設的戲劇性裡而導發人生與存在的思維。

既然梯子被移走了，又「應之以方方的黯」，漸漸有了逃亡的念頭「等晚上吧，我將逃亡」（〈海拔以上的情感〉，《夢或者黎明》頁35），這逃亡像在心裡盤旋／盤算、縈繞許久，從窗延伸到天空、大地（荒原），環環扣連，經營出迭遝的循迴往復的意象與氛圍：

荒原中的沼澤是部分天空的逃亡

遁走的天空是滿溢的玫瑰

溢出的玫瑰是不曾降落的雪

未降的雪是脈管中的眼淚

升起來的淚是被撥弄的琴弦

撥弄中的琴弦是燃燒著的心

焚化了的心是沼澤的荒原

——〈逃亡的天空〉《夢或者黎明及其他》，頁77

洛夫曾評論這首詩為「飛翔式的循環」，「飛翔」的妙處在詩與實際世界不即不離，「循環」則是意象環扣著意象的頂真效果。洛夫是這樣說：

> 一個意象環扣著一個意象，前一意象衍生出後一意象，最初一個意象與最後一個意象看似沒有關聯，但在感性上貫通一體，使整首詩形成一種飛翔式的循環，生生不息。我認為，詩中的意象似乎屬於這個世界之內，而實飄浮遨遊於太虛之外。它是溝通詩人與世界之間的一個客體（object），與現實密切結合而又超於現實之上，正所謂：「超乎象外，得其圜中」。超現實的詩大多具有這種飛翔的，飄逸而又曖昧的特性，其妙處即在與實際世界不即不離。[40]

我們不排斥以「超現實」的角度來切入這首詩，但除了「主義」之說，我們亦可從錯綜的意象來理解。「死者的臉」、「荒

[40] 洛夫〈超現實主義與中國現代詩〉《洛夫詩論選集》（台南：金川，1978），頁95-96。。

原中的沼澤」、「遁走的天空」、「溢出的玫瑰」、「未降的雪」、「升起來的淚」、「撥弄中的琴弦」、「焚化了的心」八個類似蒙太奇的意象，兩兩疊置在一起，又相互頂針串聯，似若無關又彼此穿透，是商禽創造出的獨特韻律形式，其他詩作諸如〈遙遠的催眠〉都有類似的節奏效果；這樣的節奏韻律服貼於內容的表述裡，形式內容妥切地綰合在一起。我們或可這麼說，先由思維架構出的獨創的韻奏、樂音，才能駕馭繁複的意象與詞彙；這樣獨特的創作形式，為大多數拉丁美洲魔幻寫實創作者（如波赫士）所服膺與追從的。

這樣類電影語言的鏡頭運用，在我們腦海中浮現無數可能，把我們和詩人也相互穿透起來，感受到他所營造出來死亡的氣氛，一如他所歌詠的「第二義」，那是在世俗主流價值之外的；然而，也因為「柔弱勝剛強」，[41]反而使他這種歌詠，更具永恆不催的意涵。這種氛圍，由屋內伸展到門檻之外的大千世界，並在其中找到一個新的形式與內涵，一個新生力量之來源。

[41] 老子《道德經》曾提到：「木強則兵」、「強梁者不得其死」，見王弼注《四部集要子部‧老子》（台北：新興，1961），頁87及54；我們一般人所認定正面價值義涵的剛健與勇猛，在他思考中，反更快速招致殺生之禍。可見商禽思維和老子有某種程度上的相近。

第三節　退縮與防衛：商禽的圓巢／介殼

卡夫卡醒來變成一隻大甲蟲，商禽變形成一隻沒有「沒有頭骨蓋」的生物，還有向虛無抗議收縮肉綬的火雞、傷心如手掌的鴿子，以及被囚與自囚的長頸鹿等動物，這些自我防衛強卻又不能適應群居生活的生物恍若棲居在另一地域；而商禽的「第二義」的人生處世哲學與態度，都體現在他所表現出的動物身上，一如奚密反覆申言商禽的「變調」視野：

> 在商禽的詩裡，現實和夢、白日和黑夜、成人和小孩、人和動物、形和影……這些對立都被易位。相對於現實、白日、成人或「人們」，夢、黑夜、小孩、和動物都較不受世俗名目、人為界限的局限；他們更接近真。至於影子，商禽以它和身軀相對，它可以逃離外在束縛，是自由的。[42]

也許這些「不受世俗名目、人為界限的局限」的動物是「真實」的化身，儘管他們位階較低。《白蛇傳》裡的白蛇白素貞嚮往位階較高的人類世界，修練千年只為能變成人形，回報前世許仙的情。商禽卻和傳說與民間故事的思維反向，往低階的動物退回／退化。筆者認為，這些反而像商禽的「第二身」，生物所練就的藏躲特性，嗜好蜷縮、退縮、窩藏與隱蔽，和商禽創造出來的「性格」有絕大的部分相同之點；如果我們檢視商禽描寫動物

[42] 奚密〈「變調」與「全視」：商禽的世界〉，商禽著《商禽世紀詩選・引言》，頁22。

的動詞裡表達出的「藏身」動作的字彙，我們可發覺：商禽竟是那麼豐富、靈巧運用，那進退動靜的意象像他慣性將門上鎖，「習慣了黑暗」的景況，已那麼深層地嵌進他的靈魂與肌肉裡。

商禽對窗戶仰望的喜好，幾乎可以從它所窺望、描述窗外的景物，知曉他和屋子與窗子相處的情況。商禽身上具有多少獸性，我們無法探究到那種地步，但我們無法忽略將其相比擬於藏身於巢穴的動物群，因為那棲居的感覺是完全動物性的。烏龜、蝸牛帶著牠的殼，那殼是住屋、居穴，也是織褓者之化身，使得牠的「夜夢」受到保護：

> 從哪種日夢的深度裡昇起如此的意象？難道它們不是很自然地來自於最親密保護的夢，那些關於我們身體受到了保護的夢？這些家屋衣殼（masion-vêtement）的夢，對那些溺於操練想像，想著、夢著居住之各色作用的人們來說，絕對不陌生。[43]

至此，我們在家屋中的「夢與黎明」找到了貼切的依據，因為一離開家屋這個夢的保護象徵，商禽會變得不自在、無思考狀態，也會沒有安全感；而在巢穴裡他得以回到夢想家屋（maison onirique）的源頭，藉由意象之助力，讓其可完完全全地沉浸在家屋特有的安全感裡，深刻地存活著，這樣就可以淡化外在世界的敵意。

窩巢和「介殼」意象相互浸染著，而介殼更賦予了居住的做夢者純粹肉體上的私密感（intimité）。在巴舍拉的《空間詩

[43] 巴舍拉（Gason Bachelard）著，龔卓軍、王靜慧譯《空間詩學》，頁181-182。

學》裡，它們都是「返照自身日夢的宏偉意象」（204）。他以海番鴨（macreuses）這半魚鳥的生物做比喻，牠在離開自己的巢殼（nidcoquillage）前以一個梗狀鳥喙和巢殼相連的生物，在此找到巢與殼互變的呈顯方式：

> 海番鴨一度曾被認為是冷血鳥類。如果有人問到這些鳥兒是如何孵化出雛鳥時，一個經常出現的回應是：「為什麼牠們要孵卵，既然牠們天生就不能暖蛋也不能溫巢？」……「一群聚集在索邦大學的神學家決定，應該把海番鴨從鳥類中剔除，並將其歸入魚類當中。」[44]

因此我們在殼與巢中，於「退縮」與「保護」裡，找到整個分枝的「夢之家屋」，它們是「家屋之夢」的兩種根源，從人類夢裡彼此異質事物相混合的方式而混合，在商禽詩作中滲透著。

「退縮」與「保護」在動物性中，是一種生物學上的天然定則，那麼，在人類身上呢？我們再回到蝸牛身上來探尋真相。儘管殼屋（coquille-maison）的意象已是陳腔濫調，但是我們仍無法忽略它帶我們的思索與啟發：沒有家的世界與生命，對人類來說，是多麼可怖的一件事。誠如巴舍拉一再申言的：「這是一個牢不可破的根源意象（image initiale）。它屬於人類夢想中食之無味、又無以棄之的舊東西」（205），我們習將屋宇和蝸牛的介殼做比喻，因為我們不能沒有它，也深知在獨自生活時得甘於寂寞，這便是一個偉大的夢。它傳達了人類蜷縮自己以求獲保護、做著日與夜之夢，卻也足以讓人深陷無法抽身的孤寂狀態。

---

[44] 同上註。巴舍拉（Gason Bachelard）著，龔卓軍、王靜慧譯《空間詩學》，頁203-204。

那麼探出頭來呢？或像「蛤貝將殼全然張開」呢？那麼牠的危險可能也相應而生：

> 盲目的蛤貝將殼全然張開，將自己的身體暴露在所有四周往來的小魚面前，並且塞滿了殼裡。就在此時，豆蟹，始終處於戒備狀態中，以一個輕咬警醒了蛤貝，牠迅速闔上，壓碎每個困在兩張蛤片裡的生物，然後這對夥伴將獵物分而食之。[45]

「退」不得，「進」似乎也不得，時時得提防外在的攻擊與驚擾，如同台灣五六〇年代政局不安定所造成的社會與人心的恐慌，文藝政策對作家創作的箝制，以及作家本身的文化情愁等等，都使得他們更往殼內／穴洞的居地世界去築巢與做夢。夜夢，日夢，想像與創造，在鎖與鑰之間，門與窗之間，我們看到商禽模擬動物性之進出、隱藏以及防衛的姿態：

> 他步到圍牆的中央。
> 他以手伐下裡面的幾棵樹。
>
> 他用他的牙齒以及他的雙手
> 以他用手與齒伐下的樹和藤
> 做成一扇門；
> 一扇只有門框的僅僅是的門。
> （將它綁在一株大樹上。）

---

[45] 同上註，巴舍拉（Gason Bachelard）著，龔卓軍、王靜慧譯《空間詩學》，頁209。

他將它好好的端視了一陣；

他對它深深地思索了一頓。
他推門；
他出去。……

他出去，走了幾步又回頭，
再推門，他出去。
出來。
出去。

在沒有絲毫的天空下。在沒有外岸的護城河所圍繞著的有鐵絲網所圍繞著的沒有屋頂的圍牆裡面的腳下的一條由這個無監守的被囚禁者所走成的一條路所圍繞的遠遠的中央，這個無監守的被囚禁者推開一扇由他手造的只有門框的僅僅是的門
出去。
出來。
出去。
出來。出去。出去。出來。出來。出來。

出去。
出。出。出。出。出。出。出。

直到我們看見天空。
——〈門或者天空〉《夢或者黎明及其他》，頁123

「無監守的被囚禁者」用他的「牙齒」以及「雙手」「伐下的樹和藤」用來造成一扇門，不斷在自己的築居裡「出去。出來」，面對屋外的「鐵絲網」以及「沒有屋頂的圍牆裡面」，他「深深地思索」、「好好的端視」，一步步將人生推向前去，為的無非想衝破這個樊籬與黎明前的黑暗，直到「看見天空」！

第四節　小結

傅柯在〈關於監獄的對話〉一文中論及權力機制在歷史上從未得到深入研究，多數學者所做的研究不過都在做權力的鞏固，以造就知識的、傳記式、「高層次」的系譜。一個人如果未擁有知識，行使權力是不可能的，知識是產生權力的最大源由；然而，反諷的是：人們一旦有了權力，便不再擁有知識。他從「知識考掘學」、「監獄的話語」一路談到瘋癲的人類文明史：

> 對於監獄研究來說，只局限於外部有關監獄的話語是沒有什麼意義的，因為同時還有那些來自監獄內部的話語，它和所有決議、規定一起都是構成監獄的因素。另外，還有監獄自身的運轉，它有自己的策略和未成形的話語。……以上這一切確保了這個機構的運行和持續性。[46]

還有刑罰技術如何轉移的樣態：

> 監獄則是吸收的主要工具。一個人一旦進入監獄，就有一個機制開始運作，把他變得卑鄙、令人厭惡。因此，當他走出監獄時，他除了重新犯罪，別無他法。……也許是他的性格、他的心理、他所受的教育、他的無意識或他內心的欲望。這樣，罪犯就一下子從刑罰技術也就是監獄技

[46] 傅柯（Michel Foucault）著，杜小真編選《傅柯集》（上海：遠東，1999），頁268。

術領域被轉移到醫療技術領域，這裡即便不是精神病院式的，至少也是有人負責任的。[47]

本章從商禽封閉的私密空間談起，內外如一的監牢，使得他詩作如〈長頸鹿〉或〈界〉都充滿被有形與無形囚禁的思維。然而，他卻能通過神話變形的思維擺脫困境，打破了有限存在的藩籬、海峽空間的文化阻隔、對親人與長輩的懷想，進而去把握無限、想像語言蘊含的生命意義以破除對死亡的恐懼。他拉開長篇情境式的散文詩作風格，和傅柯的「監獄話語」若合符節地成了詮解最佳實例。他大量動物的寓言式書寫，使他贏得了「變調之鳥」的封號，卻又造就他「退縮」與「防衛」動物性的巢殼意象。

因而，即使他不斷地「進進出出」，他終究似乎找不著出口，因為門已經被反鎖了，誠如他一再籲示的「勿將頭手伸出窗外」；然而，我們依舊從門縫裡窺見到他的存在，「因為門戶就是半開半闔的宇宙」，[48]有些東西依舊從他「習慣了黑暗」的亮處流洩了出來，「開啟（ouvert）和關閉（fermé）變成了一套隱喻龍套」（《空間詩學》，頁323），似乎專門為他量身訂造。他以詩歌對抗人世的種種磨難，並且驗證人的存有性。「外在是一個更大型的監獄」，因為視野毫無改變，他所區分出來的對立空間結構，以殼巢裡的自己為中心，並且在裡頭思考、造夢，這是「神化」式的思維行徑，對比出當時外在環境之艱險與惡劣。

[47] 同上註，頁271。

[48] 巴舍拉（Gason Bachelard）著，龔卓軍、王靜慧譯《空間詩學・內與外》，頁312-337。

第六章

結論

本書以詩歌的空間為思考主軸，探討五、六〇年代洛夫、瘂弦及商禽這三位重要軍旅詩人之詩作，他們所創辦的詩刊《創世紀》不僅迄今仍有著影響力，其質純的作品水準更是一開始就對詩壇造成震撼（如超現實技法），更不用提他們的文學主張、活動與思考對台灣文學界造成的影響，因而以他們三人來作為軍旅詩人之代表應是公允與恰當的。筆者未以其身分為主要論述參照系，[1]筆者嘗試以空間思維為主軸，從文本中看得見的空間，延伸至抽象、看不見的空間去觀照他們對生命情狀之關懷（生命觀、價值觀與世界觀），進而在自然的模擬與人為的參與中，釐析出空間裡的秩序、詩意及美學；然後再由他們的詩文本中的空間所展示出的藝術氛圍與情貌，審視他們和時代環境扣和的流變與關係。

「詩歌」與「空間」之結合，匯合探索詩美感，我們不在做物理空間鑽研，而是在兩者作為研究對象的歷史傳統，於其間釐出一條清晰的書寫脈絡，讓此立論與分析有助於此領域之研究論述得以形成，並進一步讓我們看到不同專業領域互動實踐的可能。此論述不僅是作為知識多樣性中的一種學術研究方法，也是一種詩評論寫作的新脈絡形成，更重要的是轉化傳統理論領域的狹義論述至更寬廣的研究取向。作為台灣現代詩歌空間的考察，在方法論上，我們有詩美學與空間各自獨立的研究成果，卻少有相互結合以開拓新境界的成果。在資料的參引上，往往得參酌詩歌論述的經驗與空間論述作整合，因而我們在觀照新批評、語言學家與結構主義者對文學作品作詮釋外，亦得採用地誌學、存在主義、神話學、建築學與後結構思維等等以資論述之開展。

[1] 這個身份除了劉正忠博士論文《軍旅詩人的異端性格》有詳細交待與區分；而筆者與劉正忠採樣對象相符合，實基於「所見略同」；因為早在筆者博士一二年級時，就完成此論文書寫之計劃，在書寫期間，才發覺到劉正忠初完成此論文的概況。

筆者之論述是先對這三位詩人做一鳥瞰式的空間掃描，因而獲致他們是在一個社會局勢相當不穩定的時候，政治的高壓對創作的箝制，以及自己對離開故園之情況下，其空間詩藝是如何形塑成功。在台灣現代詩從賴和、楊華萌發了在地之根，歷經日據苦難的磨洗，在洛夫等人身上開始綻出一種如玫瑰火焰又帶刺的光芒，於文學界造成極大的影響：洛夫的石室實乃前線金門的碉堡，其中充滿死亡的氛圍，且越往下空間愈壓縮狹小（石室→棺槨→墳→骨灰）、幾至無救贖的可能；而瘂弦的航行意象，充滿暗礁與險阻，將人生比喻成「航行」，卻有著「死亡」的高機率，在這樣一個「風險社會」中，詩人是如何調整建構自我與異己（other）之間的場域；至於商禽，他的「自我監牢」、敞視建築，使得肉身與靈魂處處受縛以及無法逃離，其所反映的是無所不在的箝制與監控，此即為傅柯所提及的權力透過社會制度複合體而運作，在不同的建築類型中開展。透過這種鳥瞰，我們發覺了當時的環境氛圍與詩人所採取的創作策略，而這些創作策略經常和他們的空間思維與技巧多所關連。

進入分論時，我們開始實際地毯式的搜尋，由他們的創作技巧去探索他們創作的理念與美學技巧。洛夫類似蒙太奇（montage）手法的「置喻」（metonymy）與「倒置」技巧，是典型的主體客體易位與擺佈，亦是時代異化與疏離的真切感受；我們常將其貼標籤為超現實主義（surrealism），然而尤其存在之空間觀之，我們反而可尤其創作找到貼合點，更可在他的感受中，發現他那種「遞降地窖式」的空間書寫。在瘂弦身上，透過他那「韻律式」的節奏與歌謠風，我發現了「地方芭蕾」的特性，那是他從感覺出發留下的餘韻，更在他劇戲性的表現風格中，發覺他所拉出的類喜劇之距離、張力，將詩行中的肢體、動作如此緊密地和其韻奏嵌合在一起。商禽善用變形的詩藝，長篇敘事地營造情境，詩中充滿著動物轉化的隱喻，他的「吠月／逐月」思索，就是一種原型神話心靈的投射。他打破了有限存在的藩籬、海峽空間的文化阻隔，以及親人與長輩的懷想距離，進而去把握無限、想像語言所蘊含的生命意義，破除對死亡的恐懼；最後，他像「介殼蟲」一樣，善於「保護」及「防衛」，並且習慣於黑暗並在裡頭做夢，不願溝通，恰巧與他創作的主題與材料是如出一轍的。

「地窖」、「地方芭蕾」及「監牢／介殼蟲」，我們在本書裡，看到他們創作技巧聯結詩歌空間的狀態，以及三位軍中詩人思考的圖像，還有他們對自我命運探索的獨白、對生命地域／所在環境的感悟和那種因戰亂而飄泊、流徙所產生的隱喻、象徵與暗涉，更洞悉了他們因空間置換而表達出的生命觀、價值觀、世界觀與美學觀。他們對環境、地方乃至世界疏離的思索，一方面來自政治壓力的無奈逼迫，詩人們用身體去感受空間時，鮮少能安居於棲居之所，常有飄泊、虛無的感慨。他們較少著墨於「地方」與「家」歸屬感的書寫，這種心靈的異化（alienation）與地方感的消逝不無關係，而「存在」的安適與否又與「地方」這種空間感有密切關連；[2]因而在細究他們三位元詩人的作品時，我們也可感到當時書寫的那種「無家」（即使有建居）的無依及落寞感。他們進而轉向世界各地的想像遊歷、抒發科技文明時代肢解個體的悲辛，進一步失去了生活／生命空間的自由身體韻奏（瘂弦），將自己囚鎖於屋窗內（商禽），還有不時向死亡宣戰，俾便呈現主客極盡扭曲、內外在離異變調的樣態（洛夫）。

---

[2] 許甄倚〈棲居的詩學——陳黎作品中的空間印象與人文關懷〉，發表於第三屆花蓮文學研討會（2005年12月19日，花蓮縣文化局），頁117-24。

所幸的是，就某一方面來看，我們又從他們創作手法找到其和空間呼應之關係，對當下地方／環境之互動與省思。在洛夫、商禽身上，我們找到一種斷裂、不重時序的空間割裂形式（是論者們所謂的超現實主義方法也好，或是作者洛夫本人宣稱的改良型的超現實主義也罷）與散文式情境設計，透過荒謬又變形（超越現實）的扭曲視角（卻讓我更看到「真實」環境與「正常」樣貌）。當這樣的方式被批評為「傳統」、「民族」之悖離與虛無時，我們卻在文化擴散的角度看到了另一種「文化的再創構」。就此一角度而言，他們不僅不是縱的棄絕，還是一種「融合後的延伸」與繼承。就瘂弦方面而言，雖然他對文明技科淩駕質樸的生活面貌不時發出浩嘆，但是那種和土地親近的肢體／身體所發展出的空間韻律／芭蕾，應是細心依偎、踏實踩任一塊土地時，才能發展出的「動作」態式與步調。這種韻律，不僅迴盪在詩人每一詩行，也迴盪於當時「所在」的每一個角落，乃至現今。一如皮特（Richard Peet）對種種執著於「狹隘鄉土主義」所作的質疑之後而在探討段義孚（Yi-Fu Fuan）的《地方之愛》（Topophilia）時所說：

> 探討了人與地方之間的情感連帶，強調感知環境的方式。「地方之愛」是個新創的詞，意思是人類對地方的愛，或者更廣泛的說，是全體人類對於物質環境的情感連帶。人類以各種方式回應環境，包括了視覺和美學鑑賞，以及親身接觸。他認為，最強烈的美學經驗經常源於驚奇，但是對地景的個人持續欣賞，在混合了人類事件的記憶，或是當美愉悅結合了科學好奇時，格外能夠持久。在地方之愛裡，人對過去的察覺很重要。愛鄉主義（patriotism）的修

> 辭強調民族根柢，愛鄉主義意味了對出生地的熱愛。地方的愛鄉主義透過與地方的親密經驗而茁壯，帝國的愛鄉主義則從集體利己主義和狂妄得到滋養——當宣稱擁有廣大領土的權益時，地方之愛就被誤用了。[3]

又在言及城市（文明科技）與荒野、鄉村（質樸生活）在近代的轉變關係時說：

> 對於荒野和鄉村的態度起源於城市。荒野意味著混沌，花園和農場意味了田園生活；城市則意味著秩序、自由及榮耀，但也意味了世俗物慾，以及自然美德的墮落和壓迫。不過，西方在十八世紀自然浪漫主義和十九世紀工業革命之後，輿論卻貶抑城市以彰顯鄉村和自然的價值；現在，荒野代表了（生態的）秩序和自由，核心城市成為社會棄民掌理的混亂叢林，郊區則獲取了好名聲。核心與邊陲的意義因此顛倒過來。[4]

他此段文字恰好可為瘂弦對文明所帶來的墮落、隳敗與古質心靈淪喪之焦慮、思索與追尋找到了最後的詮釋與解答。

本文無意為詩人在台灣學界所形構的論述場域中平反什麼，僅僅只是想透過人文地理學與詩空間美學的思維，對他們的創作技法、象徵、隱喻及思考方式開拓新的面向與探究。透過本書鳥瞰式及地毯式搜索，我們想在五、六〇年代優秀的詩人（恰巧他

---

[3] 皮特（Richard Peet）著，王志弘等譯《現代地理思想》（台北：群學，2005），頁83。

[4] 同上註，頁85。

們都是軍人）中，反思當時的環境，以及詩人如何於當時環境中完成空間及美學的追索。筆者意欲在歷史性的僵化時間論述中，找到一條新的思路，貢獻自己長期對台灣詩壇的觀照與心得，細心耙梳我們居住的空間、土地與人群。筆者覺得台灣以往對現代詩的詮釋，不是過份專注文獻本身的考據，便是純藝術文本的分析，往往忽略了時代環境中時空背景相互扣合的微妙關聯。再者，我們常常以斷代史觀來分期，然後再將詩人放進時代的類別裡，這往往就陷入論述的惡性循環而無以自拔。筆者原本有意將台灣現代詩的空間美學自戰後以迄九〇年代耙梳一番，然而在撰寫過程中發覺工程過分浩大，一本博士論文根本處理不完，便將其改為一生的學術目標，以後逐步來完成這個宏願。總之，筆者雖為文學背景出身，然而才學疏淺、能力有限，空間概念及其所衍生的議題博雜龐大，未能於此時竟其全功誠屬遺憾，但是來日定當更求精進、突破，為台灣現代詩歌中的空間美學繼續貢獻。

附錄　洛夫、瘂弦、商禽所考察之詩歌

洛夫 〔主要以《靈河》（1957）、《石室之死亡》（1965）《外外集》（1967）及《無岸之河》（1970）為主，偶爾兼及七〇年代後一些詩作〕	《石室之死亡》（1、2、5、6、9、10、11、12、13、14、15、19、20、21、22、23、24、25、26、29、30、33、36、37、43、50、51、53、54、56、57、58、59、60、61、62、64）、〈天空的以及街上的〉、〈沙包刑場〉、〈手術檯上的男子〉、〈劇場天使〉、〈我的獸〉、〈雪崩〉、〈蝶〉、〈投影〉、〈曉之外〉、〈廣場〉、〈灰燼之外〉、〈醒之外——悼麥克亞瑟將軍〉、〈天空的以及街上的〉等詩作。
瘂弦 〔主要以《深淵》（1968）為主，兼及後來整理出版的《瘂弦自選集》（1978）及《瘂弦詩集》（1998）〕	〈水手・曼羅斯〉、〈酒巴的午後〉、〈遠洋感覺〉、〈死亡航行〉、〈船中之鼠〉、〈水夫〉、〈一般之歌〉、〈庭院〉、〈復活節〉、〈深淵〉、〈如歌的行板〉、〈在中國街上〉、〈戰神〉、〈早晨——在露臺上〉、〈歌〉、〈馬戲的小丑〉、〈坤伶〉、〈佛羅稜斯〉、〈倫敦〉、〈希臘〉、〈羅馬〉、〈巴黎〉、〈西班牙〉、〈那不勒斯〉、〈芝加哥〉、〈印度〉、〈耶路撒冷〉、〈阿拉伯〉、〈在中國的街上〉等詩作。
商禽 〔主要以《夢或者黎明》（1969）為主，兼及後來重訂出版的《夢或者黎明及其他》（1988）及《用腳思想》（1988）詩集裡少數詩作〕	〈門或者天空〉、〈穿牆貓〉、〈鴿子〉、〈手套〉、〈雞〉、〈狗〉、〈馬〉、〈醒〉、〈鎖〉、〈籍貫〉、〈五官素描〉、〈冷藏的火把〉、〈躍場〉、〈安全島〉、〈長頸鹿〉、〈事件〉、〈火雞〉、〈阿米巴弟弟〉、〈溺酒的天使〉、〈行徑〉、〈溫暖的黑暗〉、〈水葫蘆〉、〈逢單日之歌〉、〈梯〉、〈夢或者黎明〉、〈逃亡的天空〉、〈遙遠的催眠〉、〈梯〉、〈飛行垃圾〉、〈飛行魚〉、〈秋〉、〈應〉〈海拔以上的情感〉、〈逃亡的天空〉等詩作。

參考書目

一、個人詩集

洛夫《靈河》。高雄：創世紀詩社，1957。

洛夫《石室之死亡》。高雄：創世紀詩社，1965。

洛夫《外外集》。高雄：創世紀詩社，1967。

洛夫《無岸之河》。台北：大林出版社，1970。

洛夫《魔歌》。台北：中外文學月刊社，1974。

洛夫《洛夫自選集》。台北：黎明，1975。

洛夫《眾荷喧嘩》。台北：楓城，1976。

洛夫《洛夫詩論選集》。台北：開源，1977。

洛夫《因為風的緣故》。台北：九歌，1988。

洛夫《孤寂中的迴響》。台北：東大，1981。

洛夫《詩的邊緣》。台北：漢光，1986。

洛夫《洛夫詩歌全集》。台北：普音，2009。

紀弦《在飛揚的年代》。台北：寶島文藝社，1951。

紀弦《摘星的少年》。台北：現代詩社，1954。

紀弦《紀弦自選集》。台北：黎明，1978。

商禽《夢或者黎明》。台北：十月，1969。

商禽《夢或者黎明及其他》。台北：書林，1988。

商禽《用腳思想》。台北：漢光文化公司，1988。

商禽《商禽世紀詩選》。台北：爾雅，2000。

商禽《商禽集》。台南：台灣文學館，2008。

商禽《商禽詩全集》。中和：印刻，2009。
陳大為《治洪前書》。台北：詩之華，1994。
陳大為《盡是魅影的城國》。台北：時報，2001。
陳黎《親密書：陳黎詩選1974-1992》。台北：書林，1992。
陳黎《家庭之旅》。台北：麥田，1993。
陳黎《小宇宙》。台北：皇冠，1993。
陳黎《島嶼邊緣》。台北：皇冠，1995。
陳黎《陳黎詩集Ⅰ：1973-1993》。台北：東林，1998。
陳黎《陳黎詩選：1974-2000》。台北：九歌，2001。
覃子豪《覃子豪集1、2、3》。台北：覃子豪全集出版委員會，1968。
覃子豪著，劉正偉編《覃子豪集》。台南：台灣文學館，2008。
楊華《黑潮集》。台北：桂冠，2001。
瘂弦《深淵》。台北：眾人，1968。
瘂弦《瘂弦自選集》。台北：黎明，1978。
瘂弦《瘂弦詩集》。台北：洪範，1998。

二、中文專書

王志弘《流動・空間與社會：1991-1997論文選》。台北：田園，1998。
王逢振主編《2002年度新譯西方文論選》。桂林：灕江，2001。
王夢鷗《藝術概論》。台北：帕米爾，1974。
王夢鷗編《當代中國新文學大系・文學論爭集》。台北：天視，1981。

王威智編《在想像與現實間走索：陳黎作品評論集》。台北：書林，1999。
王弼注《四部集要子部‧老子》。台北：新興，1961。
王久烈等譯註《語譯詳註文心雕龍》。台北：天龍，1983。
尤雅姿《魏晉士人之思想與文化研究》。台北：文史哲，1998。
古添洪《記號詩學》。台北：東大，1984。
古繼堂《台灣新詩發展史》。台北：文史哲，1997。
白萩《現代詩散論》。台北：三民，1983。
白靈《一首詩的誕生》。台北：九歌，1991。
包亞明主編《現代性與空間生產》。上海：上海教育，2003。
羊子喬《神祕的觸鬚》。台北：台笠，1996。
朱光潛《詩論新編》。台北：洪範，1982。
朱光潛《詩論》。台北：正中，1993。
伍蠡甫、林驤華編著《現代‧西方文論選》。台北：洪範，1982。
汪民安、陳永國、馬海良主編《後現代性的哲學話語：從福柯到賽義德》。
杭州：浙江人民，2001。
向宏業、唐仲揚、成偉鈞主編《修辭通鑒》。北京：中國青年，1998。
老高放《超現實主義導論》。北京：社會科學文獻，1997。
牟宗三講述、陶國璋整構《莊子齊物論義理演析》。台北：書林，1999。
牟宗三《中國哲學十九講》。台北：學生，2002。
呂興昌《台灣詩人研究論集》。台南：台南市立文化中心，1995。
呂正惠《戰後台灣文學經驗》。台北：新地，1995。
余培林注譯《老子讀本》。台北：三民，2001。

余匡複《論希萊希特的非亞裡士多德美學思想》。台北：淡江大學，2002。
余光中等編《中國現代文學大系》。台北：巨人，1972。
余光中《焚鶴人》。台北：純文學，1972。
余光中《左手的繆思》。台北：時報，1980。
余光中《掌上雨》。台北：時報，1980。
余光中《分水嶺上》。台北：純文學，1981。
李震《宇宙論》。台北：商務，1967。
李烈炎《時空學說史》。武漢：湖北人民，1988。
李瑞騰《新詩學》。台北：駱駝，1997。
李瑞騰《披文入情》。台北：蘭亭，1984。
李瑞騰《詩心與國魂》。台北：漢光，1984。
李豐楙、劉苑如編《空間、地域與文化——中國文化空間的書寫與闡釋》。台北：中央研究院，1992。
李元貞《紅的發紫：台灣現代女性詩選》。台北：女書，2000。
李永熾《世紀末的思想與社會》。台北：萬象，1990。
李幼蒸編選《結構主義和符號學——電影理論譯文集》。北京：三聯，1987。
李幼蒸編《結構主義和符號學》。台北：桂冠，1990。
李魁賢《詩的反抗》。台北：新地，1992。
李敏勇《戰後台灣文學反思》。台北：自立晚報社，1994。
李歐梵《鐵屋中的吶喊》。台北：風雲時代，1995。
李筱峯、劉峯松《台灣歷史閱覽》。台北：自立晚報社，1994。
李瑜青主編《尼采哲理美文集》。台北：台灣先智，2002。
欣劍飛《世界的中國觀》。上海：學林，1991。

吳潛誠《詩人不撒謊・衡論詩的長短以及詩系》。台北：圓神，1988。
吳潛誠著《靠岸航行：關於文學與文化評論》。台北：立緒，1991。
吳潛誠著《島嶼巡航：黑倪和台灣作家的介入詩學》。台北：立緒，1999。
吳潛誠著《航向愛爾蘭：葉慈與塞爾特想像》。台北：立緒，1999。
吳潛誠著《感性定位》。三重：允晨，1994。
吳芸編著《西洋文學概論題庫經典》。台北：國家，1995。
吳芸編著《西洋文學概論滿分掃描》。台北：國家，2001。
何欣編《當代中國新文學大系・文學論爭集》。台北：天視，1981。
沈奇《台灣詩人散論》。台北：爾雅，1996。
孟樊主編《當代台灣文學評論大系——新詩批評》。台北：正中，1993。
孟樊《台灣文學輕批評》。台北：揚智，1994。
孟樊著《當代台灣新詩理論》。台北：揚智，1998。
孟樊著《台灣後現代詩的理論與實際》。台北：揚智，2003。
季鐵男編《建築現象學導論》。台北：桂冠，1992。
季鐵男編《思考的建築》。台北：時報，1993。
林燿德《觀念對話》。台北：漢光，1989。
林燿德主編《當代台灣文學評論大系——文學現象卷》。台北：正中，1993。
林燿德、孟樊編《當代台灣政治文學論》。時報，1994。

林水福、林燿德主編《蕾絲與鞭子的交歡：當代台灣情色文學論》。台北：時報，1997。
周振甫譯注《語譯詳註文心雕龍》。台北：五南，1993。
倪梁康《胡塞爾現象學概念通釋》。北京：三聯，1999。
柯慶明《文學美綜論》。台北：長安，1983。
柯慶明編《中國文學批評年選》。台北：巨人，1976。
柯慶明《中國文學的美感》。台北：麥田，2000。
洛夫、張默、瘂弦等編《中國現代詩論選》。高雄：大業，1969。
洛夫《洛夫詩論選集》。台南：金川，1978。
紀弦《紀弦詩論》。台北：現代詩社，1954。
紀弦《新詩論集》。高雄：大業，1955。
紀弦《紀弦論現代詩》。台中：藍燈，1970。
洛夫《詩人之鏡》。高雄：大業，1969。
封德屏編《台灣現代詩史論》。台北：文訊，1996。
夏鑄九《理論建築——朝向空間實踐的理論建構》。台北：明文，1992。
夏鑄九《空間、歷史與社會——論文選1987-1992》。台北：明文，1993。
夏鑄九、王志弘編譯《空間的文化形式與社會理論讀本》。台北：明文，1994。
洪子誠、劉登翰《中國當代新詩史》。北京：人民文學，1994。
洪漢鼎《理解的真理：解讀伽達默爾「真理與方法」》。濟南：山東人民，2001。
洪漢鼎《詮釋學史》。台北：桂冠，2003。
侯吉諒主編《洛夫石室之死亡及相關重要評論》。台北：漢光，1988。

唐文標《天國不是我們的》。台北：聯經，1976。
唐君毅《人文精神之重建》。台北：學生，1978。
高辛勇《形名學與敘事理論》。台北：聯經，1987。
袁珂《古神話選釋》。台北：長安，1982。
袁珂《神話論文集》。台北：漢京，1987。
袁坷《中國古代神話》。台北：商務，1993。
袁珂校注《山海經校注》。台北：裡仁，1995。
高東山編著《英詩的格律與賞析》。台北：商務，1991。
奚密《現當代詩文錄》。台北：聯合文學，1998。
馬森《馬森戲劇集》。台北：爾雅，1985。
馬森《文化・社會・生活》。台北：圓神，1986。
郭宏安、章國鋒、王逢振著《二十世紀西方文論研究》。北京：中國社會科學，1997。
商禽《從真摯出發》。台中：普天，1970。
陳啟佑（渡也）《渡也論新詩》。台北：黎明，1983。
陳啟佑（渡也）《新詩補給站》。台北：三民，1995。
陳坤宏《空間結構——理論與方法論》。台北：明文，1991。
陳鼓應編《存在主義》。台北：商務，1995。
陳慧樺、古添洪編著《從比較神話到文學》。台北：東大，1983。
陳慧樺、古添洪編著《比較文學的墾拓在台灣》。台北：東大，1985。
陳鵬翔、張靜二編《從影響研究到中國文學》。台北：書林，1992。
陳鵬翔《主題學理論與實踐》。台北：萬卷樓，2001。
陳榮華《葛達瑪詮釋與中國哲學的詮釋》。台北：明文，1998。
陳義芝編《台灣文學經典研討會論文集》。台北：聯經，1999。

陳大為《亞洲閱讀：都市文學與文化（1950-2004）》。台北：萬卷樓，2004。
陳世驤《陳世驤文存》。台北：志文，1972。
陳黎《聲音鐘：陳黎散文1974-1991》。台北：元尊，1997。
陳黎《洄瀾憶往：花蓮開埠三百年紀念攝影特輯》。花蓮：花蓮文化中心，1992。
陳芳明《鏡子與影子》。台北：志文，1973。
陳芳明《詩與真實》。台北：洪範，1977。
陳千武《詩文學散論》。台中：台中市立文化中心，1997。
陳千武《台灣新詩論集》。高雄：春暉，1997。
陳榮吉編譯《英美散文菁華》。台北：寂天，2002。
陳明台《台灣文學研究論集》。台北：文史哲，1997。
陶保璽《台灣新詩十家論》。台北：二魚，2003。
章啟群《伽達默爾傳》。石家莊：河北人民，1998。
黃慶萱《修辭學》。台北：三民，1979。
黃永武《字句鍛鍊法》。台北：台灣商務，1995。
黃中明譯《西洋文學選譯》。台北：宇楨，1989。
黃維樑編《璀璨的五彩筆》。台北：九歌，1994。
黃維樑《中國文學縱橫論》。台北：東大，2005。
黃應貴主編《空間、力與社會》。台北：中央研究院民族研究所，1995。
傅偉勳《西洋哲學史》。台北：三民，2002。
焦雄屏《認識電影》。台北：時報，1989。
彭鏡禧主編《西洋文學大教室：精讀經典》。台北：九歌，1999。
彭瑞金《台灣新文學運動四十年》。台北：自立晚報社，1991。
童道明主編《戲劇美學》。台北：洪葉，1993。

葉舒憲《中國神話哲學》。北京：中國社會科學，1993。
葉舒憲編《神話——原型批評》。西安：陝西師範大學，1987。
葉維廉《飲之太和：葉維廉文學論文二集》。台北：時報，1970。
葉維廉《秩序的生長》。台北：志文，1971。
葉維廉編《中國現代作家論》。台北：聯經，1976
葉維廉《比較詩學》。台北：東大，1988。
葉石濤《台灣文學史綱》。高雄：春暉，1987。
葉樹源《建築與哲學觀》。台北：世峰，1983。
馮友蘭《中國哲學簡史》。台北：藍燈，1993。
張祥龍《海德格爾思想與中國天道：終極視域的開啟與交融》。北京：三聯，1996。
張錯編《千曲之島》。台北：爾雅，1987。
張漢良、蕭蕭編選《現代詩導讀》。台北：故鄉，1979
張漢良《現代詩論衡》。台北：幼獅，1981。
張漢良《比較文學理論與實踐》。台北：東大，1986。
張默、張漢良主編《創世紀四十年總目》。台北：創世紀詩社，1994。
張默編《現代詩人書簡集》。台中：普天，1969。
張默編《心靈箚記》。台中：藍燈，1971。
張默《台灣現代詩概觀》。台北：爾雅，1997。
張默《夢從樺樹上跌下來》。台北：爾雅，1998。
張寶琴、邵玉銘、瘂弦編《四十年來中國文學》。台北：聯合文學，1997。
趙毅衡編選《新批評文集》。天津：百花文藝，2001。
覃子豪《論現代詩》。台中：曾文，1982。
費勇《洛夫與中國現代詩》。台北：東大，1994。

鄔昆如《西洋哲學史》。台北：正中，1971。
楊松年《中國文學批評問題研究論集》。台北：文史哲，1994。
楊松年《中國文學批評論集》。台北：文史哲，1989。
楊松年《戰前新馬文學本地意識的形成與發展》。新加坡：新加坡國立大學中文系，2001。
楊周翰、吳達元、趙夢蕤主編《歐洲文學史》。北京：人民，1998。
楊宗翰編《文學經典與台灣文學》。台北：富春，2001。
褚瑞基《建築與「科技論文集」》。台北：田園，1999。
褚瑞基《讀建築・寫建築——建築文學・文學建築》。台北：田園，2000。
趙敏俐《兩漢詩歌研究》。台北：文津，1993。
瘂弦、張默編《六十年代詩選》。高雄：大業，1961
瘂弦、張默編《七十年代詩選》。高雄：大業，1967
瘂弦等編《創世紀詩選》。台北：爾雅，1984
瘂弦、簡政珍編《創世紀四十年評論選》。台北：創世紀詩社，1994。
瘂弦《中國新詩研究》。台北：洪範，1994。
楊牧、鄭樹森（編）《現代中國詩選》。台北：洪範，1989。
楊牧《文學知識》。台北：洪範，1979。
楊牧《一首詩的完成》。台北：洪範，1989。
楊牧《傳統的與現代的》。台北：洪範，1987
楊牧《英詩漢譯集》。台北：洪範，2007。
葛賢寧等著《反共抗俄詩選》。台北：中華文物，1952
葛賢寧、上官予《五十年來的中國詩歌》，台北：正中，1965
廖炳惠編《關鍵詞200》。台北：麥田出版社，2003。

蔡英俊《比興物色與情景交融》。台北：大安，1986。
蔡源煌《從浪漫主義到後現代主義》。台北：雅典，1988。
潘麗珠《現代詩學》。台北：五南出版社，1997。
魯迅《野草》。台北：風雲時代，1993
黎活仁《現代中國文學的時間觀與空間觀》。台北：業強，2000。
劉毓秀、曾珍珍合譯《希臘悲劇》。台北：書林，1993。
劉介民《比較文學方法論》。台北：時報，1990。
劉熙載《藝概》。台北：金楓，1986。
鍾玲《現代中國繆司——台灣女詩人作品析論》。台北：聯經，1989。
劉康《對話的喧聲：巴赫汀文化理論述評》。台北：麥田，1995。
劉紀蕙編《框架內外：藝術・文類與符號疆界》。台北：立緒，1999。
劉紀蕙《孤兒・女神・負面書寫》。台北：立緒，2000。
劉小楓主編《現代性中的審美問題》。上海：學林，1994。
劉心皇《當代中國新文學大系：史料與索引》。台北：天視，1981。
劉登翰、徐學、朱雙一等著《台灣新文學概觀》。廈門：鷺江，1991。
劉登翰《台灣文學隔海觀》。台北：風雲時代，1995。
劉登翰、朱雙一等著《彼岸的繆斯——台灣詩歌論》。南昌：百花洲文藝，1996。
劉正忠、陳大為主編《當代文學讀本：台灣現代文學教程台灣新文學概觀》。台北：二魚，2002。
劉文英《中國古代的時空觀念（修訂本）》。天津：南開大學，2000年9月。

聯合文學出版社編輯《閱讀文學地景：新詩卷》。台北：聯合文學，2004。
鄭樹森《現象學與文學批評》。台北：東大，1984。
鄭明娳總編輯《當代台灣文學評論大系：新詩批評卷》。台北：正中，1993。
鄭明娳總編輯《當代台灣文學批評大系》。台北：正中，1993。
鄭明娳主編《當代台灣都市文學論》。台北：時報，1995。
錢穆《論語新解》。台北：素書樓，2000。
龍彼德《洛夫評傳》。南京：南京大學，1995。
龍彼德《一代詩魔洛夫》。台北：小報，1998。
龍彼德《瘂弦評傳》。台北：三民，2006。
龍應台總編輯《台北市地名與路街沿革史》。台北：北市文獻會，2002。
顏元叔《談民族文學》。台北：學生，1973
顏忠賢《影像地誌學》。台北：萬象，1996。
顏忠賢《世界的盡頭：顏忠賢詩建築》。台北：田園，1999。
簡政珍《語言與文學空間》。台北：漢光，1989。
簡政珍主編《當代台灣文學評論大系——文學理論卷》。台北：正中，1993。
簡政珍編《新世代詩人精選集》。台北：書林，1998。
簡政珍《詩心與詩學》。台北：書林，1999。
簡政珍《台灣現代詩美學》。台北：揚智，2004。
蕭蕭主編《詩魔的蛻變：洛夫詩作評論集》。台北：詩之華，1991。
蕭蕭主編《詩儒的創作：瘂弦詩作評論集》。台北：文史哲，1994。

蕭蕭《現代詩學》。台北：東大，1987。

蕭蕭《現代創作演練》。台北：爾雅，1991。

嚴平《走向解釋學的真理：伽達默爾哲學述評》。北京：人民，1998。

嚴平《高達美》。台北：東大，1997。

羅青《從徐志摩到余光中》。台北：爾雅，1978。

羅青《詩人之燈》。台北：光復，1988

羅鋼、劉象愚主編《文化研究讀本》。北京：中國社會科學，2000。

龔卓軍《身體部署：梅洛龐蒂與現象學之後》。台北：心靈工坊，2006。

三、翻譯專著

巴爾梅（Richard E. Palmer）著，嚴平譯《詮釋學》。台北：桂冠，1992。

巴舍拉（Gason Bachelard）著，龔卓軍、王靜慧譯《空間詩學》台北：張老師，2003。

巴特（Roland Barthes）著，李幼蒸譯《寫作的零度：結構主義文學理論文選》。台北：桂冠，1991。

巴特（Roland Barthes）著，屠友祥譯《S/Z》。上海：人民，2000。

巴特（Roland Barthes）著，汪耀進、武佩榮譯《一個解構主義的文本》。上海：人民，1997。

巴特（Roland Barthes）著，汪耀進、武佩榮譯《戀人絮語：一本解構主義的文本》。台北：桂冠，2002。

巴贊（André Bazin）著，崔君衍譯《電影是什麼？》。台北：遠流，1998。

凱西勒（Ernst Cassirer），甘陽譯《人論》。台北：桂冠，1997。

卡謬（Albert Camus）著，劉俊餘譯《反抗者》。台北：三民，1972。

卡繆（Albert Camus）著，莫渝譯《異鄉人》。台北：志文，1996。

卡夫卡（Franz Kafka）著，張伯權譯《卡夫卡的寓言與格言》。新竹：楓城，1975。

卡夫卡（Franz Kafka）著，金溟若譯《蛻變》。台北：志文，2005。

卡夫卡（Franz Kafka）著，紫石作坊編譯《蛻變：卡夫卡小說傑作選》。台北：麥田，2005。

卡夫卡（Franz Kafka）著，李文俊等譯《變形記：卡夫卡短篇小說集》。台北：商周，2005。

卡夫卡（Franz Kafka）著，葉廷芳編《卡夫卡短篇傑作選》。台北：志文，1996。

卡勒（Jonathan Culler）著，李平譯《文學理論》。香港：牛津，1998。

卡勒（Jonathan Culler）著，李平譯《當代學術入門文學理論》。瀋陽：遼寧教育，1998。

卡斯威爾（Tim Cresswell）著，王志弘等譯《地方：記憶、想像與認同》。台北：群學，2006。

布魯姆（Harld Bloom）著，徐文博譯《影響的焦慮》。台北：萬象，1990。

布魯姆（Harold Bloom）著，高志仁譯《西方正典》（上）、（下）。台北：立緒，1998。

布魯姆（Hazard Adams）著，傅士珍譯《西方文學理論四講》。台北：洪範，2000。
布魯姆（Harold Bloom）著，餘君偉等譯《盡得其妙　如何讀西方正典》。台北：時報，2002。
佈雷克（William Blake）著，張熾恆譯《佈雷克詩選》。台北：書林，2007。
布洛克（Alan Bullock）著，董樂山譯《西方人文主義傳統》。台北：究竟，2000。
布魯克（Peter Brook）著，耿一偉譯《空的空間》。台北：中正，2008。
尼采（Friedrich Wilhelm Nietzsche）著，劉崎譯《悲劇的誕生》。台北，志文，1998。
皮特（Richard Peet）著，王志弘等譯《現代地理思想》。台北：群學，2005。
史蒂芬遜（Ralph Stephenson）等著，劉森堯譯《電影藝術面面觀》。台北：志文，1977。
坎伯（Joseph Campbell）著，李子寧譯《神話的智慧》。台北：立緒，2002。
艾略特（T.S. Eliot）著，杜國清譯《艾略特文學評論選集》。台北：田園，1969。
艾略特（T.S. Eliot）著，杜國清譯《詩的效用與批評效用》。台北：純文學，1974。
艾略特（T.S. Eliot）等著，趙毅衡編譯選《新批評文集》。天津：百花文藝，2001。
艾布拉姆斯（M. H. Abrams）著，酈雅牛、張照進和童慶生譯《鏡與燈：浪漫主義文論及批評傳統》。北京：北京大學，1992。

艾布拉姆斯（M. H. Abrams）著，朱金鵬、朱荔譯《歐美文學術語辭典》。北京：北京大學，1990。

史古爾茲〔原作休斯〕（Robert Scholes）著，劉豫譯《文學結構主義》。台北：立緒，1992。

伊果頓（Terry Eagleton）著，吳新發譯《文學理論導讀》。台北：書林，1996。

考夫曼（Walter Kaufmann）編著，陳鼓應、孟祥森、劉崎譯《存在主義哲學》。台北：台灣商務，1984。

呂健忠、李奭學編譯《西洋文學概論》。台北：書林，1990。

佛羅斯特（Robert Frost）著，曹明倫譯《佛羅斯特永恆詩選》。台北：愛詩社，2004。

李維史特（Claude Levi-Strauss）著，李幼蒸譯《野性的思維》。台北：聯經，1989。

李維史陀（Claude Lévi-Strauss）著，周昌忠譯《神話學：生食和熟食》。台北：時代文化，1998。

李維史陀（Claude Lévi-Strauss）著，楊德睿譯《神話與意義》。台北：麥田，2001。

李俊清譯注《艾略特的荒原》。台北：書林，1992。

伯格（John Berger）著，陳志梧譯《看的方法：繪畫與社會關係七講》。台北：明文，1989。

沃林（Richard Wolin）著，張國清譯《文化批評的觀念：法蘭克福學派、存在主義和後結構主義》。北京：商務，2000。

杜蘭（Will James Durant）著，陳文林譯《西洋哲學故事》。台北：志文，1992。

伽達默爾（Hans-Georg Gadamer）著，吳文勇譯《真理與方法：哲學詮釋的基本特徵》。台北：南方，1988。

伽達默爾（Hans-Georg Gadamer）著，李曉萍譯《理性，理論，啟蒙》。台北：結構群，1990。

伽達默爾（Hans-Georg Gadamer）《科學時代的理性》。台北：結構群，1990。

伽達默爾（Hans-Georg Gadamer）著，張志偉譯《伽達默爾論黑格爾》。北京：北明日報，1992。

伽達默爾（Hans-Georg Gadamer）著，洪漢鼎譯《真理與方法：哲學詮釋的基本特徵》。台北：時報，1993。

伽達默爾（Hans-Georg Gadamer）《哲學解釋學》。上海：上海譯文，1994。

伽達默爾（Hans-Georg Gadamer）著，洪漢鼎譯《詮釋學：真理與方法，補充和索引》。台北：時報，1995。

伽達默爾（Hans-Georg Gadamer）著，嚴平編選，鄧安慶等譯《伽達默爾集》。上海：遠東，1997。

伽達默爾（Hans-Georg Gadamer）著，洪漢鼎譯《真理與方法（上）、（下）》。上海：譯文，2004。

叔本華（Heinrich Floris Schopenhauer）著，陳曉南譯《叔本華論文集》。台北：志文，1974。

波特萊爾（Charles Baudelaire）著，杜國清譯《惡之華》。台北：純文學，1985。

波特萊爾（Charles Baudelaire）著，莫渝譯《惡之華選析》（上）、（下）。台北：桂冠，2001。

法朗士（Peter France）著，梁永安譯《隱士・透視孤獨》。台北：立緒，2001。

帕斯（octavio Paz）、聶魯達（Pablo Neruda）著，陳黎、張芬齡譯《拉丁美洲詩雙璧：《帕斯詩選》.聶魯達《疑問集》》。台北：書林，1991。
哈山（Ihab Hassan）著，劉象愚譯《後現代的轉向——後現代理論與文化論文集》。台北：時報，1993。
韋禮克（Rene Wellek）著，王夢鷗等譯《文學論》。台北：志文，1992。
韋禮克（Rene Wellek）著，張金言譯《批評的觀念》。杭州：中國美術學院，1999。
胡塞爾（Edmund Husserl）著，張慶熊譯《歐洲科學危機和超越現象學》。台北：桂冠，1992。
胡塞爾（Edmund Husserl）著，李幼蒸譯《純粹現象學通論》。台北：桂冠，1994。
胡塞爾（Edmund Husserl）著，呂祥譯，倪梁康校《胡塞爾選集》。上海：三聯，1997。
胡塞爾（Edmund Husserl）著，倪梁康主編《哲學作為嚴格的科學》。北京：商務，1999。
胡塞爾（Edmund Husserl）等著，倪梁康主編《面對實事本身：現象學經典文選》。北京：東方，2000。
胡塞爾（Edmund Husserl）著，張憲譯《笛卡兒的沈思：現象學導論》。台北：桂冠，2004。
亞裡斯多德（Aristotle）著，姚一葦譯註《詩學箋註》。台北：中華，1993。
亞當斯（Hazard Adams）著，傅士珍譯《西方文學理論四講》。台北：洪範，2000。

韋勒克（Rene Wellek）、華倫（Austin Warren）著，王夢鷗譯《文學論》（Theory of Literature）。台北：志文，1976。

段義孚（Yi-Fu Tuan）著，潘桂成譯《經驗透視中的空間和地方》。台北：國立編譯館，1998。

段義孚（Yi-Fu Tuan）著，周尚意、張春梅譯《逃避主義：逃避過程即是創造文化的過程》。新店：立緒，2006。

段義孚（Yi-Fu Tuan）著，潘桂成、鄧伯宸、梁永安譯《恐懼：人類生活中無所不在的恐懼感》。新店：立緒，2008。

姚斯（H. R. Jauss）、霍拉勃（R.C. Holub）著，周寧、金元浦譯《接受美學與接受理論》。瀋陽：遼寧人民，1987。

班雅明（Walter Benjamin）著，漢娜・阿倫特（Hannah Arendt）編，張旭東、王斑譯《啟迪——班雅明文選》。香港：牛津，1998。

班雅明（Walter Benjamin）著，林志明譯《說故事的人》。台北：台灣攝影工作室，1998。

班雅明（Walter Benjamin）著，張旭東、魏文生譯《發達資本主義時代的抒情詩人——論波特萊爾》。台北：臉譜，2002。

索緒爾（Ferdinand de Saussure）著，高臺凱譯《普通語言學教程》。北京：商務，1996。

索科羅斯基（Robert Sokolowski）著，李維倫譯《現象學十四講》。台北：心靈工坊，2005。

索雅（Edward W.Soja）著，王志弘等譯《第三空間》。台北：冠桂，2004。

海德格（Martin Heidegger）著，陳嘉映、王慶節譯《存在與存有》。台北：唐山，1989。

海德格（Martin Heidegger）著，孫周興譯《走向語言之途》。台北，時報，1993。
海德格（Martin Heidegger）著，孫周興譯《林中路》。台北，時報，1994。
海德格（Martin Heidegger）《人，詩意的安居：海德格爾語要》。上海：遠東，1996。
海德格（Martin Heidegger）《海德格爾選集》。上海：上海三聯，1996。
海德格（Martin Heidegger）著，孫周興譯《路標》。台北，時報，1997。
海明威（Ernest Hemingway）著，愛瑪女士譯《老人與海》。台北：敦煌，1999。
海野一隆著，王妙發譯《地圖的文化史》。香港：中華，2002。
泰戈爾（Rabindranath Tagore）著，許慧真譯《泰戈爾詩選集》。台北：崇文館，2007。
泰戈爾（Rabindranath Tagore）著，陳琳秀譯《漂鳥集》。台北：宇楨，1990。
埃斯庫羅斯（Aeschylus）等著，劉毓秀、曾珍珍譯《希臘悲劇》。台北：書林，1997。
雪萊（Percy Bysshe Shelley）著，楊熙齡譯《雪萊抒情詩選》。台北：桂冠，1993。
梅洛龐蒂（Merleau-Ponty）著，薑志輝譯《知覺現象學》。北京：商務，2005。
梅列金斯基著，魏慶征譯《神話的詩學》。河北：商務，1990。
曼古埃爾（Alberto Manguel）著，薛絢譯《意像地圖——閱讀圖像中的愛與憎》。台北：商務，2002。

喬埃斯（James Joyce）著，黎登鑫譯《一位年輕藝術家的畫像》。台北，世界，1970。
喬哀思（Joyce James）著，《都柏林人（英文版）》（Dubliners）Robert Scholes and A. Walton Litz（編）。台北：書林，1985。
喬哀思（James Joyce）等著，朱乃長評注《英美短篇小說賞析》。台北：書林，2000。
喬埃斯（James Joyce）著，杜若洲譯《都柏林人》。台北，志文，2000。2007。
渥德（Denis Wood）著，王志弘等譯《地圖權力學》。台北：時報，1996。
理查茲（I.A. Richards）著，楊自伍譯《文學批評原理》。南昌：百花洲文藝，1993。
傅柯（Michel Foucault）著，劉北城譯《瘋癲與文明》。台北：時報，1994。
傅柯（Michel Foucault）著，謝強、馬月譯《知識考古學》。北京：三聯，1998。
傅柯（Michel Foucault）著，杜小真編選《傅柯集》。上海：遠東，1999。
葉慈（W.B. Yeats）著，陳映真主編《諾貝爾文學獎全集・葉慈部分・評審頒獎辭》。台北：遠景，1982。
葉慈（W.B. Yeats）著，楊牧譯《葉慈詩選》。台北：洪範，1999。
葉慈（W.B. Yeats）著，傅浩譯《葉慈詩選》。台北：書林，2000。
普多夫金（V.I. Pudovkin）著，劉森堯譯《電影技巧與電影表演》。台北：書林，2006。

雷可夫（George Lakoff）和詹森（Mark Johnson）著、周世箴譯《我們賴以生存的譬喻》。台北：聯經，2006。

道格拉斯・凱爾納（Douglas Kellner）、史斯蒂文・貝斯特（Steven Best）著，張志斌譯《後現代理論》。北京：中央編譯，1999。

詹明信（Fredric Jameson）著，張旭東編《晚期資本主義的文化邏輯：詹明信批評理論文選》。香港：牛津大學，1996。

瑪西（John Macy））著，臨湖、朱淵譯《文學的故事》。南京：江蘇人民，1998。

碧許（Elizabeth Bishop）著，曾珍珍譯《伊莉莎白・碧許詩選》。台北：遠足，2004。

榮格（Carl Gustar Jung）著，馮川、蘇克編譯《心理學與文學》。台北：久大，1990。

德里達（Jacques Derrida）著，汪堂家譯《論文字學》。上海：譯文，1999。

德里達（Jacques Derrida）著，楊恆達、劉忠城譯《立場》。台北：冠桂，1998。

諾伯舒茲（Christian Norberg-Schulz）著，施植明譯《場所精神》。台北：尚林，1986。

薩伊德（Edward W. Said）著，王淑燕等譯《東方主義》。台北：立緒，1999。

謝勒（Max Scheler）著，陳仁華譯《情感現象學》。台北：遠流，2001。

韓德森（Bill Henderson）著，楊鳴、張明敏譯《高塔》。台北：時報，2001。

魏特罕（Margaret Wertheim）著，薛絢譯《空間地圖：從但丁的空間到網路空間》。台北：聯經，2006。
藤原資明著，徐明岳、俞宜國譯《埃柯——符號的時空》。石家莊：河北教育，2001。
吳潛誠主編，黃宗儀等譯《文化與社會》。台北：立緒，1997。
陳黎、張芬齡合譯《拉丁美洲現代詩選》。台北：書林，1989。
陳黎、張芬齡譯著《四方的聲音：閱讀現代・當代世界文學》。花蓮：花蓮文化中心，1993。
陳黎、張芬齡譯著《神聖的詠歎：但丁導讀》。台北：書林，1994。
陳黎、張芬齡譯著《致羞怯的情人》。台北：九歌，2005。
劉若愚著，杜國清譯《中國文學理論》。台北：聯經1981。

四、英文原書

Adams, Hazard. ed. *Critical Theory since Plato.* Harcourt Brace Jovanovich , 1971. 324-36.
Aristotle *Poetics.* New York: Hill and Wang, 1961.
Brooks, Cleanth. "Irony as a Principle of Structure," *Twentieth Century Criticism.* Ed. William J. Handy and Max Westbrook . New York: The Free Press, 1947. 59-70.
Caruth, Cathy. ed. & intro. *Trauma: Explorations in Memory.* Baltimore: Johns Hopkins UP, 1995. (Introduction)
Eisenstein, Sergei. "The Cinematographic Principle and The Ideogramnese," *Film Form: Essays in Film Theory*. Ed. & Trans. Jay Leyda. New York: Harcourt, Brace & World, 1949.

Eliot, T.S. “Tradition and the individual talent,” *The Sacred Wood: Eassays on Poetry and Criticism.* London: Methuen, 1960.

---. *Selected Essays.* New York: Harcourt Brace and World, 1960. 23-42.

Fenollosa, Ernest. “The Chinese Written Characters as a Medium for Poetry,” *Prose Keys to Modern Poetry.* Ed. Karl Shapiro. New York:Peter & Row, 1962. 136-55.

Fergusson, Francis Intro.&Trans. Butcher, S.H. *Aristotle's Poetics.* New York: Hill and Wang, 1961.

Gross, David *Lost Time: on Remembering and Forgetting in Late Modern Culture*. Massachusetts:U of Massachusetts P, 2000. 65-66.

Hassan, Ihab. “The Literature of Silence,” *The Postmodern Turn.* ohio: ohio State U P, 1987. 3-22.

Heaney, Seamus. “The Redress of Poetry,” T*he Redress of Poetry: oxford Lectures.* London: Faber and Faber, 1995. 1-16.

Hernadi, Paul. *What is Criticism?* Bloomington :Indiana UP, 1981. 28-32.

Jakobson, Roman and Morris, Halle. *Fundamentals of Language.* The Hague: Mount, 1956.

---. “ Two Aspects of Language:Metaphor and Metonymy,” in *European Literary Theory and Practice.* Ed. Vernon W. Gras. New York :Dell Pub, 1973. 119-129.

Lyotard, Jean-Francois. *The Postmodern Condition.* Trans. Geoff Bennington and Brian Massumi. Minneapolis: U of Minnesota P, 1979.(Introduction, chapter 10, & chapter 14)

MacNeice, Lious. *The Poetry of W. B. Yeats.* New York: Methuen, 1941.

Perrine, Laurence. *Sense and Sound*. New York :Harcourt Brace Jovanovich, 1982.

Ricoeur, Paul. *Husserl:an analysis of his phenomenology. Trans.* Edward G. Ballard and Lester E. Embree. Evanston: Northwestern UP, 1967.

Showalter, Elaine. "Feminist Criticism in Wilderness," *New Feminist Criticism.* Ed. Elaine Showalter. New York: Pantheon Book, 1985. 243-70.

Spivak, G.C. "Can the Subaltern Speak? " *Marxism and the Interpretation of Culture.* Ed. Cary Nelson and Lawrence Grossberg. Urbana and Chicago: U of Illinois P, 1988. 271-313.

Traugott, Elizabeth Closs. "on the Expression of Spatio-temporal Relations in Language," *Universals of Human Language Vol3.* Ed. Joseph H. Greenberg, Charles A. Ferguson, and Edith Moravcsik. Stanford: Standford UP, 1978.

五、論文

（一）期刊及會議論文

王志弘〈空間與社會：邁向社會優位的空間理論〉，《空間雜誌》第60期（1994.7），頁92-97。

王正良〈盤點時間，論瘂弦〈復活節〉〉，《台灣詩學學刊》第7期（2006.5），頁7-29。

王柏山、蘇揚期〈「地方感」研究觀點的探討──從人本主義地理學、行為地理學到都市意象學派〉，《社會科教育研究》第10期（2005.12），頁109-136。

尤雅姿〈論魏晉士人時空意識之發生與體驗──援近代西方思想體系討論之〉，《文史學報》第27期（1997.6），頁51-167。

尤雅姿〈文學世界中的空間創設〉，《中國文哲研究通訊》第10卷第3期（2000.9），153-167

尤雅姿〈論魏晉士人時空意識之發生與體驗——援近代西方思想體系討論之〉，《文史學報》第27期（1997.6），頁51-102。

白萩〈台灣戰後的現代詩思潮〉，《笠》第170期，（1992.8），頁92-104。

台灣影文化協會〈序文：有形的身體與無形的空間，或其相反……〉，《彼得・布魯克與賈克・大地回顧展》電影小冊》電影小冊，2009.9.8～9.13於台中萬代福戲院。

向明〈五〇年代現代詩的回顧與省思〉，《藍星詩刊》第15號（1988.4），頁83-100。

向陽〈五〇年代台灣現代詩風潮試論〉，《靜宜人文學報》11期（1999.7），頁45-61。

成映鴻〈古代中國人的時間觀念〉，《臺中師專學報》第8期（1979.6），頁95-116。

牟煒民、楊姍、張侃〈空間情境類型中的空間關係〉，《心理科學》第3期（2000）。

朱岑樓〈時間和空間〉，《國立編譯館館刊》第18卷第2期（1989.12），頁17-28。

池永歆〈人本主義地理學對現象學的闡釋〉，《鵝湖》32:8（2007.2），頁51-61。

余英時〈中國知識份子的邊緣化〉，《二十一世紀雙月刊》第6期（1991.8）。

余光中〈連環妙計——略論中國古典詩的時空結構〉，《明道文藝》第32期（1978.12）。

吳潛誠〈九十年代台灣詩（人）的國際視野〉。1995年5月發表於「台灣現代詩史研討會」；收於文訊雜誌社編《台灣現代詩史論：台灣現代詩史研討會實錄》。台北：文訊雜誌社，1996。
何欣〈六十年代的文學理論簡介〉，《文訊》第13期（1984.8），頁40-42。
何冠驥〈中英詩中的時間觀念〉，《中外文學》第10卷第7期（1991.12），頁70-96。
何寄澎〈悲秋——中國文學傳統中時空意識的一種典型〉，《臺大中文學報》第7期（1995.4），頁77-92。
邱貴芬〈後殖民之外：尋找台灣文學的「台灣性」〉，發表於「台灣文學史書寫・國際學術研討會」，成功大學主辦，2002年11月22日～24日於成功大學光復校區國際會議廳。
邱貴芬〈翻譯「台灣性」〉，國科會研究成果，初稿2003年3月15日宣讀於「邊緣再思：文化、傷痛、再現」學術研討會論文摘要，國立中興大學台灣人文研究中心主辦。
周伯乃〈西方文藝思潮對我國六十年代文學的影響〉，《文訊》第13期（1984.8），頁28-39。
洛夫〈請為中國詩壇保持一份純淨〉，《創世紀》第37期（1974.7），頁114-122。
洛夫〈與顏元叔教授談現代文學〉，《幼獅文藝》第185期（1969.1）。
洛夫〈火鳥的詩讚——關於「石室之死亡」〉《文星》（1998.4），頁151-157。
洛夫〈語言的魔力〉，《國文天地》第7期（1985.12），頁33-37。
洛夫〈略論「民族性」「詩的語言」及「時代性」〉，《人與社會》第1卷第2期（1973.6），頁53-54。

洛夫〈鏡中之象的背後——《洛夫詩歌全集》自序〉，《創世紀》第156期（2008.9）。頁23-28。

洛夫等著〈西洋文學與中國現代詩〉（座談），《中外文學》十卷一期（1981.6），頁104-147。

洛楓〈歷史想像與文化身分的建構——論西西的「飛氈」與董啟章的「地圖集」〉，《中外文學》第28卷第10期（2000.3），頁185-204。

紀弦〈談「現代化」與「反傳統」〉，《現代》創刊號（1967.10），頁74-75。

紀弦〈現代派運動廿週年之感言〉，《創世紀》第43期（1976.3），頁9-11。

紀弦〈最後的詩論〉，《現代詩》復刊第1期（1982.6）。

紀弦〈從一九三七年說起——紀弦回錄之一片段〉，《文訊》第7、8期（1984.2），頁76-85。

紀弦〈四十年前〉，《現代詩》復刊20期（1994）。

李兢〈space對應的漢語名詞〉，《科技術語研究》第1期（2001）。

李癸雲〈不存在的戀人：以陳黎、楊澤、羅智成的詩為例〉，發表於「台灣現代詩研討會」，2000年8月19日於台北國家圖書館國際會議廳。

李豐楙〈中國純粹性詩學與現代詩學、詩作的關係〉，《台灣詩學季刊》3期。

李瑞騰〈台灣現代新詩發展趨勢的考察〉，《台灣文學觀察雜誌》第8期（1993.9），頁81-87。

李紀祥〈時間・歷史・敘事——可逆性、可斷性、轉述及其他〉，《華岡文科學報》第22期（1998.3），頁169-190。

扶疏〈解讀詩的空間圖像（上）〉，《文訊》第70期（1994.10），頁10-13。
扶疏〈解讀詩的空間圖像（下）〉，《文訊》第71期（1994.11），頁10-13。
阮美慧〈「笠」與現代主義——笠詩社成立史的一個側面〉《笠》第225期（2001.10），頁82-117。
孟實雄〈時空泛論〉，《哲學與文化月刊》第4卷第1期（1977.6），頁34-38。
林淑貞〈覃子豪在台之詩論及其實踐活動探究〉，《台灣文學觀察雜誌》第4期（1991.11），頁34-57。
林貞吟〈為城市塑像——論瘂弦詩〈在中國街上〉、〈巴黎〉、〈芝加哥〉之藝術技巧（上）〉，《中國語文》第542期（2002.8），頁66-72。
林貞吟〈為城市塑像——論瘂弦詩〈在中國街上〉、〈巴黎〉、〈芝加哥〉之藝術技巧（下）〉，《中國語文》第543期（2002.9），頁55-65。
周英雄〈搖擺與否定：葉慈的文化民族主義初探〉，《中外文學》第25卷第10期（19972.3），頁138-159。
松茂黃〈綜談佛教的時空理論〉，《慧炬》第236期（1984.3），頁4-10。
施添福〈地理學中的空間觀點〉，《師大地理研究報告》第16期（1990.3），頁115-129。
奚密〈從現代到當代——從米羅的〈吠月的犬〉談起〉，《中外文學》第23卷，第3期（1994.8），頁6-13。
南其容〈文學的空間〉，《語文學刊》第2期（1995）。

胡衍南〈戰後台灣文學史上第一次橫的移植—新的文學史分期法之實驗〉，《台灣文學觀察雜誌》第6期（1992.9），頁26-43。
楊澤主持，胡惠禎（整理）〈現代主義：本土與國際——現代詩運的回顧與前瞻〉（座談），《現代詩》復刊22期（1994.12），頁4-17。
苦苓〈溫柔之必要，肯定之必要——瘂弦訪談錄〉，《文訊》第10期（1984.4），頁125-131。
薑道群，〈地理學中的時間和起源問題〉，《思與言》第21卷第4期（1983.11），頁39-58。
唐小兵〈重構空間意識：後現代地理研究〉，《二十一世紀雙月刊》總第10期（1992.4），頁76-82。
孫全文〈中國建築的仲介空間〉，《成功大學學報》第20期（1985.7），頁279-292。
梅祖麟・高友工著，黃宣範譯〈唐詩的語意研究：隱喻與典故〉，《中外文學》第4卷7期。頁116-130。
莊萬壽〈古代文化的發展與空間知識的擴展〉，《國文學報》第9期（1980.6），頁123-135。
莫渝〈譯詩集錦：異鄉人〉，《幼獅文藝》315期（1980.3）。
區仲桃〈論蓉子永恆寧靜的「家」〉（上），《藍星詩刊》第6期（2000.6），頁23-43。
區仲桃〈論蓉子永恆寧靜的「家」〉（下），《藍星詩刊》第7期（2000.9），頁179-187。
區仲桃〈論羅門建構的永恆空間〉，《藍星詩刊》第4期（1999.12），頁187-210。
陳純真〈簡論蒙太奇〉，《幼獅文藝》第35卷第1期（1971.1），頁100-105。

陳旭光〈詩歌語言：意象符號與文本結構〉，《文藝理論》第4期（1992）。
陳瑞崇〈時間、空間與記憶中的搜尋：一項安置本土政治學社群的討論提綱〉，《東吳政治學報》第3期（1994.3），頁391-406。
陳芳明〈永恆的鄉愁——楊牧文學的花蓮情結〉，《第一屆花蓮文學研討會論文集》。花蓮：花蓮縣立文化中心，1998。頁138-149。
陳文尚〈存在空間的結構〉，《地理彙刊》5期（1986.3），頁130-148。
陳千武〈台灣現代詩的演變〉，《笠》99期（1970.10），頁38-42。
陳千武〈台灣最初的新詩〉，《台灣文藝》76期（1982）。
陳玉玲〈紀弦與《現代詩》詩刊之研究〉，《台灣文學觀察雜誌》第4期（1991.11），頁3-33。
陳祖君〈「鐵屋」裡的吶喊到「石室之死亡」的宣告〉，《創世紀》111期（1997.6），頁102-116。
陳明台〈楊熾昌・風車詩社・日本詩潮—戰前台灣新詩現代主義的考察〉，《賴和及其同時代的作家：日據時期台灣文學國際學術會議》，清華大學中語系，1994。
陳燮君〈關於開創空間學的思考〉，《晉陽學刊》（1986.4）。
陳清俊〈中國詩人的鄉愁與空間意識〉，《牛津人文集刊》第1期（1995.10），頁69-116。
陳大為〈馬華現代詩的街道書寫〉，《中華現代文學理論季刊》第16期（1999.12）。頁527-559。
陳大為〈在語字中安排宇宙——論洛夫《魔歌》〉，《創世紀》第119期（1999.6）。頁14-33。

許甄倚〈棲居的詩學——陳黎作品中的空間印象與人文關懷〉，發表於「第三屆花蓮文學」研討會（2005年12月19日，花蓮縣文化局）。

商禽著，紫鵑訪問〈玫瑰路上的詩人——詩人商禽訪談錄〉，《乾坤詩刊》第40期（2006.10），頁6-14。

張漢良〈中國現代詩的超現實主義風潮：一個影響研究的儆作〉，《中外文學》10卷1期（1981.6），頁148-165。

黃海鳴〈神聖空間及世界之神聖化（下）〉，《雄獅美術》第261期（1992.11），頁112-120。

黃海鳴〈神聖空間及世界之神聖化（上）〉，《雄獅美術》第256期（1992.2），頁88-99。

黃永武〈詩的時空設計〉，梅新等主編《詩學》第二輯。台北：巨人，1976。

黃宣範〈從中文看國人的時空觀念——中國人思想方式探討之二〉，《中華文化復興月刊》第11卷第4期（1978.4），頁15-18。

黃素真〈小說人物的「存在空間」——以海明威「老人與海」小說為例〉，《重高學報》創刊號（1998.7），頁175-187。

黃梁〈詩意空間和語意空間的本質差異——楊平詩集「我孤伶的站在世界邊緣」文本分析〉，《創世紀》109期（1996.12），頁82-88。

張漢良〈論洛夫後期風格的演變〉，《中外文學》第二卷第五期（1973.10），頁62-91。

張默〈《瘂弦研究資料初編》補遺〉，《書評書目》34期（1976.2），頁89-95。

張默〈六十年代的新詩〉，《文訊》第13期（1984.8），頁82-118。

張世君〈古典小說敘事的時空意識〉，《暨南學報：哲科版》第21卷第1期（1999.1）。
張曉風〈中國詩中時間與空間並峙的現象——乾坤萬裡眼，時序百年心〉，《古典文學》第11集。台北：台灣學生書局，1990。
張振東〈時間的基本概念〉，《哲學與文化》第16卷第2期（1989.2）。
張文亮〈空間觀念的重新認識：從康得的先驗幾何原則到碎形〉，《當代》第105期（1995.1）。頁26-38。
許祥麟〈宇宙空間幻化思維與中國戲曲幽冥空間的塑造〉，《戲曲藝術》第1期，1997年。
尉天驄〈論中國新詩的發展〉，《幼獅文藝》186號（1969）。
商禽〈閱讀紀弦的詩〉，《現代詩》復刊20期（1993.7）。
焦桐〈台灣當代文學中的花蓮意識〉。《第一屆花蓮文學研討會論文集》。花蓮：花蓮縣立文化中心，1998。頁125-137。
鄒廣文、常晉芳〈空間與人的文化世界〉，《中國文化研究》第28期（2000年夏之卷）。
鄒暉〈建築的時空場構想〉，《空間雜誌》第62期（1994.9），頁72-73。
葉維廉〈被迫承受文化的錯位〉，《創世紀詩雜誌》第100期（1994.9），頁8-22。
葉維廉〈兩間餘一卒、荷戟獨徬徨——論魯迅兼談《野草》的語言藝術〉，《當代》68-69期（1991.12－1992.1），頁100-117及頁98-109。
葉維廉〈散文詩探索〉，《創世紀》87期（1992.1），頁102-109。
葉維廉〈語言的策略與歷史的關聯——五四到現代文前夕〉，《中外文學》10卷2期（1981.7），頁4-43。

萬胥亭（訪問）莊美華（整理）〈捕獲與逃脫的過程——訪商禽〉，《現代詩》復刊14期（1987.12）。
夏萬洲〈夜訪洛夫，煮茶論詩〉，《幼獅文藝》32卷第5期（1970）。
遊喚〈時間與動作在詩中的作用〉，《台灣詩學季刊》第9期（1994.12），頁136-139。
楊樹清〈武陽坑道的繆思——洛夫與《石室之死亡》〉，《金門文藝》第10期，（2006.1），頁118-121。
楊牧〈關於紀弦的現代詩與現代派〉。《現代文學》46期（1972.3），頁86-103。
楊牧〈新詩的傳統取向——沈故教授剛伯八八誕辰紀念會演講〉，《中外文學》12卷9期（1984.2），頁4-9。
瘂弦〈美國詩壇的新流向〉，《幼獅文藝》182期（1969.2）。
瘂弦〈詩人與語言〉，《中央月刊》3卷7期（1971.5）。
瘂弦〈踩出來的詩想〉，《現代詩》復刊11期（1987.12）。
瘂弦〈他的詩・他的人・他的時代——論商禽「夢或者黎明」〉，《創世紀》119期（1989.6），頁22-33。
瘂弦〈我的詩路歷程——從西方到東方〉，《創世紀》（1982.10），頁27-29。
瘂弦〈瘂弦詩集序〉，《瘂弦詩集》。台北：洪範，1988。頁1-6。
路況〈永恆回歸的懷舊之旅——評陳黎詩集《親密書》〉，《現代詩》第19期，（1993.2），頁19-22。
鄧景衡〈空間韻律的追尋：地方芭蕾的變奏與生活、工藝的轉型〉，《中國文化大學地理學系地理研究報》第12期（1999.5），頁65-105。

鄧景衡〈地方芭蕾的變奏與生活、工藝的轉型（上）〉，《空間》第110期（1998.10），頁62-72。
鄧景衡〈地方芭蕾的變奏與生活、工藝的轉型（中）〉，《空間》第111期（1998.11），頁113-122。
鄧景衡〈地方芭蕾的變奏與生活、工藝的轉型（下）〉，《空間》第112期（1998.12），頁115-126。
鄧景衡〈生活、工藝、地方性〉，《雄獅美術》第293期（1995.7），頁79-83。
趙奎英〈中國古代時間意識的空間化及其對藝術的影響〉，《文史哲》第4期（2000）。
趙天儀〈現代詩的反省〉，《台灣文藝》第76期（1982.5）。
趙建雄〈中國傳統時空結構化之早期發展〉《國立台灣大學理學院地理學系地理學報》第17期（1994.6），頁169-183。
潘朝陽〈空間地方觀與「大地具現」暨「經典訴說」的宗教性詮釋〉，《中國文哲研究通訊》第10卷第3期（2000.9），頁169-188。
潘朝陽〈「中心——四方」空間形式及其宇宙論結構〉，《師大地理研究報告》第23期（1995.3），頁83-107。
潘朝陽〈莊子的空間論——「秋水」的詮釋〉，《師大地理研究報告》第18期，（1992.3），頁161-193。
潘朝陽〈文化地理觀點中的海洋與文化〉，《海洋文化學刊》創刊號（2005.12）。頁227-290。
潘朝陽〈現象學地理學——存在空間的一個詮釋〉，《中國地理學會會刊》19期，（1991.7），頁71-90。
潘朝陽〈地理學與人文關懷〉，《人文及社會學刊教學通訊》1:1（1990.6），頁81-88。

潘朝陽等著，蔣宜芳紀錄〈《空間、地域與文化》跨學科座談會「空間、地域與文化專輯」（上）〉，《中國文哲研究通訊》第10卷4期（2000.12），頁65-113。

潘桂成〈「環境」在人本主義地理學的意義〉，《師大地理研究報告》28期（1998.5）。頁37-51。

潘桂成〈人本主義地理學與形而上學之差異〉，《師大地理研究報告》223期，（1995.3），頁73-79。

廖鹹浩〈逃離國族——五十年來的台灣現代詩〉，《聯合文學》132期（1995.10），頁138-147。

蔡秀枝〈克麗絲特娃對母子關係中「陰性」空間的看法〉，《中外文學》第21卷第9期（1993.2），頁35-46。

蔡文川〈情意、環境、故事——塑造人地關係的重要因素〉，《中國地理學刊》39期（2007.12），頁87-102。

蔣翔華〈張愛玲小說中的現代手法——試析空間〉，《聯合文學》第10卷第7期，（1994.5），頁149-155

蔣宜芳整理〈文學空間研究目錄初編「空間、地域與文化專輯」（下）〉，《中國文學研究通訊》第10卷第4期（1990.12），頁115-195

劉若愚著，陳淑敏譯〈中國詩中的時間、空間與自我〉，《書目季刊》第21卷第3期（1987.12），頁13-35。

劉志宏〈陳大為在〈治洪前書〉一詩中「神話形象」與「歷史敘事」的轉換與調整〉，發表於佛光大學文學系主辦「多元的交響：世界華文文學作品評論」，2005年3月27日。

劉志宏〈靈的腹語——從夏宇的〈降靈會Ⅲ〉到陳黎的〈腹語課〉〉，《乾坤詩刊》第22期（2002夏季號），頁29-33。

劉志宏〈到站了嗎？讀吳潛誠《航向愛爾蘭》〉，《中外文學》第31卷第6期（2002.11），頁222-224。
劉志宏〈特技家族與馬戲班：零雨、夏宇的空間詩學探究〉，發表於2008「華人女性詩學」學術研討會，2008年9月27日於國立台北教育大學至善樓B1國際會議廳。
劉嶽兵〈詩魔的禪悟・禪學的匯通：試論洛夫詩路歷程中超現實主義〉，《幼獅文藝》77卷2期（1993.2），頁48-55。
劉紀雯〈多重孤獨，多重空間：加勒比海——加拿大作家的多倫多空間想像〉《中外文學》25卷12期（1997.5），頁133-158。
蔡文川〈情意、環境、故事——塑造人地關係的重要因素〉《中國地理學會會刊》39期（2007.12），頁87-102。
黎惟東〈康得時空論之研究〉，《自由青年》第63卷第3期（1980.3），頁56-60。
鄭秀玲〈建築與美學——中國園林建築空間的動態初探〉，《中國文化月刊》第101期（1988.3），頁102-115。
謝桃坊〈中國白話小說的發展與市民文學的關係〉，《明清小說研究》（1988.3）。
謝世宗〈現實與悖論：一個台灣現代主義的空間詩學〉，《台灣詩學》第11期（2008.6），頁125-143。
謝嘉璋〈略論牛頓與萊布尼茲之時、空理論及兩派關於時、空理論的論爭〉，《鵝湖》第89卷第6期（1982.12），頁40-46。
顏忠賢〈疏離的空間書寫〉，《空間雜誌》第72期（1995.7），頁51-54。
顏忠賢〈九份的地點感與感覺結構——以電影「戀戀風塵」與「無言的山丘」為例〉，《中國華民建築師雜誌》19卷3期（1993.3），頁162-165。

簡政珍〈台灣都市詩的空間意象與隱喻〉，《台灣詩學季刊》第6期（2005.11），頁7-38。
簡政珍〈洛夫作品的意象世界〉，《中外文學》第16卷1期（1987.6），頁8-41。
魏子雲〈論小說的時空處理〉，《中華文藝》第12卷第5期（1977.1），頁9-22。
關永中〈朗尼根《洞察》釋義——第五章：空間與時間〉，《哲學與文化》第17卷第19期（1990.10），頁408-415。
蕭蕭〈超現實主義得穿透性美學——商禽論〉，第十二屆現代詩學研討會，2001年。
蕭振邦〈懷黑德的事件論時間與空間的關係論〉，《鵝湖》第10卷第7期，（1985.1），頁20-29。
蕭嫣嫣〈論法國女性主義的文化空間〉，《中外文學》第21卷第9期（1993.2），頁22-34。
蕭佐〈關於「空間」術語的看法〉，《科技術語研究》第1期（2001）。
蘇丁〈空間信賴與空間恐懼——中西方藝術的空間意識比較〉，《學術月刊》第四期（1986）。頁42-49。

（二）書籍單篇論文

王萬睿〈台化「現代」：本土詩學歸位的初步嘗試——以紀弦和陳黎〈吠月之犬〉比較為例〉，鄭南三總編輯《第九屆府城文學獎得獎作品專集》。台南：台南市市立圖書館，2003。頁320-345。

古添洪〈論「藝詩」的詩學基礎及其中英傳統〉，劉紀蕙編《框架內外：藝術.文類與符號疆界》。台北：立緒，1999。頁88-119。

布魯克斯（Cleanth Brooks）〈反諷——一種結構原則〉，趙毅衡編選《新批評》。天津：百花文藝，2001。

皮特（Richard Peet）著，王志弘譯〈存在主義、現象學與人文主義地理學〉，《現代地理思想》。台北：群學，2005。頁53-104。

布狄爾（Pierre Bourdieu）著，王志弘譯〈社會空間與象徵權力〉，《空間文化形式與社會理論讀本》。台北：明文，1989。頁429-450

列斐伏爾（Henri Lefebvre）〈空間政治學的反思〉，包明亞主編《現代性與空間生產》。上海：上海教育出版社，2003。

艾略特（T.S. Eliot）〈劇詩對答〉，杜國清譯《艾略特文學評論選集》。台北：田園，1968。頁53-71。

艾略特（T.S. Eliot）〈詩的音樂性〉，杜國清譯《艾略特文學評論選集》。台北：田園，1968。頁79-95。

艾略特（T.S. Eliot）〈詩的三種聲音〉，杜國清譯《艾略特文學評論選集》。台北：田園，1968。頁115-135。

李達三〈新月正話〉，陳慧樺、古添洪編著《從比較神話到文學》。台北：東大，1983。頁322-331。

李英豪〈變調的鳥——論商禽的詩〉，商禽《夢或黎明及其他・附錄》。台北：書林，1988。頁165-176。

吳潛誠〈詩與土地〉《感性定位》。三重：允晨，1994。頁56-59。

吳曉東〈貯滿記憶的空間形式——「陽台」與張愛玲小說的意義生產〉，樊善標等編《墨痕深處：文學・歷史・記憶論集》。香港：牛津，2008。頁411-437。
李豐楙〈民國六十年前後新詩社的興起及其意義——兼論相關的一些現代詩評論〉，見陳鵬翔、張靜二合編《從影響研究到中國文學》。台北：書林，1992。頁39-64。
李瑞騰〈六十年代台灣現代詩評略述〉，封德屏編《台灣現代詩史論》。台北：文訊，1996。頁265-280。
哈維（David Harvey）著，王志弘譯〈時間之間：關於地理學想像的省思〉，《空間文化形式與社會理論讀本》。台北：明文，1989。頁63-66。
孫周興〈編者引論〉，《海德格爾選集》。上海：生活・讀書・新知，1996。頁5-25。
奚密〈「變調」與「全視」：商禽的世界〉，商禽著《商禽世紀詩選・引言》。台北：爾雅，2000。頁10-30。
容格（Carl Jung）〈論分析心理學與詩的關係〉，葉舒憲編《神話——原型批評》。西安：陝西師範大學，1987。頁81-102。
容格（Carl Jung）〈〈集體無意識的概念〉，葉舒憲編《神話——原型批評》。西安：陝西師範大學，1987。頁103-116。
海德格（Martin Heidegger）〈我為什麼住在鄉下〉，《人，詩意的安居：海德格爾語要》。上海：遠東，1996。頁100。
海德格（Martin Heidegger）〈築・居・思〉，《海德格爾選集》。上海：生活・讀書・新知，1996。頁1189-1204。
區仲桃〈記憶的詩學〉，樊善標等編《墨痕深處：文學・歷史・記憶論集》。香港：牛津，2008。頁540-557。

陳慧樺（陳鵬翔）〈從神話的觀點看現代詩〉，陳慧樺、古添洪編著《從比較神話到文學》。台北：東大，1983。頁332-357。

陳慧樺（陳鵬翔）《再鴻門・序》陳大為著。台北：文史哲，1997。頁Ⅰ-ⅡX。

陳貴林〈地方體驗與環境韻律〉，《建築現象學導論　第四篇第三章》，台北：桂冠，1992。

陳榮華〈《林中路》導讀〉，海德格著《林中路》。台北，時報，1994。頁v-xix。

陳榮華〈《走向語言之途》導讀〉，海德格著《走向語言之途》。台北，時報，1993。頁vii-xxii。

陳榮華〈《路標》導讀〉，海德格著《路標》。台北，時報，1997。頁v-xviii。

陳玉美〈夫妻家屋與聚落——蘭嶼雅美族的空間觀念〉，黃應貴主編《空間、力與社會》（台北：中央研究院民族學研究所，1995）。

黃應貴〈土地，家與聚落——東埔布農族人的空間現象〉，黃應貴主編《空間，力與社會》。台北：中央研究院民族學研究所，1995。

黃應貴〈導論——空間、力與社會〉，黃應貴主編《空間、力與社會》。台北：中央研究院民族研究所，1995。頁1-33。

傅柯（Michel Foucault）〈地理學問題〉，王志弘譯《空間的文化形式與社會理論讀本》。台北：明文，1993。頁385-397。

劉志宏〈指南〉，林松編《2007竹塹文學獎得獎作品輯》。新竹：新竹市文化局，2007。頁21-24。

閻振瀛〈坎伯與「神話」的復活——一個「後啟蒙的趨勢」〉，《神話的智慧・序》。台北：立緒，1991。頁8-16。

樂蘅軍〈中國原始變形神話試探〉，陳慧樺、古添洪編著《從比較神話到文學》。台北：東大，1983。頁150-185。
黎活仁〈樂園的追尋〉《現代中國文學的時間觀與空間觀》。台北：業強出版社，2000。
鄭金川〈論身體與空間性〉，《梅洛龐蒂的美學》。台北：遠流，1993。頁34-36。
顏忠賢〈總導言：邁向電影空間的理論建構〉，《影像地誌學》。台北：萬象，1996。頁2-16。
簡政珍〈緒論：放逐詩學——台灣放逐文學初探〉，《放逐詩學：台灣放逐文學初探》。台北：聯合文學，2003。頁5-32。

（三）碩博士論文

丁茂庭《地景空間的現象學演繹：從海德格之存在意識生發》。國立台北科技大學建築與都市設計研究所碩士論文，2004。
王志弘《性別化流動的政治與詩學》。國立台灣大學建築與城鄉研究所博士論文，1996。
餘欣娟《一九六〇年代台灣超現實詩：以洛夫、瘂弦、商禽為主》。私立東海大學中國文學系碩士論文，2002。
何佳燕《流動速度中空間意象的閱讀：由道路景觀與視覺記憶在動態下所建構的閱讀方式》。私立南華大學環境與藝術研究所碩士論文，2005。
吳祚昌《現象學美學中的「境況身體」梅洛龐蒂身體現象學研究》。國立台灣藝術大學造形藝術研究所碩士論文，2007。
邱俊達《朝向詩意空間：論巴舍拉〈〈空間詩學〉〉中的現象學》。國立中山大學哲學研究所碩士論文，2008。

李癸雲《朦朧、清明與流動：論台灣現代女詩人作品中的女性主體》。國立台灣師範大學國文研究所博士論文，2000。
林於弘《解嚴後台灣新詩現象析論：1987-2000》。國立台灣師範大學國文學系博士論文，2000。
陳大為《羅門都市詩研究》。私立東吳大學中國文學系碩士論文，1996。
陳大為《亞洲中文現代詩的都市書寫：1980-1999》。國立台灣師範大學國文研究所博士論文，1999。
陳貴林《地方體驗與環境韻律》。私立東海大學建築（工程）研究所碩士論文，1991。
陳義芝。《台灣現代主義詩學流變析論》。國立高雄師範大學國文學系博士論文，2004。
彭巧華《洛夫詩中身體書寫之探討》。國立花蓮教育大學中國語文學系碩士論文，2007。
楊翠《鄉土與記憶——七〇年代以來台灣女性小說的時間意識與空間語境》。國立台灣大學歷史系博士論文，2000。
鄧景衡《台灣北部農業土地利用區域結構之變遷》。私立文化大學地理研究所，1983。
廖健丞《輕文化與輕建築：現代都市心靈空間之探討》。私立淡江大學建築學系碩士論文，2004。
劉正忠《軍旅詩人的異端性格——以五、六十年代的洛夫、商禽、瘂弦為主》。國立台灣大學中國文學系博士論文，2001。
劉志宏《島嶼敘事與邊緣書寫：陳黎新詩研究》。私立靜宜大學中國文學系碩士論文，2002。
劉福傑《空間的詩意》。私立淡江大學建築學系碩士論文，2002。

潘朝陽《台灣傳統漢文化區域構成及其空間性：以貓裏區域為例的文化歷史地理詮釋》。國立台灣師範大學地理研究所，1993。

顏忠賢《日據時期大稻埕店屋空間的文化形式分析》。國立台灣大學建築與城鄉研究所博士論文，1990。

鍾佩林《住屋空間營造中的身體與生活空間互動之研究》。私立中原大學室內設計研究所碩士論文，2005。

六、網路資料

宋澤萊〈50年代中期軍中詩人詩的巨大變貌及其族群意義【1】〉「台灣文學部落格」網址http://140.119.61.161/blog/orum_detail.php?id=463&classify_id=26

秀威經典 語言文學類 PG1711 新視野34

詩，役：
一九五〇、六〇年代台灣軍旅詩歌空間書寫

作　　者 / 劉志宏
責任編輯 / 徐佑驊
圖文排版 / 楊家齊
封面設計 / 蔡瑋筠

出版策劃 / 秀威經典
發 行 人 / 宋政坤
法律顧問 / 毛國樑　律師
印製發行 / 秀威資訊科技股份有限公司
114台北市內湖區瑞光路76巷65號1樓
電話：+886-2-2796-3638　傳真：+886-2-2796-1377
http://www.showwe.com.tw
劃撥帳號 / 19563868　戶名：秀威資訊科技股份有限公司
讀者服務信箱：service@showwe.com.tw
展售門市 / 國家書店（松江門市）
104台北市中山區松江路209號1樓
電話：+886-2-2518-0207　傳真：+886-2-2518-0778
網路訂購 / 秀威網路書店：http://www.bodbooks.com.tw
國家網路書店：http://www.govbooks.com.tw

2017年5月　BOD一版
定價：400元

國家圖書館出版品預行編目

詩，役：一九五〇、六〇年代台灣軍旅詩歌空間書寫 / 劉志宏著. -- 一版. -- 臺北市：秀威經典, 2017.05
面； 公分. -- (語言文學類；PG1711)(新視野；34)
BOD版
ISBN 978-986-94686-3-3(平裝)

1. 臺灣詩 2. 新詩 3. 詩評

863.21 106006707

讀者回函卡

感謝您購買本書，為提升服務品質，請填妥以下資料，將讀者回函卡直接寄回或傳真本公司，收到您的寶貴意見後，我們會收藏記錄及檢討，謝謝！如您需要了解本公司最新出版書目、購書優惠或企劃活動，歡迎您上網查詢或下載相關資料：http:// www.showwe.com.tw

您購買的書名：________________________________

出生日期：________年________月________日

學歷：□高中（含）以下　□大專　□研究所（含）以上

職業：□製造業　□金融業　□資訊業　□軍警　□傳播業　□自由業
　　　□服務業　□公務員　□教職　□學生　□家管　□其它_____

購書地點：□網路書店　□實體書店　□書展　□郵購　□贈閱　□其他

您從何得知本書的消息？

□網路書店　□實體書店　□網路搜尋　□電子報　□書訊　□雜誌
□傳播媒體　□親友推薦　□網站推薦　□部落格　□其他__________

您對本書的評價：（請填代號　1.非常滿意　2.滿意　3.尚可　4.再改進）

封面設計____　版面編排____　內容____　文／譯筆____　價格____

讀完書後您覺得：

□很有收穫　□有收穫　□收穫不多　□沒收穫

對我們的建議：________________________________

____

____

____

請貼
郵票

11466
台北市內湖區瑞光路 76 巷 65 號 1 樓
秀威資訊科技股份有限公司 收
BOD 數位出版事業部

（請沿線對折寄回，謝謝！）

姓　　名：＿＿＿＿＿＿＿＿　年齡：＿＿＿＿　性別：□女　□男

郵遞區號：□□□□□

地　　址：＿＿＿＿＿＿＿＿＿＿＿＿＿＿＿＿＿＿＿＿

聯絡電話：（日）＿＿＿＿＿＿＿＿（夜）＿＿＿＿＿＿＿＿

E-mail：＿＿＿＿＿＿＿＿＿＿＿＿＿＿＿＿＿＿＿＿